満洲難民

北朝鮮・三八度線に阻まれた命

井上卓弥

幻冬舎文庫

満洲難民　目次

が明かない、ソ連軍とのやり取り／日本人南下を禁止するソ連の事情／密使が伝えた四つの脱出ルート

地図作成・ＤＴＰ　美創

文中敬称略。
旧満洲・朝鮮半島の地名表記は原則として戦前の日本語読みに拠る。

主な都市と鉄道網
満洲
満洲里
海拉爾
ハイラル
斉斉哈爾
チチハル
佳木斯
チャムス
興安
(ウランホト)
哈爾浜
ハルビン
牡丹江
南満洲鉄道
連京本線
吉林
新京
(長春)
四平
赤峰
奉天
(瀋陽)
梅河口
延吉
撫順
大栗子
雄基
葫蘆島
鞍山
通化
清津
営口
山海関
大石橋
安東
熊岳城
秦皇島
咸興
新義州
郭山
旅順
大連
平壌
元山
38度線
開城
京城
仁川
大邱
釜山

満洲と日本統治時代の朝鮮半島

ソ連(シベリア)

外蒙古

満洲

内蒙古

哈爾浜

新京(長春)

奉天(瀋陽)

ソ連(沿海州)

ウラジオストク

中国

関東州

平壌

朝鮮

京城(ソウル)

仁川

黄海

釜山

対馬

博多

佐世保

日本

朝鮮半島からの引き揚げルート

第一章　ソ連参戦——一九四五・八・九、新京

未明の空襲

一九四五年八月九日——。それは、満洲国に渡った日本人にとって決して忘れることのできない日付である。この日を境にして大陸にかけた夢は無残についえ、人々は見捨てられたように、身一つで曠野(こうや)をさまようことになったのだから。

一九四五年（康徳十二年——引用者注　満洲国元号）八月九日午前〇時、満ソ国境の各所にソ連軍飛行機の越境があり、まもなく東部国境の虎頭(ことう)、五常子(ごじょうし)の日本軍陣地がウスリー江の対岸から砲撃を受けた。

一九七〇年に刊行された『満洲国史　総論』（満洲国史編纂刊行会編、満蒙同胞援護会／第一法規出版）はこう記している。過酷な対独戦に勝利を収めたソ連軍が、その矛先を東に向け、総力を挙げて満洲への侵攻を開始したのだ。国境を分かつ黒竜江やウスリー江を越え、三方向からなだれ込んだ兵員はおよそ一七〇万。戦車と飛行機はそれぞれ五〇〇〇を擁する巨大な機動部隊だった。満洲国の支配者として君臨してきた関東軍は、南方戦線の戦局悪化に伴って主力部隊を移転させていたが、たとえそうでなかったとしても、とても太刀打ちできる規模ではない。この日、日本本土では二つめの原爆が長崎に投下され、「ポツダム宣言」受諾への動きが加速していく。

日付が変わって間もないころ、満洲国の首都、新京特別市（現長春）に空襲警報のサイレンが鳴り響き、日本人たちは夜ふけの防空壕に避難した。空襲は午前一時半ごろはじまった。

数弾は宮廷近くの監獄と満鮮人雑居地帯に落ちて若干の死傷者を出した。はじめは軍も一般市民も、南満地帯を爆撃していたアメリカB29機が、北廻りして南下来襲したものかと思ったが、国境前線の各地からソ連軍侵入の報告を受けて、事態の容易ならざることを覚った。（同前）

南に三〇〇キロほど離れた古都、奉天（現瀋陽）には、すでに前年の暮れ、幾度か米軍機が来襲していた。だが、さらに内陸部にある新京は、これまで空襲らしい空襲を経験していなかった。なぜか、上空を行く爆撃機に向けて発射されるはずの対空砲火の音は聞こえなかった。

「飛来したのは米軍機じゃない。ソ連軍機の編隊らしい」

防空壕のなかで口づてに情報が飛び交い、人々は不安をつのらせた。地続きのソ連領から爆撃機が飛来したのだとすれば、失効を翌年に控えた日ソ中立条約が一方的に破棄されたことを意味している。遠からず首都が戦場になる恐ろしい事態を想起しなければならない。折しも四十歳を超えた男たちにまで「赤紙」が届いたばかりだった。終戦の直前まで続けられた関東軍の「根こそぎ動員」は、そこまで行き着いていた。

若き官吏の思い

未明の空襲のもと、満洲国政府の若き官吏たちも複雑な思いにとらわれていた。田中友太郎（二五）は経済部鉄鋼司の高等官試補として、前年十月から満洲最大規模の鞍山製鉄所をはじめ、本土の産業経済や戦争遂行能力に直結する鉄鋼、特殊鋼の生産と物資動員計画に携わっていた。

鹿児島県川内市（現薩摩川内市）出身の田中は、学業のために召集解除の特別許可を受け、満洲国高等文官（技術官）試験に合格。一九四三年十一月、満洲国委託学生として新京に赴き、満洲国の官僚養成機関「大同学院」の一七期生となった。大同学院は、植民地経営の国策会社、南満洲鉄道（満鉄）の出身者や現地の官民さまざまな会社の関係者によって、建国の一九三二（大同元＝満洲国元号）年七月に既設の「資政局訓練所」を改称して設立されたが、日本政府や軍部の国策機関とはやや異なる一面を持っていた。

「建国と同時に国の土台となる地方自治を指導しなければならない」と考える組織「自治指導部」が、学院創設に深くかかわっており、その流れは「民族協和」の理想を強く意識する人々に受け継がれていた。そのなかの一人、三期生の石垣貞一は、一九九八年に東京で開かれた大同学院関係者の会でこう語っている。

大同学院のシンボル、南嶺校舎の忠霊塔

当時、満洲国には笠木良明という精神的リーダーがおり、満洲国政府ができる以前から中国の有名な学者である于沖漢をかついで、満鉄の代表的な（日満系の）青年分子を中心に自治指導部というものを組織していました。治安の乱れていた現地に入り、新しい満洲に魅力ある政権をつくろうという運動で、吉林省・奉天省の各県に自治指導部の指導員として若手のグループを派遣していました。つまり、満洲国が単に関東軍によってつくられた政府のもとで統治されたのではなく、それ以前に中国の民衆と一体となって理想郷をつくるという理念のもとに、政府組織をつくるという考え方の運動があったことを言っておきたいのです。

（大同学院二世の会　会報『柳絮』創刊号）

とくに一期から三期の卒業生は完全な寮生活を通じ、自治指導部に由来する「土俗派」「地方派」とも言うべき思想を色濃く帯びていた。満洲人や朝鮮人の学院卒業生と日本人との間の差別的な給与体系、満洲国政府への連絡なしに日本側が一方的に推進してきた満蒙開拓移民の大量入植の是非など、いわゆる満洲経営の方針をめぐって日本政府の招聘官吏や軍部と軋轢を生じることも少なくなかったという。

建国当時の国際世論にかぎらず、戦後には日本国内でも「関東軍の傀儡国家」として一括された満洲国だが、田中は大同学院創設の底流に建国の理念として受け継がれてきた「民族協和」「王道楽土」の理想に共鳴していた。討論研究に明け暮れる学院生活の合間をぬって農村実地調査にも赴いた。理想国家実現への熱意を帯びて、官吏の職務に打ち込んでいた。

しかし、満洲国の存立を根底から揺るがす首都への爆撃機来襲は、新たな事態の到来を告げていた。官吏となってから、まだ一年弱しか経っていないのだ。新京郊外にある緑濃い南湖地区の政府独身寮の一室で、田中は寂寥感と無常感に襲われながら眠れぬ夜を過ごした。

その思いを振り払おうとして翌十日朝、隣り合う高等法院官舎に住む同郷の先輩を訪ねた。「恐れていたソ連軍の襲来まで秒読み状態になった今、我々はいかに行動すべきなのか」と教えを請うつもりだった。しかし、信頼を寄せる二年年長の先輩は、家族とともに、首都を離れるための家財道具の整理に追われていた。ソ連の対日宣戦布告をはじめとした戦況について、すでに確度の高い情報を得ていたのだろう。田中に向かい、「日本が負けたら満人や漢人が仕返しにくる。おそらく、我々司法関係者が最初の標的になるだろう」と話したが、その表情は真剣そのものだった。

満洲国首都・新京特別市

満洲国建国に伴い急ピッチで建設が進められた新京特別市は、日露戦争後に獲得した東清鉄道南満洲支線（のちの満鉄）の北端にあたる長春を、都市計画に基づいて拡幅した首都で

① 新京駅	⑮ 市立病院
② 満鉄倶楽部	⑯ 帝宮造営地
③ ヤマトホテル	⑰ 民生部
④ 敷島高等女学校	⑱ 治安部
⑤ 八島在満国民学校	⑲ 国務院
⑥ 日本総領事館	⑳ 経済部
⑦ 関東軍司令部	㉑ 司法部
⑧ 東本願寺	㉒ 交通部
⑨ 康徳会館	㉓ 順天在満国民学校
⑩ 三中井百貨店	㉔ 南新京駅
⑪ 満洲中央銀行本店	㉕ 錦ヶ丘高等女学校
⑫ 満洲電信電話本社	㉖ 新京医科大学
⑬ 首都警察庁	㉗ 大同学院
⑭ 新京特別市公署	

『満州国の首都計画』(日本経済評論社)、『新京市街地図』(謙光社)をもとに作成

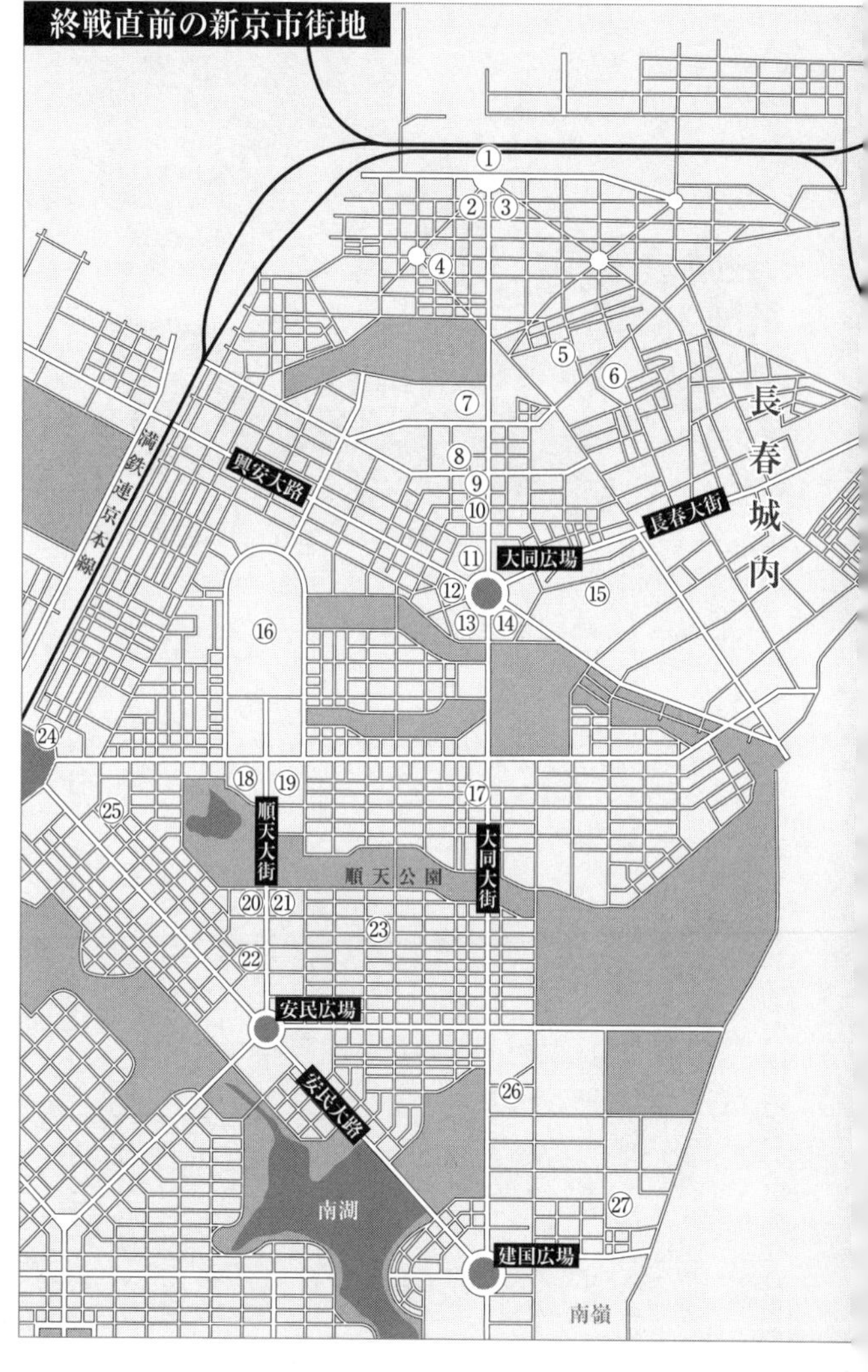

終戦直前の新京市街地
満鉄連京本線
興安大路
長春大街
長春城内
大同広場
順天大街
大同大街
順天公園
安民広場
安民大路
南湖
建国広場
南嶺

満洲国国務院※

ある。終戦前に人口約九〇万を数えた街には、約一五万人の日本人が暮らしていた。名称は敗戦後すぐ長春に戻されたものの、満洲国時代の街路や建造物の大部分が存続され、現在、人口七六〇万余を擁する中国東北部の重要都市となっている。

当時の市街地を概観してみると、北端の満鉄新京駅を起点にした片側四車線のメーンストリート、大同大街が中心部を東西に分けて走り、南端は、官僚養成のための高等教育機関として三八年に創設された建国大学と建国広場のロータリーに達していた。この間約六キロに及ぶ整然と区画された街区とその周辺には、「吉樹」とされるニレやアカシア、ポプラによく似たドロノキなどの街路樹数百万本が植えられ、美観に配慮して電線類はすべて地下に埋設されていた。

ちょうど中間地点にあたる大同広場の巨大なロー

タリーを満洲中央銀行本店や満洲電信電話本社、首都警察庁が囲み、ここから北半分の商業地区には、駅前のヤマトホテルと満鉄倶楽部をはじめ、三菱康徳会館と三中井などの百貨店、新京神社と東本願寺、日本総領事館などの官民の主要な建物が林立していた。それらに並んで、鉄筋コンクリートのビルの上に天守閣の上層部を載せたような威容を誇る関東軍司令部が君臨した。司令部は興亜式、もしくは帝冠様式と呼ばれる満洲の代表的建築物として知られた。関東軍司令官は日本の特命全権大使を兼務しており、司令部も日本大使館を兼ねていた。

首都の中心と言うべき大同広場のロータリーから西に入った一帯は、皇帝溥儀の帝宮造営地に充てられていた。一方、帝宮の南方には満洲国国務院と治安部が並び、やや離れて司法部、経済部、交通部などの庁舎が集まる広大な官庁街、順天大街が形成されていた。

隠された軍の退却

九日は、新京在住の民間人にとっても一様に慌ただしい一日となった。壮年男性は召集令状にしたがい、出征の準備に追われていた。一九三九年、山形県山形市から満洲に渡り、教員や視学官を経て日満合弁の食品商社「裕昌源」に勤める井上寅吉（四二）が受け取った令状は、吉林省梅河口の部隊を指定し、十二日に入隊するよう命じていた。

夫の身支度を整えるため、妻の喜代（三九）は朝早くからざわつく街に出かけた。アカシアの並木が続く大同大街には、兵士や荷物を満載したトラックがひっきりなしに往来している。大同広場のロータリーはこの日、軍用を理由に一般市民の立ち入りが禁じられていた。喜代は「ソ連軍が越境した国境方面の警備のため、急遽兵員を移動させているのだろうか」と考え、さほど不審の念も抱かなかったが、実際には、あわてふためいた退却の様子を市民の目から隠すためにとられた措置だったらしい。

その夜も空襲警報が断続的に発令され、多くの市民が防空壕のなかで過ごした。翌十日から緊迫の度合いは次第に増した。一般市民の間でも「朝鮮国境の長白山脈に近い某所に、軍関係者らのための絶対に安全な疎開先が用意されているらしい」という、まことしやかなうわさが立った。新京に危険が迫っていることはもはや否定しがたい事実だった。しかし十一日になっても、ラジオ放送などで公式に状況が報じられることはなかった。

「在留邦人に対しても何か知らせがあってしかるべきではないか」

喜代は釈然としない思いを抱きつつ、出征用の切符を求めようと新京駅に足を運んだ。混雑をきわめる駅頭では、軍服姿の男たちが家族らしい女性や子ども、老人たちを列車に乗せようとして右往左往していた。大きな布団袋や荷造りの済んだ行李、トランク類で埋まったホームには、荷物を見守りながら列車を待つ人々が群れをなし、尋常でない殺気立った雰囲気が伝わってきた。

ところが、自分が女性であるためなのか、切符売り場の職員の答えは「すべて軍用だから切符は出せない」の一点張りでらちが明かない。たまりかねて「夫が召集なのだ」と告げると、満鉄輸送司令部の職員が代わってこう指示した。

「今日の梅河口行きはもうない。遅れてもよいから明日発つように」

指示内容が書き込まれた証明書を受け取ると、喜代は家族の待つ自宅へと急いだ。この調子では、一般市民の女性や子どもたちが自らの意志で新京を離れようと考えても、列車への乗車はおろか、切符を買うことすらできないだろう。

官吏家族も後回し

満洲国経済部の官吏、扇京一（二三）は九日未明の空襲の後、爆撃による火災の発生や治安の悪化に備え、警備のため経済部庁舎に泊まり込んでいた。ソ連軍機の編隊は夜間、断続的に来襲した。長崎県上県郡仁田村（現対馬市）出身の扇は、京城の朝鮮総督府を経て日米開戦前の一九四一年二月、満洲国政府に転じた。測量や設計の腕を買われ、四四年春から国有財産科で計画都市の政府施設などの管理に携わっていた。

田中や扇が勤めていた経済部とは、満洲国政府のなかでどのような位置を占めていたのだろうか。現在の日本の経済産業省のように各業界を監督、指導するだけでなく、鉄鋼や石炭鉱山などの国有基幹産業を統括するとともに、税務全般や税関、専売業務なども取り仕切っていた。最も重要な国家予算策定の権限は、戦後日本の大蔵省主計局のモデルにもなったとされる満洲国政府の中枢、総務庁の主計処が握っていたが、比較するならば、今日の経済産業省に財務省の一部を併設したような広範な権限を有する重要官庁だったと言えるだろう。そこでは日本政府からの招聘官吏、大同学院の出身者らが幹部として満洲国の産業と経済を動かしていた。しかし、同年十二月の日米開戦以降、多くの大同学院関係者がはっきりと意識しないうちに、その役割は日本の戦争遂行に必要な基幹物資の供給へと軌道修正されていた。

十一日夜になって、経済部の官吏たちに庁舎講堂へ集まるよう緊急の呼び出しがあった。すでに壮年期の官吏の多くが召集令状を受けて出征しており、集まった顔ぶれはそれほど多くなかった。田中は旧知のある幹部から「これで戦争も終わるだろう」と耳打ちされた。同僚たちはあちこちに固まり、声をひそめて話し合っていた。

経済部次長の青木実が事態の逼迫と政府機関の疎開について訓示した後、日本紙幣一二〇〇円が前払い賃金としてそれぞれに交付された。満洲国政府の発行する満洲紙幣と同じ価値とはいえ、国庫に保管されていた日本紙幣の束を受け取った官吏たちは、ただならぬ事態が迫りつつあることを思い知らされた。田中や扇ら、各部局にまたがる一〇人ほどの若い官吏には、特別な任務が言い渡された。

「経済部関係者の『出征遺家族』から直ちに疎開させる。十二日朝、新京駅に集合して疎開列車に乗車し、関係者を東辺道へ引率せよ」

東辺道とは、新京特別市を擁する吉林省の東南部から通化省へと続く長白山脈西側の山岳地域を指し、当時は日本領だった朝鮮半島の北部に接する交通の要衝であった。すでに十一日の段階で東辺道の中心都市、通化に向けて関東軍幹部や満洲国閣僚らが航空機などで移動を済ませていた。ソ連軍の大規模侵攻にさらされた国境地帯をあっさり放棄する一方、一部の関東軍関係者は通化を拠点にした徹底抗戦の計画を秘めていたとされる。十三日には皇帝溥儀と皇族一行が特別列車で通化方面へ向かった。

前出の『満洲国史　総論』によれば、関東軍は十一日になって、満洲国政府に対し「軍及び満鉄社員の家族はすべて南方へ避難を終了したから、引き続き官吏家族の疎開を速急実施するよう」通知している。その内容のとおり、九日と十日の二日間に鉄道施設をフル稼動させ、満洲南部に向けて新京を発った関東軍・軍属とその家族は約三万七〇〇〇人にのぼっていた。十日に目撃された新京駅頭の避難者の群れこそ、その一団だった。いち早く本土に向かい、ソ連軍の侵攻や国共内戦下の苦難を経験することなく満洲国を後にした者もいたらしい。しかし、それ以外の政府官吏の家族や一般市民は秘密裏の逃走から切り離され、後回しにされた。この二日ほどの差がのちに大きな悲劇を生むことになる。

疎開隊長が任命される

経済部人事科長の長野富士夫（三七）が「出征遺家族」疎開の引率責任者となり、九人の男性官吏が任命された。奉天で勤務していた経済部工務司の大門正輝（三〇）がのちに合流し、経済部関係者の主な本部構成員は一〇人となった。

隊長	長野富士夫	三九	人事科長
副隊長	西村　三郎	三五	人事科
	遠藤伊佐美	三〇	人事科
	松本健次郎	二八	専売総局
	田中友太郎	二七	鉄鋼司
	今池　又男	二七	新京税捐局
	古川　清治	二五	税務司
	扇　　京一	二四	税務司

大里　正春　　　二四　鉱山司　　　（年齢は終戦時の数え年）

若い官吏たちは「疎開先はおそらく、通化方面になるだろう」と聞かされていた。指定された明朝の出発まで残された時間はわずかだった。それぞれの部署ごとに手分けして灯火管制下の新京市内に散った。松本健次郎は専売総局の上司に呼び止められた。

「戦場に行くよりつらい仕事になるだろう。だからこそ、君に頼む」

その言葉の意味するところを、にわかには飲み込めなかった。本部員たちは、すでに一家の主が応召した「出征遺家族」が入居する官舎や集合住宅を訪ねて事情を説明して回った。夫の留守をあずかる妻たちの多くは「寝耳に水」の表情をみせた。夫に知らせず首都を離れることには抵抗があったが、悩んでいる暇はなく、その場で疎開に加わるか否かの決断を下さねばならなかった。扇の所属する国有財産科からは二家族が、経済部全体では七九家族が説得に応じ、疎開先への避難に運命を委ねることになった。

同じころ、経済部幹部が順天区宝清路（ほうせいろ）の政府官舎に住む大蔵省招聘官吏、田中勇三（三九）の妻子を訪ね、こう告げていた。

「ご主人の赴任先がソ連軍に接収されたという情報が入りました。今のところ、こちらに戻られる見込みは立っていません。新京も間もなくソ連軍の侵攻を受けるでしょう。どうか我々、経済部の疎開隊と行動をともにしてください」

招聘官吏は別格の存在だった。説明を受けた熊本県立松橋高等女学校卒の妻、静枝（四〇）と長女陽子（一〇）は勧めにしたがうほかなかった。この日は土曜で、翌十二日は日曜だった。週末のため銀行預金を下ろすこともできない。せめて上等な毛皮の外套（シューバ）や貴金属類だけでも携えて行くことにした。

井上喜代と四人の子ども

一般市民の間にも緊急事態の認識が急速に広がっていた。十一日夜、現地人が居住する旧市街に近い長春大街沿いの日本人街区では、隣組の非常招集の鐘がけたたましく打ち鳴らされた。このあたりに住む男性のなかでは唯一、召集を免れた年配の組長が、集まった人々の前に興奮した面持ちで現れ、早口に語った。

「新京はもう危険だ。ソ連軍の大部隊があと十二、三時間後には新京に入れる地点にまで迫っている。これからすぐ共同生活ができる準備をしたうえで、明朝夜明けに非常食を持って広場に集合し、区ごとにまとまって駅へ向かう。各自の所持品はリュックサック一個を限度に許可する。ただし、新京を死に場所と決めている者はそのかぎりでない。その場合は勝手にせよ」

どこに疎開するのかと問われても、組長には何も答えられなかった。

井上喜代はすぐ自宅に戻ると、夫寅吉にこの話を告げた。寅吉は「新京はもうダメかもしれないな」とため息をつくと、向き直って「おまえたちはどうする」と尋ねた。二人には長女泰子（一六）をはじめとして四人の子どもがいた。喜代は不安そうに言った。

「でも、私たちは非戦闘員ですもの。まさか殺しはしないでしょう」

「どうかな。内地とは違うからな」

寅吉は低い声でつぶやくと、そのまま黙り込んでしまった。しかし、思いをめぐらす余裕はなかった。この機を逃したら、幼い子どもたちを抱えたまま、ソ連軍の部隊に蹂躙されることになりかねない。喜代は泰子と手分けして、かねて用意していたリュックに食糧、薬品、貴重品などを詰め込んだ。それだけでリュックは満杯になり、衣服を入れる余地はなくなってしまった。夜の寒さを思い、手持ちのシューバをそれぞれのリュックに括りつけた。夏の盛りではあったが、さらに下着を何枚も着込んだうえに、晒し木綿の布を腹に巻いていくことにした。混乱が収まったらすぐ新京に戻るつもりでいたから、秋から冬にかけてのことなど、まったく考えていなかった。

すでにこのころ、日本政府や軍部の宣伝のもと、国策によって満ソ国境地帯に入植した満蒙開拓移民約二七万人のほとんどは、越境したソ連軍の大部隊から無差別攻撃を受け、死線をさまよう逃避行のただなかにあった。当時、満洲在住の日本人一五五万人のうち、開拓移民は二割に満たなかったが、その三割弱にあたる七万八〇〇〇人余の命が失われることになる。満洲からの「引き揚げ」にかかわる日本人の犠牲者のうち、この数字は実に半数近くを占めている。その惨状に比べれば、少なくとも疎開という選択肢があった満洲国官吏家族や新京市民は、まだしも恵まれていたと言わざるを得ないだろう。

井上千代と二人の兄弟

十二日早朝、扇京一は政府独身寮を出て、大同大街に面した関東軍司令部の前を通りかかった。兵士たちが慌ただしく書類を焼却処分する姿が見えた。新京駅はすでに、リュックを背負い、幼い子どもの手を引いたもんぺ姿の主婦、両手に風呂敷包みを下げた女性と子ども、老人であふれかえっていた。言い渡されたはずの荷物制限などまったく顧みず、いくつものトランクを持ち込んでズラリと並べた年配男性の姿も見えた。

人混みのなかに顔見知りの官吏家族を見つけて、扇はあいさつを交わした。大同学院四期生で経済部税務司国税科官吏の井上勇（三七）の妻、千代（三四）は五歳と三歳の兄弟の手を引いていた。千代をはじめ身重の女性たちは一様に不安な表情をたたえていた。

関東州の旅順女子師範学校を卒業した千代は三七年三月、新京神社社殿で長野県・飯山出身の勇と結婚式を挙げた。勇は、大同学院寮歌の「大いなるかな満洲」（鯉沼昵作詞、村岡楽童作曲）を同期生と熱唱し合う建国の熱意に燃えた青年官吏だった。

寮歌には満洲国の理想と自治の精神が織り込まれていた。

大いなるかな満洲は／碧空緑野三千里／興安嶺を席巻し／渺茫として果てもなし
嗚呼人生の朝にして／深紅の血潮音高く／無我至純なる若人の／天翔るべき天地なり
城頭弦月傾きて／吸血の魑魅跳梁し／曠野満目蒼ざめて／盛京の地に影暗し
嗚呼億万の民生に／眠れる自治を呼び起し／東天紅を告ぐるべき／久遠の任務吾にあり
自ら治むる精神の／透徹一呵するところ／暗雲たちまち消え去りて／旭光匝地輝かん
嗚呼旺なる吾等かな／立ちて理想の旗の下／協力必至東洋に／自治の楽土をうち建てん

式から二年後の三九年四月に生まれた長男はわずか一カ月のうちにこの世を去ったが、勇が哈爾浜市公署行政科に勤めていた四〇年八月に次男邦彦が、日米開戦から間もない四二年二月には三男達夫が相次いで誕生した。

新京に転居した一家に召集令状が届いたのは一カ月前の七月のことだった。

無蓋貨車、新京を離れる

屋根のあるまともな客車は前日までに出払ってしまったらしく、貨物運搬用の無蓋(むがい)貨車ばかりが新京駅に回送されてきた。それでも乗車の順番はなかなか回ってこなかった。夏の陽射しが照りつける駅頭の日本人の数は、前日よりも明らかに多く、あたりは混乱の修羅場と化していた。軍刀を抜いた憲兵が馬を走らせ、大声で叱りつけながら群衆に指示を与えていた。経済部などの官吏家族以外にも、政府系関係機関や特殊会社にかかわる数え切れないほどの女性や子どもが集まっていた。つてを手繰って疎開列車の情報を聞きつけ、取るものも取りあえず駆けつけた一般市民も多数混じっていた。

日本人の群れを取り囲むようにして、満洲人の男たちが遠目から様子をうかがっていた。リュック一つを肩にした田中友太郎の目には、先を争って首都から逃走しようとする日本人の混乱ぶりをあざ笑っているようにも見えた。建国から十三年になる満洲国はこの瞬間、まさに崩壊せんとしていた。

正午を過ぎると、ようやく無蓋貨車を四〇~五〇輛連ねた疎開列車に乗車するよう指示があった。無蓋といっても、貨車の側壁は大人たちの背丈よりも高く、乗車の仕方も普通ではなかった。われ先に乗り込もうとする人々を尻目に、高圧的な憲兵が荷物を扱うような手つきで小さな子どもを放り投げ、貨車に積み込んでいった。子どもたちはあちこちにぶつかって傷をつくり、貨車のなかに折り重なって泣き出した。

午後二時を回ったころ、長大な無蓋貨車の車列はゆっくりと新京駅のホームを離れ、関東州の大連に至る連京線（満鉄本線）の南下を開始した。レール幅に日本国内の狭軌（一〇六七ミリ）ではなく、欧米並みの標準軌（一四三五ミリ）を採用した満鉄本線は、満洲に渡った日本人ならだれもが知っている特急「あじあ」が運行される一大幹線だった。建国二年後の三四年十一月に運転を開始した「あじあ」は、それまで二日がかりの行程だった大連から新京までの七〇二キロをわずか八時間半で走破しただけでなく、欧州にも例のない冷暖房完備の展望一等車、食堂車などを連ね、世界トップレベルの豪華列車としてその名をとどろかせた。

しかし、真上から容赦なく差し込む陽射しを浴びた無蓋貨車のなかでは、家畜運搬車さながらにさまざまな境涯の人々がひしめき合い、似ても似つかぬ惨状を呈していた。

高見澤家の四きょうだい

一九三九年に長野県南佐久郡野沢町（現佐久市）から満洲国南端にあたる遼東半島の町、

熊岳城に渡った髙見澤家のきょうだいも、母あき（三〇）とともにそのなかにいた。日満連絡船が発着する大連港に近い熊岳城は、河床からアルカリ泉が湧くことで名を知られていた。当時、鞍山製鉄所に近い湯崗子、朝鮮国境に近い五龍背とともに「満洲三大温泉」に数えられ、とくに河原の「砂湯」は有名で、「満洲イロハカルタ」（三五年）にも「ヲンセンハ　スナユデ名高イ　イウガクジャウ」の札があるほどだった。その町の近郊に髙見澤家の遠縁にあたる鷹野家が経営する「鷹野種苗」の果樹園があった。

長男の彌（七）と次男の隆（六）は内地の生まれだが、三男の皓（三）は渡満後に熊岳城で誕生した。その後、父勇（三三）はくだものの種子を扱う鷹野種苗新京支店の責任者となり、あきと三人の息子を連れて首都に転居してきた。四四年の春、新京に落ち着いた髙見澤家は待望の女児を授かった。一歳になったばかりの長女、淑子はすし詰めの貨車のなかであきの胸にかじりついていた。数カ月前に応召した勇とは連絡を取るすべもなかった。

梅河口行きの出征列車を待つ夫寅吉に見送られた井上喜代と泰子は、長男の昌平（一〇）、次女の洋子（七）と次男洋一（四）のきょうだいをしたがえていた。長女の泰子は官庁街に近い新京錦ヶ丘高等女学校の最高学年、四年に在学しており、昌平と洋子は市街地の北東に位置する自宅近くの八島在満国民学校に通っていた。

通化方面に向かう満洲国鉄線との分岐駅は四平、あるいは奉天になる。しかし、前日までとは状況が変わってしまっていたらしい。通化にはすでに数万人の日本人疎開者が殺到し、これ以上受け入れる余地はなく、大連に向かうこともかなわなかった。列車は奉天を過ぎると、蘇家屯から朝鮮国境の町、安東（現丹東）へと向かう満鉄安奉線に乗り入れた。

冷淡だった日本政府

満洲国官吏の家族らに対する疎開指示が遅れたのはなぜだったのだろうか。

満洲在住の民間人（軍人・軍属とその家族以外の人々）の本国帰還について、何よりも日本政府の態度がきわめて冷淡だった。日本政府は終戦直前の八月十四日、大東亜大臣東郷茂徳の名で訓令「居留民の現地定着方針」の暗号電文をまとめ、満洲の在新京大使館や領事館をはじめ、中国や東南アジアの在外公館にあてて打電していた。その理由として「本土の空襲による食糧や住宅の不足」「船舶数や港湾の不足」などが挙げられた。端的に言うなら、敗戦を目前にした日本政府はまず、外地にいる民間人をあっさりと見捨てたのだった。

この日、大興安嶺山脈に近い満洲国北西部の要衝、興安街（現ウランホト）から避難していた一二〇〇人の日本人女性と子どもたちが、疎開先のラマ教寺院、葛根廟に向かう途中の草原でソ連軍の戦車部隊に追いつかれ、一〇〇〇人近くが無差別銃撃の犠牲になった。生存者の多くは自決し、生き残った子どもたちは「残留孤児」となった者も少なくなかった。この痛ましい葛根廟事件は、民間の在留邦人にとって最大規模の悲劇として記憶されているにもかかわらず、日本政府は戦後七十年間、史実として解明を進めようとはしていない。

第二章　一〇九四名の疎開隊――北朝鮮・郭山

満洲を抜け、朝鮮半島へ

無蓋貨車の列は真夏の曠野を南下し、幾度となく停車をくり返した。そして予告なしに突然、動き出した。その度に、用便などで車外に降りた人々があちこちで置き去りになった。狂ったように叫びながら線路の横を駆けてくる人たちの姿が見えていても、蒸気機関車が速度を落とすことはなかった。

満洲の夏は雨季にあたり、突然の驟雨に見舞われることが多い。日が落ちると稲妻が空を切って走り、雷鳴が遠くから近づいてきた。しばらくすると、土砂降りの雨が荷物の上にうずくまる人々の群れを容赦なく叩きつけた。いくつかトンネルを抜けるうち、煤煙に巻かれて真っ黒に煤けた人々の顔は、一転して冷たい雨にぐっしょりと濡れた。

列車はその夜、朝鮮との国境の町、安東の駅頭でしばらく停車した。行き先は鴨緑江を隔てた対岸の朝鮮らしいと察した人も少なくなかった。

「ここまで来てしまえば、満洲より朝鮮のほうがずっと安心できる。何といっても朝鮮は日本の領土なのだから、内地とそれほど変わりはないはずだし……」

疲れ切った人々はそう話し合い、わずかながら気をまぎらわせた。

翌朝、晴れ上がった空の下、川面からの涼風を浴びて長い鉄橋を渡った列車は、朝鮮側の最初の町である新義州を経て、朝鮮総督府鉄道の京義線を南東へと向かった。この路線は、朝鮮北西部に位置する平安北道の西南端を黄海の海岸線にほぼ沿って走っている。満洲国から朝鮮北部の中心都市である平壌と半島最大の都市、京城を結ぶ、当時の最重要幹線の一つだった。不安にさいなまれてきた人々も、朝鮮に入るといくぶん落ち着きを取り戻したようだった。

経済部の官吏家族とともに別の貨車にいた扇京一は、大河を越える巨大な橋梁を目にして朝鮮半島に入ったことを実感していた。満洲に移ってから四年ぶりに見る朝鮮の風景だった。子どものころ、朝鮮総督府警察官を務める父の転勤に伴って転居を重ねたので、南部には見知った町がいくつかあるのだが、北部で暮らしたことはなかった。北部の朝鮮人は、日本に近い南部より反日感情が強いとも聞いていた。

鴨緑江にかかる大鉄橋（『ありなれ』第五十八号より）

「通化に向かうと聞いていたのに、なぜ北鮮に来たのだろうか。すでに敗色は濃厚とみて、民間人をできるだけ内地の近くまで運ぼうということなのか。このまま京城の先まで南下できれば、内地はもうすぐだが……」。そう考えてみても、前途への不安は消えなかった。

新義州から平壌まで約二〇〇キロの沿線には大小の町々が連なっている。町らしい町の駅に停車すると、無蓋貨車は後部から数輌ずつ切り離されていった。宣川（せんせん）という駅もその一つだった。日本人母子を満載した疎開列車はなおも走り続け、その日の午後、北に小高い丘陵を望む平野部の小さな駅に停まった。

平安北道定州（ていしゅう）郡郭山（かくさん）面――。

駅名標にはそう記されていた。「面」は日本語の町や村に相当する言葉だった。

人口一万三〇〇〇人の小さな町

「これ以上、列車を動かすことはできません。どうぞ降りてください！」

男性の声が無蓋貨車の横を通り過ぎ、後ろのほうへ遠ざかっていった。ほとんど命令と変わらないような強い口調だった。一輛に数百人が詰め込まれたまま、丸一昼夜揺られてきた母親たちは縮こまった身体を伸ばし、所持品を詰めた大切なリュックを背負い直すと、子どもたちの手を引いてホームに降り立った。

郭山は人口一万三〇〇〇人ほどの小さな町だった。一行は案内役の日本人警察官に導かれ、駅の北西の山裾（やますそ）に建つ郭山東国民学校の校舎に向かって列をつくって歩いた。盛夏の昼下がりのためか、現地住民の姿はあまり見かけなかった。国民学校の校舎、隣接するキリスト教の教会堂と附属の幼稚園の建物が、日本人疎開者のための当面の宿舎に割り当てられることになった。

出征遺家族の引率を命じられた田中友太郎（ともたろう）、扇京一ら満洲国経済部の官吏たちも、この小駅で下車させられたが、状況を十分に把握できていたわけではなかった。ざっと数えただけでも、この町で列車を降りた日本人は一〇〇〇人を超えていた。数日前、官舎を駆け回って

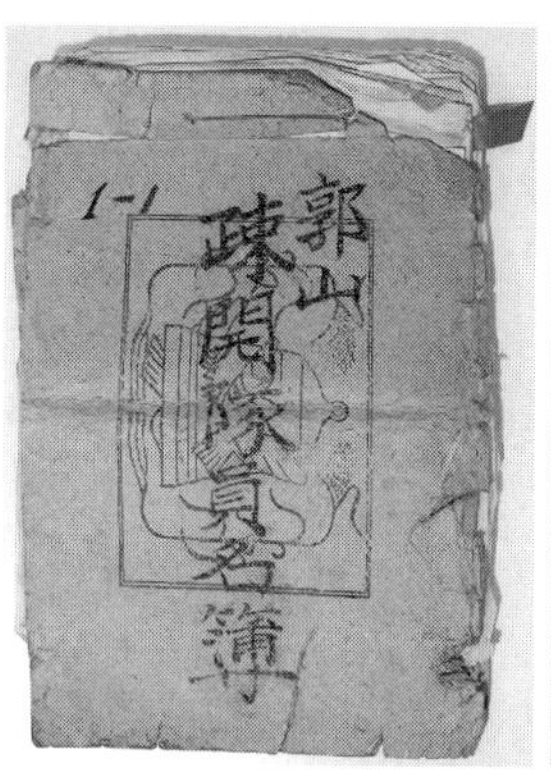

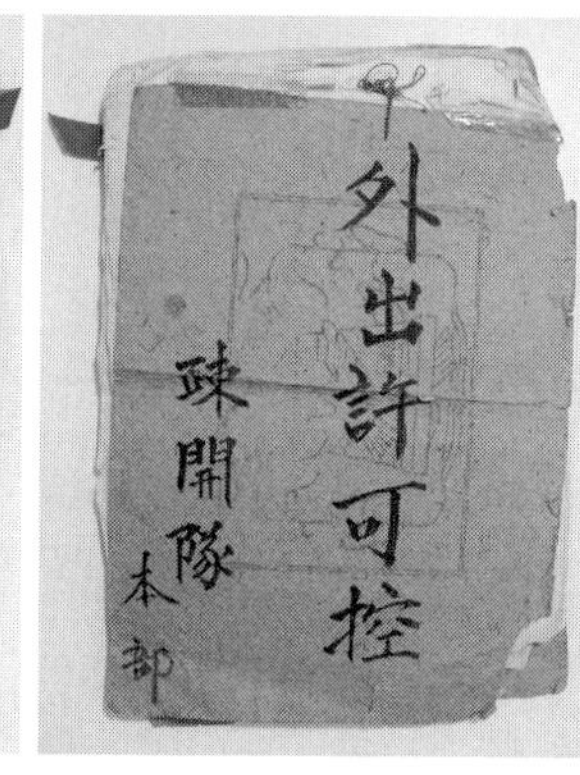

郭山疎開隊員名簿の表表紙（左）と裏表紙（右）　　（田中友太郎氏所蔵）

疎開に加わるよう説得したので、経済部関係者のおおよその人数はわかっているものの、民間会社や一般市民の疎開者についての情報はまったくない。しかし、放っておけないのは言うまでもなかった。出自や背景が異なる日本人疎開者を束ねることができるのは、自分たち満洲国政府の官吏をおいてほかにないのだった。

経済部人事科長の長野富士夫が隊長、人事科員の西村三郎が補佐役の副隊長となって協議が重ねられ、官庁や会社などの組織ごとに一〇〇人ほどの疎開班をいくつか編成し、それぞれの部屋に振り分けたうえで、今後の生活に備えることになった。引率の官吏がそのまま疎開隊の本部員を務めることになり、郭山に住む日本人居留民（きょりゅうみん）とも連絡を取りながら、隊員の母子たちの衣食住を工面してゆくことになった。

すし詰めの無蓋貨車からようやく解放された人々も、くつろいでいる余裕はなかった。夏休みのため運良く空いていた教室に入り、陽射しをさえぎる屋根の下でひと息ついたものの、やはり一畳の広さに三人がひしめき合う状態だった。ほどなく校庭に集まるよう指示が出た。末娘の淑子を抱いた母あきにしたがい、髙見澤彌（ひろし）、隆、皓（きよし）の三人兄弟も人の流れに加わって校庭に出た。あたりは農村地帯らしく、立秋を過ぎた青空にはトンボの群れが舞っていた。

井上喜代と四人のきょうだいも教会堂から校庭へと向かった。初めて足を踏み入れた朝鮮北部の小さな町の学校は、北に約五〇〇キロの距離を隔てた満洲国の首都から忽然（こつぜん）としてなだれ込んだ日本人疎開者で埋め尽くされていた。出発前に新京駅頭で見たとおり、ほとんどが女性と子どもばかりで占められている。男性は病人か、六十過ぎと思われる老人が三〇人ほどいるだろうか。

ほとんどが子ども、女性、高齢者

点呼が完了すると、疎開者は総数一〇九四人に及ぶことがわかった。疎開隊本部の指示で、子どもを連れた母親をはじめ一家の代表者が家族の名前とそれぞれの年齢、家長の所属先、出身学校、内地の連絡先などを順番に申告していった。

記録事務の作業を担当する官吏数人が、新京から携えてきた「満洲帝國政府」の刻印のある三椏和紙の公用箋に、疎開者から聞き取った情報を一つずつ書きつけていった。そのうち、それでは足りなくなり、郭山の郵便局から「朝鮮總督府逓信官署」の公用箋が持ち込まれた。一〇〇人ほどの疎開班がつごう一三、組織されることになり、その詳細はのちに一束の「郭山疎開隊員名簿」にまとめられた。

満洲国経済部関係の疎開者は二七〇人余に及んだ。そのほか、政府と満鉄の共同出資で設立された鉱産資源の掘削を行う特殊会社「満洲鉱業開発」の社員家族、有名百貨店「三中井」の関係者家族などが疎開隊の主流をなしていた。それ以外にも、疎開列車の運行を知って新京市中心部の大同区、北西部の寛城子などから加わった一般市民の家族がゆうに三〇〇人以上含まれていた。

現在に至るまで大切に保管されてきた疎開隊員名簿を調べると、満洲から北朝鮮・郭山に疎開した人々の実像が浮き彫りになる。

まず、乳児一四六人をはじめとして、数え年七歳以下の幼児だけでちょうど四〇〇人に達していた。八歳から十五歳までの子ども一六四人を加えると、それだけで五六四人となり全体の半数を超えてしまう。十六歳から五十歳までの成人も四六九人を数えたが、このうち九七%以上の四五六人が女性で占められていた。五十歳以上の男女六十余人は、当時の常識では高齢者とみなされる年配者だった。本部員を除けば、働き盛りの壮年男性は皆無と言って

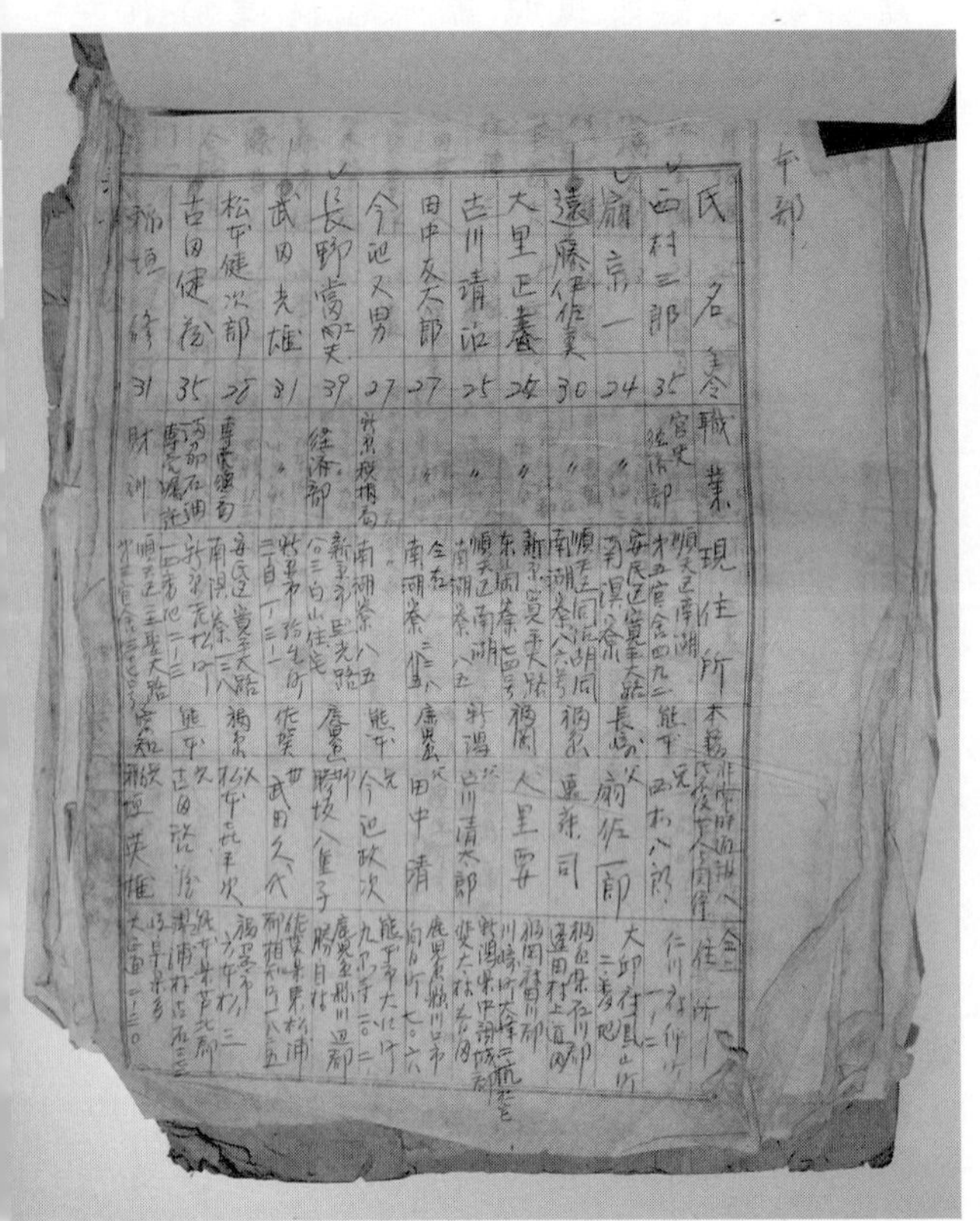

本部

氏名	年令	職業	現住所	本籍	非常時連絡ノ際ノ受取人及関係	住所
西村三郎	35	官史 弘作部	[illegible]	熊本	西村八郎	[illegible]
扇京一	24	〃	[illegible]	[illegible]	扇佐一郎	[illegible]
遠藤伊佐美	30	〃	[illegible]	福岡	遠藤司	[illegible]
大里正養	26	〃	[illegible]	福岡	大里要	[illegible]
吉川靖治	25	〃	[illegible]	新潟	吉川清太郎	[illegible]
田中友太郎	27	〃	[illegible]	鹿児島	田中清	[illegible]
今池又男	27	[illegible]	[illegible]	熊本	今池政次	[illegible]
長野當吉	39	経済部	[illegible]	[illegible]	長野八重子	[illegible]
武田光雄	31	〃	[illegible]	佐賀	武田久代	[illegible]
松平健次郎	28	[illegible]	[illegible]	福岡	松平元平次	[illegible]
吉田健治	35	[illegible]	[illegible]	熊本	吉田諒治	[illegible]
稲垣修	31	財訓	[illegible]	[illegible]	稲垣英雄	[illegible]

郭山疎開隊員名簿（本部）

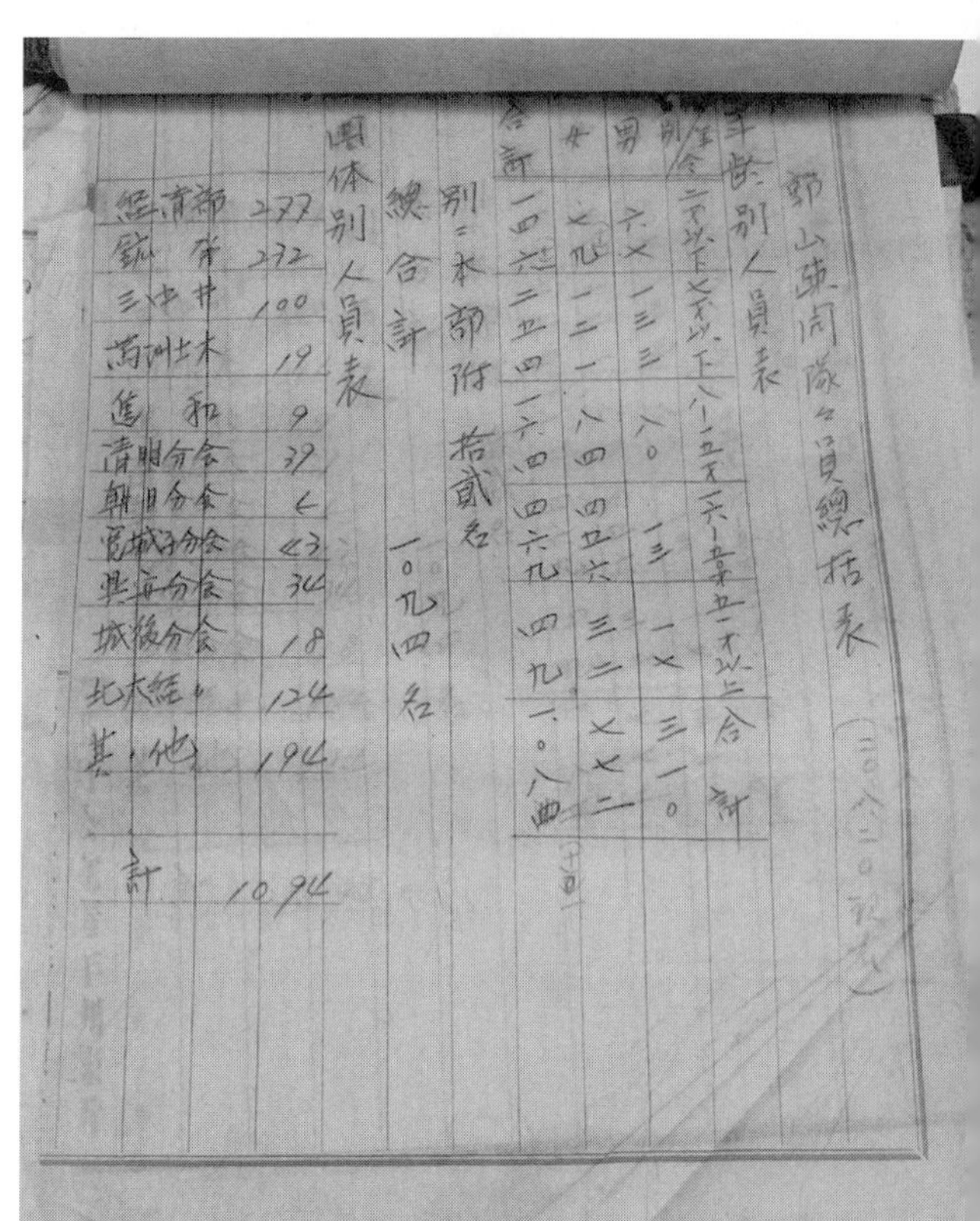

郭山疎開隊々員總括表

年齢別人員表

年令/別	男	女	合計
二才以下	六七	七九	一四六
三才以上七才以下	一三三	一二一	二五四
八−一五才	八〇	八四	一六四
一六−五〇才	一三	四五六	四六九
五一才以上	一七	三二	四九
合計	三一〇	七七二	一〇八四

別ニ本部附 拾貳名

總合計 一〇九四名

團体別人員表

團体	人員
經済部	277
鉱業	232
三中井	100
満洲土木	19
協和	9
清明分会	37
朝日分会	6
[illegible]分会	63
[illegible]分会	34
城後分会	18
北木[illegible]	124
其他	194
計	1094

郭山疎開隊員名簿（年齢別・団体別人員表）

よかった。

第二次世界大戦の末期、「根こそぎ動員」によって出征した満洲国在住の壮年男性の多くが、ソ連軍の捕虜となって極寒のシベリアに抑留され、強制労働に従事させられたことはよく知られている。このシベリア抑留者を一枚のカードの表とするなら、その裏にあたるのが、北朝鮮の寒村に降り立った女性と子どもばかりの疎開隊なのだった。こうして離ればなれになったかなりの家族が、互いの無事と再会をひたすら念じながらも果たされることなく、抑留と引き揚げの途上で力尽き、倒れていった。

敵意をむき出しにする朝鮮の人々

一般市民の立場で疎開隊に加わった髙見澤家の五人は九班に、同じく井上家の五人は一三班にそれぞれ割り振られることになった。官吏家族で占められた班に比べると、市民の班には新京で活動してきた講談師の老人、飲食店などで働く女性従業員をはじめ、実にさまざまな境遇の人々が含まれていた。「このまま朝鮮北部で停滞するより一気に南部まで下り、一刻も早く海路で日本へ帰りたい」と考える人たちもいた。

郭山に着いた翌々日の十五日はカラッと晴れ上がり、朝から夏の陽が照りつけた。

正午過ぎ、小高い斜面に建つ国民学校の窓から郭山の町を眺めていた人々にも、どことなく様子が変わったように感じられた。あたりがにわかに騒がしくなり、朝鮮人の住民たちが次々に外へ飛び出してきた。住民たちは太極旗を打ち振りながら、学校に向かって押し寄せてきた。現在の韓国国旗でもあるこの旗には、一九一〇年の日韓併合によって朝鮮半島が日本領となる以前、李氏朝鮮と大韓帝国が国旗としてきた長い歴史がある。

疎開隊本部員の経済部税務司官吏の古川清治は、万一のために携帯してきた日本刀を取り上げてほかの若い官吏と声をかけ合い、校舎のあちこちに散らばった。自らは廊下の要所に立って不測の事態に備えた。

新潟県中頸城郡斐太村（現妙高市）の農家の三男として生まれた古川は四〇年四月、北陸の敦賀港から朝鮮北東部、咸鏡北道の港湾都市、清津に渡り、満洲国と国境を分ける豆満江沿いの町、図們を経由する列車で新京に入った。第一次世界大戦後の長い不況に加え、世界恐慌の余波を被った農村はいちじるしく疲弊しており、農家に生まれても次男や三男では暮らしていけなかった。そうした経済状況のもと、国土が狭く資源の乏しい日本よりも茫漠たる未開の大陸、無尽蔵の資源に恵まれた満洲国に強く惹かれたのは、当時の若者として無理もないことだった。

古川は満洲国経済部官吏として四五年五月から三カ月間、「教育召集」と呼ばれる満ソ国境での軍隊教育を受け、八月一日に新京での本務に復帰したばかりだった。それからわずか十日後、再び慌ただしく首都を後にしてきた。

「新京を発つ前から危惧してきたことが、ついに現実になるのだろうか」

この数日間、目の前で起きていることがにわかには信じられない思いだった。

郭山の住民たちは、無蓋貨車に分乗した日本人の一団が数日前に到着し、国民学校に身を寄せたことをよく知っていた。敵意をむき出しにした男たちが、校舎に向かって罵声を浴びせかけ、石を投げ込んだ。そのたびに窓ガラスが音を立てて割れたが、教室のなかの人々は身じろぎもしなかった。母親は子どもたちを抱きかかえると、姿を見られないように頭を低くして息をひそめていた。

田中陽子は、母静枝に付き添われながら冷静に成り行きを見守っていた。父勇三は満洲国に新首都を建設するため、日本の大蔵省から派遣された七人の招聘官吏のうちの一人だった。陽子は父が首都を離れ、吉林省内に赴任していた時期に誕生した。それから父の転勤に伴って満洲の各都市を転々としたが、夏休み前には新京の順天在満国民学校の四年生に在籍していた。割り振られた疎開班は三班で、経済部税務司新京税関に勤める白石ヤス子（一八）が同じ班のなかにいた。白石の夫義明（二八）は渤海湾に面した貿易港、営口の税関に赴任していたが、五月に召集されて戦地に旅立っていった。

最初の犠牲者

郭山東国民学校の前に集まった群衆のなかには、この日、監獄から解放された反日運動の政治犯が何人か混じっていたらしい。そのうちの一人が進み出て、大声を張り上げて演説をはじめた。目にしみるような真っ白な民族服のチョゴリを着ていた。

「ぼくたちは二十四年間、牢獄に入っていました。あなたたち日本人に恨みあります。一人ひとりプッた切って、肉を煮て食べてスープにして吸っても、吸いたらん！」

日本語だった。三十五年間の植民地支配に耐えてきた人々の敵意がむき出しになり、母子たちはその剣幕に震え上がった。

「朝鮮の人々が、日本人に対してこれほどの憎しみ、恨みを感じていたとは……」

愕然(がくぜん)とした古川は、われに返って刀を握りしめた。その時、荒れ狂う人波をかき分けるようにして別の男たち数人が群衆の前に現れ、両手を広げて立ちはだかった。途切れ途切れに早口の朝鮮語が聞こえた。

「ここにいる日本人たちは何も悪いことをしたわけではない。しかも、女性と子どもばかりではないか。悪いのは日本の為政者であって軍閥なのだ。だから、こんな無謀なことはやめようではないか」

朝鮮語を解する者が聞き取ったところでは、若い朝鮮人の教師たちが急を聞きつけて駆けつけたらしかった。懸命の説得によって群衆の激高は次第に収まり、疎開隊の日本人は難をまぬがれた。住民たちは町に向かって戻りはじめ、古川らもホッと胸をなで下ろした。

その時だった。今度は教室のほうから悲鳴が上がった。

「子どもが青酸カリを飲んでしまった！」

暴徒と化した朝鮮人たちの様子に「もはやこれまで」と観念した数人の若い母親が、隠し持っていた青酸カリを幼子に飲ませ、無理心中を図ろうとしたらしい。満洲鉱発社員の妻たちは、もしもの時のために毒薬を懐にしていたのだった。

二人の乳幼児が毒物中毒で即死した。

郭山疎開隊の最初の犠牲者は、年端もいかない子どもたちだった。それは、先行きの見えない事態の不吉な前兆に違いなかった。

八・十五、「難民」になり果てた日

この日の夕刻、国民学校と教会堂に分かれた疎開隊員に、それぞれ集合命令が発せられた。教会堂には宵闇のなか、疎開隊副隊長の西村三郎が現れた。固唾(かたず)をのんで見守る母子たちの前に立ち、西村はうめくように語りはじめた。

「みなさん、心を静めてよく聞いてください。頼みにしていた日本の軍隊は敗れました。今日、天皇陛下の玉音放送があり、日本が無条件で降伏したことが伝えられました。私たちは、日本人は、敗れたのです」

西村の手にしたろうそくの火影が大きく揺らぎ、影になった人たちのほうからすすり泣きが漏れてきた。午後、国民学校に押し寄せた朝鮮人たちの行動の意味が今、ようやく飲み込めたように思われた。

「みなさん、静かにしてください。ただ泣いていても仕方がないのです。日本の敗戦については、私たちも反省せねばなりません。しかし、こうなった以上、これからの生活は疎開隊本部が全責任をもって善処しますから、どうか心配しないで任せてほしい」

西村はさらに続けた。

「今夜はまた何か騒ぎが起こるかもしれない。班ごとに不寝番を立てて十分警戒するようにしてほしい。何か変わったことがあったら、ただちに本部に連絡するのを忘れないでください。それから、勝手な行動は厳につつしむように……」

しかし、呼びかけに答える声はなかった。母親たちは無言のまま、子どもたちと支え合うようにして割り当てられた場所に戻り、その場に力なく座り込んでしまった。

それから一時間ほど経過したころ、闇に沈んだ教室のなかから突然、「火事だっ！」と声が上がり、だれもが一斉に立ち上がった。南を向いた窓の下に広がる郭山の町を隔てて、向かい側の山腹に真っ赤な炎が渦巻き、すっかり暗くなった空を明々と焦がしているのが見えた。だれかが怯えたように叫んだ。

「あれは郭山神社じゃないか。神社が燃えているんだ！」

日本領の朝鮮半島だけでなく、満洲でもいたるところに神国日本の象徴として神社のやしろが建立され、支配される側の住民は戦前から参拝を強いられていた。敗戦の日の夕べ、朝鮮北部の小さな町でも、そのシンボルに真っ先に火がかけられたのだった。

眼下の町が再びざわつきはじめ、無数のカンテラの光がこちらに近づいてくるのが見えた。夜目に青く見えるほどの白衣の群れが、国民学校と教会堂のほうへ向かってぞろぞろと、しかし整然と登ってくる様子が望まれた。

突然、教会堂と隣り合う礼拝堂の鐘が「カン、カン、カン、カン」と鳴り響いた。息をひそめて様子をうかがう人々の耳に、朝鮮語の賛美歌が高らかに響き渡った。隣室には少なくとも数百人の朝鮮人キリスト教徒が集まっているらしい。

賛美歌の合唱が終わると、今度は荘重な調子の演説がはじまり、それに続いて歓呼の声が沸き起こった。

「大韓国、マンセーイ！」

「植民地の朝鮮が『大韓国』として独立したのに違いない」

人々はそう直感した。悲憤と嘆き、虚脱感が代わるがわる去来した。

今となっては疎開者と称すること自体、誤りなのかもしれなかった。この瞬間にも、ソ連軍の侵攻にさらされている満洲では朝鮮と同様、日本の植民地支配を打破すべく、満洲人や中国人が気勢を上げていることだろう。そうだとすれば、戻るべき満洲国はもはや風前の灯だった。

日本人は八月十五日を境にして敗戦国民に身を落とした。しかし、戦乱の満洲を逃れてきた疎開者には、それだけでは済まされなかった。人々はこの日から、帰る場所を失った「難民」になり果てたのだった。その後、それ以上の混乱はなかったが、人々は重苦しい雰囲気のなかで一夜を明かした。幼い子どもたちをこれからどうして守ったらいいのか。母親たちの胸には不安の塊が重くわだかまっていた。

脆弱な日本人社会

翌十六日の夜明けとともに、班ごとに割り当てられた炊事当番が、急ごしらえの炊事場に集まった。責任者を囲んで五、六人の女たちが声高に話し合っていた。耳を傾けていると、そのうちの一人は新京からの疎開者ではなく、郭山の日本人居留民であることが知れた。女性は昨夜の火事の後、自宅を捨てて疎開隊に助けを求めてきたのだという。

「日本の敗戦が知れわたると、鮮人の怒りの矛先は一斉に、日本軍のもとで権勢を振るった警察官に向けられたのよ」

女性はそう語った。やり場のない憤懣を爆発させた住民は、これまでの抑圧の象徴とも言える駐在所や警察官の自宅に次々と押しかけたという。警察官はみな引きずり出されて殴られ、昏倒してもなお足蹴にされた。暴徒の群れは部屋中を荒らし回り、米やみそ、家財道具も残らず奪い去った。略奪を終え、喚声を上げる朝鮮人の目から逃れようと、その女性は家の門戸を固く閉ざして息をひそめていたが、ほとぼりが冷めたころ、意を決して多数の日本人が疎開している国民学校を目指し、逃げ出してきたのだった。

第二次世界大戦終結後、朝鮮半島から内地に引き揚げた日本人の膨大なデータを集積した労作『朝鮮終戦の記録――米ソ両軍の進駐と日本人の引揚――』(森田芳夫著、巖南堂書店、一九六四年刊)は、第八章「北朝鮮における日本人の越冬」で咸鏡北道、咸鏡南道、江原道、黄海道、平安南道など朝鮮北部に疎開した日本人と居留民、そして死亡者の実数を、引き揚げ者からの聞き取り調査や手記の内容をもとにしながら詳述している。しかし、朝鮮北西端の平安北道に含まれる新義州、宣川、定州、孟中里、博川などにはさまれた郭山に関する記述は、わずか一〇行に過ぎない。ほかの町との大きな違いは、疎開した町の規模の小ささと日本人居留民の少なさだった。

近隣の定州（満洲難民一〇三二、居留民一六八八）や宣川（同約一〇〇〇、同約一三〇〇）と比べても、郭山在住の居留民は一七家族、七六人とごく少数だった。当然、町なかにも日本人が固まって住む区域はなく、現地住民の家屋と軒を連ねて混住するのが当たり前になっていた。国民学校長と郵便局長を除けば、現地人と交渉できるような日本人実力者も見当たらなかった。こうした日本人社会の脆弱さにもかかわらず、ほかの町を上回る規模の難民が押し寄せたことは、のちにきわめて厳しい越冬の試練を伴って人々を痛めつけることになる。

この日を境にして、「疎開隊」は「避難民団」へと呼称の変更を余儀なくされた。しかし、「避難民」と「難民」の間には大きな意味の違いがあることから、このまま「疎開隊」の呼称を使うことにしたい。

武器、貴重品、薬、すべて没収

この日、朝鮮人住民による「保安隊」が結成され、治安維持の権限は日本人の手を完全に離れてしまった。日本人警察官は保安隊に武器を引き渡すと、東隣に位置するこの地域の中心都市、定州の本署に向けて去っていったという。郭山の警察官駐在所はすぐさま保安隊に接収された。疎開隊を守ってくれる公権力は、もはやどこにも存在しなかった。

発足したばかりの保安隊は、その日のうちに国民学校と教会堂の日本人に対する臨検を実施した。押収した日本刀を腰に下げ、軍靴を履いた屈強な保安隊員が三人、時にピストルを突きつけながら、疎開隊一班から順番に全員の所持品を調べていった。

無用なトラブルを避けるため、疎開隊本部では銃剣類を自発的に集め、臨検前に保安隊に献納しようとした。しかし、身の危険に備えようと海軍ナイフや懐刀を隠し持った人も少なくなかった。宝石類や指輪、金銀盃などの貴重品を持つ人は、足袋の底に縫い込んだり、リュックの底を二重に改造したりと、考えつくかぎりの知恵をしぼって検査に備えていた。しかし、保安隊員はいっさい容赦しなかった。武器はもちろんのこと、金目のものが見つかった場合にも所持者は激しくののしられ、打ちすえられたうえですべてが没収された。情報収集に欠かすことのできないラジオも、一つ残らず取り上げられた。

保安隊の目的はそれだけではなかった。

「日本人が井戸に青酸カリを流し、朝鮮人を殺そうとしている」といううわさが広がっていたのである。前日、青酸カリを飲まされた乳幼児が死亡した事件は、すでに現地住民の耳にも入っていた。国民学校の裏に井戸があることから、うわさに尾ひれがついたらしい。所持薬品類の検査はことさら入念に行われた。

間の悪いことに、ある班から多量の青酸カリが発見された。所持者の六十歳近い年配の男性は「万一の時に身を守るつもりだった」と弁解し、保安隊の憤激を買った。男性はそのまま連行され、留置されて厳重な取り調べを受けることになった。

保安隊が男性を留置した建物の近くにいる班の人たちは、顔色を変えて「革の鞭がしなる音が聞こえるたびに悲鳴が高くなっていくのよ」とささやき合った。疎開隊長の長野富士夫も後日、保安隊からこの一件で呼びつけられ、「青酸カリは朝鮮人殺害のため、謀略用に持ち込んだものだろう」と厳しい追及を受けた。

朝鮮人住民の疑念は容易に収まらなかった。十八日にも不意打ちの臨検が行われた。

保安隊員は、薬と見れば胃散からアスピリンに至るまで、ありとあらゆる錠剤、粉末を没収して去っていった。もし、これらの薬品類が残されていたなら、のちに少なからぬ命が救われたかもしれない。

郭山疎開隊の人々は知るよしもなかったが、この日、十三年余の歴史を刻んできた満洲国は正式に解体され、消滅した。経済部の官吏らが当初の疎開先と聞かされていた通化近郊の大栗子（だいりつし）という小さな町が満洲国終焉の地となった。関東軍が抗戦の拠点に定めた朝鮮国境近くの山岳地帯に向かった皇帝溥儀（ふぎ）は、大栗子の鉱業所内にある食堂のなかで「皇帝退位」の詔書に署名した。これを受け、首都新京の呼称は旧来の長春に戻された。

溥儀は一夜明けた十九日の昼ごろ、日本に亡命するために立ち寄った奉天（ほうてん）の飛行場で、日本軍機より先に到着したソ連軍空挺部隊に捕らえられ、ただちにソ連領内の強制収容所に送られて収監された。傀儡（かいらい）を象徴する出来事はそれだけではなかった。関東軍の特務機関を経て、溥儀の極秘連行や阿片ビジネスなど数々の謀略にかかわった満洲映画協会（満映）理事長、甘粕（あまかす）正彦が監視役の目を盗み、隠し持った青酸カリによる服毒自殺を遂げたのは、翌二十日早朝のことだった。甘粕は五十四歳だった。

第三章　足りない食糧

かびの生えたとうもろこし

日本の無条件降伏によって植民地支配を脱した朝鮮人と、旧満洲国の難民となった日本人疎開者の立場は完全に逆転した。厳しい監視下に置かれた総勢一一〇〇人近い郭山(かくさん)疎開隊の人々は、まず何よりも食糧の確保に頭を痛めた。

郭山はこのあたりの米どころとして知られ、周囲には青々とした水田が広がっていた。しかし、収穫前の時期でもあり、米の入手は困難だった。それでも当初は日本統治時代以来の面事務所が間に入り、一日に一人あたり大人二合、子ども一合程度の雑穀類を配給してくれた。七歳以下の幼児に対してのみ、米飯のおにぎりが一日二回、一人一個ずつ配られた。八歳以上の子どもと大人たちには、大豆ととうもろこしをわずかの米でつないだおにぎりが与えられた。副菜に少々の漬物があれば恵まれたほうだった。

炊事場には、釜の底にこびりついたおこげのおにぎりを目当てにして長い行列ができた。高見澤家の三兄弟も行列に並んだが、願いはなかなかかなえられなかった。食べ盛りの子どもたちは空腹に耐えながら、無為に時間をつぶすしかなかった。

朝鮮人住民によって組織された保安隊は、団体行動を条件に郭山疎開隊の滞留を許可したものの、食糧問題にはいっさいかかわらなかった。日本人居留民にしても、自分たちの一〇倍以上もいる疎開隊員の食糧を確保することなど、とても無理な相談だったし、知人の朝鮮人を介して交渉することも難しくなっていた。

やはり自ら食糧確保に動く以外にない。家族の人数に応じてしかるべき食費を徴収し、本部員の田中友太郎が主食の穀物や野菜類の調達を担当することになった。炊事に欠かせない薪の確保もまた大切な任務だった。

田中は集まったお金で穀物をまとめ買いしようと試みたが、米やみそなどの質の良い食糧の入手は至難だった。付近の農家を訪ねて「どうか、米をください。少しだけでも米をください」と拝み倒しても、容易なことでは売ってくれない。そのうち、おにぎりの材料に使われていた大豆も乏しくなってきた。

主食は次第にとうもろこしに代わり、石臼で挽いた粉に多量の水を加えておかゆにする方法が考案された。とうもろこしの品質もどんどん劣化し、家畜の飼料に回されるような、ひからびて虫の入った在庫品が目立ってきた。すっかり水分の抜けた古くて固いとうもろこしをいくらかでもやわらかくしようと、鍋に水を張ってひたしてみると、粉のような青かびが水面に浮き上がってくるのだった。

野菜類も貴重品だった。このころ、疎開隊本部の庶務担当として疎開隊の日々の記録をまとめていた扇京一（おおぎきょういち）は、時間ができると朝鮮人住民が野菜を洗いに来る小さな谷川の下流に陣取り、流れてくる菜っ葉の切れ端をすくい取ろうとした。だれもが必死だった。

食糧事情の悪化は人々の衰弱に直結した。胃腸の不調が次第に慢性の下痢になっていく。しかし、新京から携えてきた薬品類は胃散に至るまで没収されていた。

前出の『朝鮮終戦の記録』には、朝鮮北部の中心都市、平壌の食料品価格の推移が克明に記録されている。

敗戦の八月から十月までの間、主食一斗あたりの相場は白米が一五〇円、麦一〇〇円、粟八〇円、こうりゃん九〇円という具合だったが、同年十一月から翌年一月にかけてそれぞれ三〇〇円、一五〇円、二二〇円、一九〇円と倍前後に跳ね上がり、さらに二月から四月の間には五〇〇円、三四〇円、三八〇円、二五〇円と最高値の水準を更新した。本来は副食にあてられる大豆にしても、同じ期間に七〇円から一八〇円、二〇〇〇円へと推移した。

いずれも三倍から四倍という暴騰ぶりである。五月に入ると相場はようやく頭打ちの状態になるものの、大量の日本人疎開者がなだれ込んで難民化していった一九四五年秋から翌四六年春にかけて、朝鮮北部の食糧需給が極端に逼迫していたことがわかる。

新米軍医の来訪

そのころ、新京医科大学を卒業して間もない軍医や衛生兵十数人が郭山疎開隊を訪ねてきた。そのなかに新京・蒙家屯の関東軍衛生幹部教育隊に配属されていた新米の軍医、山谷橘雄（二三）がいた。

山谷は一九二二（大正一一）年、日本領南樺太の元泊郡帆寄村で九人きょうだいのうち上から六番目の三男として生まれた。両親は北海道日高地方の浦河から漁場を求めて樺太に移り住んだ漁師だったが、山谷の国民学校の成績は抜群に良かった。その尋常小学校卒業と同時に、退職し内地に戻ることになった国民学校校長の勧めにしたがって、山谷は上杉藩藩校の流れをくむ山形県の旧制米沢興譲館中学を受験した。期待にこたえて一〇番前後の好成績で合格した。

元校長宅に下宿して旧制中学に通ううち、山谷は医学を志すようになった。進学先を決めるにあたって、その目は大陸に向けられた。理由は二つある。

一つは、中学時代にイギリス・スコットランド出身の医師、宣教師であるデュガルド・クリスティー（一八五五～一九三六年）の自伝『奉天三十年』（岩波新書）を読んで強く惹かれたことだった。クリスティーは古都奉天（ほうてん）に奉天医科大学（現中国医科大学）の前身となる病院を建てた人物で、その自伝は矢内原忠雄の翻訳によって戦前の日本で広く読まれていた。もう一つには学費の制約があった。内地の医学部や医科大学への進学費用の捻出は容易でないが、満洲国の新京医科大学に進学すれば学費は免除されるという。

山谷は満洲行きを決断した。

新京医科大学は吉林（きつりん）省立医学校を前身とし、一九三七年公布の満洲国学制改革によって四年制の医学専門大学となった。建国大学と並ぶ満洲国を代表する高等教育機関として評価が定まり、入学試験には日本や満洲だけでなく、朝鮮や台湾からの受験生を含む一三〇〇人の志願者が押し寄せた。試験は東京でも実施されたが、山谷が受験した四〇年入試の合格者は七〇人余に過ぎず、実質倍率一七倍の狭き門だった。

この年の十月、山谷は下関から船で朝鮮南部の釜山（ふざん）に渡り、列車で新京へ向かった。翌年一月から医学生の生活がはじまった。五〇人の同期生の内訳は中国人、蒙古（モンゴル）人が最も多く、続いて日本人、台湾人、朝鮮人の順で、いわゆる「五族」が寮生活をともにしながら学んでいた。九州帝国大学出身の日本人教授や中国人教授が教壇に立ち、授業は日本語で行われた。そうした意味では少数派の日本人が明らかに優遇されていたものの、満洲国の理念である「民族協和」の考え方は失われてはいなかった。

事前に聞いていたとおり学費は免除されたが、教科書代や生活費は支給されないことが明らかになった。山谷にとって予想外のことだったが、今さら樺太の両親に仕送りを頼むわけにはいかない。生活費を得る現実的な方法は、士官補佐試験を受けて関東軍の奨学金給付生になるほかなかった。受給の見返りは、医科大卒業後に衛生兵、軍医として関東軍に入隊することだった。山谷は外科を専攻し、境遇の似通った内地からの苦学生とも親交を深めていった。

ソ連兵の目を逃れて

山谷たちが属した衛生隊は、ソ連軍の侵攻にさらされた新京から通化に向けて移動中、奉天への中間地点にあたる四平街(しへいがい)付近で敗戦を知らされた。そのまま南下して通化近郊で野営したのち、朝鮮国境を越えて二十日ごろ、平壌に到着した。

平壌にはそのころ、日本人居留民約三万人に加えて満洲から二万人近い難民が押し寄せていた。衛生隊はすぐ、市内の学校に臨時野戦病院を設営して診療にあたることになった。近隣の平安南道の町々をはじめ、いたるところに巡回診療を待ちわびる日本人難民がいた。各方面への救護班が編成され、山谷ら十数人の部隊は満洲国境方面の平安北道にいる疎開隊を一つずつ回ることになった。

完全武装のまま北上し、定州を経て郭山の町に入った衛生隊は、さっそく疎開隊のいる郭山東国民学校に腰を落ち着けて診療を開始した。医薬品の欠乏に悩みはじめた郭山疎開隊の人々にとって、医師の巡回は朗報だった。山谷はここで偶然、新京医科大学に一時在籍したことのある旧知の都甲芳正（二〇）と再会を果たした。

終戦前、京城帝国大学法文学部に通っていた都甲は、八月十五日の敗戦を受けて家族が暮らす郭山に帰ることを決断した。ソ連進駐軍はまだ姿を見せておらず、米軍機の来襲もなかった。京城の街は南下してきた軍服姿の関東軍兵士であふれかえり、それからしばらくの間、夜の繁華街は軍人の酔態で埋まったという。都甲の父芳男（五三）は、疎開隊が身を寄せる郭山東国民学校の校長を務めた日本人居留民のまとめ役だった。

朝鮮北西端の平安北道には、ソ連兵が現れはじめていた。見つかった日本兵は、捕虜収容所に送られていた。都甲は山谷にこう勧めた。

「ここで保安隊に武装解除されて（新京から避難してきた民間人のふりをして）疎開隊に紛れ込んだほうが安全ではないでしょうか」

捕虜となった日本兵はシベリアに連行されるといううわさも流れていた。山谷は衛生隊の仲間とともに忠告にしたがい、疎開隊の一員として郭山にとどまることになった。着たきりの軍服を焼き捨て、武器弾薬は自主的に保安隊に提出した。

朝鮮人の保安隊は表向き、ソ連進駐軍に服従していたが、ソ連兵による略奪や暴行の被害が朝鮮人にも及びはじめたため、面従腹背の側面もあった。保安隊は関東軍の装備類の献納を歓迎し、その残党が疎開隊に加わっていることをソ連軍に報告しなかったらしい。

保安隊創設に前後してソ連兵の最初の一団が郭山にも現れ、そのまま平壌に向けて南下していった。このころには、満洲の主要都市がソ連軍に蹂躙され、略奪や暴行が頻発しているとのうわさが広がっていた。ソ連兵の姿を見かけるたびに緊張が走り、疎開隊の女性たちは身を固くして屋内に隠れた。しかし、目前に現れたソ連兵の装備はひどくみすぼらしかった。豆満江を越えて朝鮮北東部から南下してきたらしい部隊は、マンドリンと通称される短機関銃こそ手にしていたものの、ボロボロの軍服は乞食同然に見えた。隊列も規律がなく乱れ放題だった。人々は割り切れない思いを抱き、こうささやき合った。

「日本軍はなぜ、こんなだらしないソ連兵に敗れてしまったのだろうか」

農業倉庫に追いやられる

九月に入ると、朝鮮人の子どもたちに対する独自の教育が開始されることになり、国民学校にいた母子に立ち退き命令が出された。隣接する教会堂に身を寄せた一部の人々を除き、疎開隊の大部分は代わりに指定された郭山駅裏の農業倉庫への移動を余儀なくされた。倉庫には外光を入れる窓もなく、床は打ちっ放しのコンクリートで、夏が終わったばかりというのに冷え冷えとしていた。白石ヤス子や田中陽子は、地面に藁（わら）むしろを重ねて敷いただけの場所で寝起きしなければならなくなった。倉庫の周囲には有刺鉄線が張りめぐらされていた。外出の自由を奪われた難民生活がはじまった。

この農業倉庫にしても好きなだけいられるわけではなかった。疎開隊本部は、農作物の収穫期が迫っていることを移動前から告げられており、作物が運び込まれる前に別の居場所を見つけなければいけないこともまた、内々に言い渡されていた。

朝鮮半島の北緯三八度線以北では、ソ連軍の進駐とともに共産主義の体制固めが一斉に進められ、行政などをつかさどる人民委員会が各地に相次いで設立されていた。日本の植民地支配を脱した朝鮮人の政治運動は左翼系のほうが優勢を保っていた。郭山を含む朝鮮北部では、のちに大韓民国初代大統領となる李承晩（りしょうばん）ら親米的な独立運動家が「売国奴」と名指しされ、ののしられるようになった。

一方、三八度線以南の京城に本拠を置く朝鮮共産党は米軍の進駐後、軍政当局の締めつけによって弱体化した。代わってソ連から帰国した金日成らの北部朝鮮分局が影響力を強めていった。朝鮮北部では、戦前の日本の統治に協力的だった朝鮮人が土地や財産を接収され没落していった。すでに閉鎖された三八度線を越えて南部への逃亡を計画する人々もいた。満洲を逃れた日本人難民や日本人居留民への対応も厳しさを増していた。

日満通貨の暴落

郭山疎開隊の人々に大きな衝撃を与えたのは、日満通貨の暴落だった。

新京から持ってきた頼みの現金は、日本の敗戦と満洲国解体の余波を真正面からかぶってしまったのである。食料品価格の高騰は通貨の暴落と相まって、日本人難民にとって数字の変化の二乗にも値するほどの影響を及ぼすことになる。

満洲国建国以前の中国東北部は、遼寧省、吉林省、黒竜江省を総称し「東三省」と呼ばれていたが、各地に割拠する軍閥がそれぞれに財政自主権を持ち、自由に紙幣を発行していた。また、国際的に主流の金本位制に対し、この地域では伝統的に銀本位制や銅本位制がとられていたことから、通貨統一への道のりは険しかった。しかし、一九三一年の満洲事変（柳条湖事件）を契機に通貨統一の要請が強まり、翌三二年三月の建国からわずか三カ月後には、首都新京の大同広場に面して満洲中央銀行本店が設立された。

同年秋以降、満洲国の「新五色旗」をあしらった新紙幣が順次、流通しはじめた。当時の執政溥儀も筆をとったという。関東軍の庇護下にはあるものの、満洲紙幣は軍票（軍隊が通貨に代えて発行する手形）とはまったく異なり、わずか三年ほどで信用力を備えた国幣として定着した。こうしたケースは世界の通貨史上でも、きわめてまれなことだったという。

それ以来、満洲中銀が発行する満洲紙幣は日本紙幣、朝鮮紙幣と同価値に扱われてきたが、日本の敗戦で状況はまったく変わってしまった。ソ連軍の先鋒部隊が旧名に戻された長春の市街地に入ったのは、日本の無条件降伏から四日後の八月十九日のことだった。満洲中銀本店は翌二十日にはソ連軍に接収され、預金の受け払いなどの業務いっさいを停止した。保管された現金や有価証券類は持ち去られ、金融機構が失われた満洲紙幣の暴落はいちじるしかった。

満洲紙幣（満洲中央銀行券）※

持てる者と持たざる者

疎開隊のなかには「現金で五〇万円は持っている」とうわさされたある老人の一家をはじめ、日本紙幣や満洲紙幣を一〇万円、二〇万円と携えてきた家族が相当いるらしかった。経済部官吏や出征者の家族も新京を離れる際、それぞれ年俸の一、二年分を現金で受け取っていた。それ以外にも、現金二、三万円と預金通帳くらいは身に付けて疎開した家族が多かったらしい。

これだけの現金を隠し持った日本人難民を前にして、利にさとい朝鮮人の女たちが餅や飴、朝鮮漬、煮魚など、あらゆる食べ物を籠(かご)に入れて疎開隊のもとへ売りに来るようになった。町はずれには、日本人の懐をねらった「温飯屋(おんぱんや)」と呼ばれるヤミ食堂も何軒か開店し、手持ちに余裕のある人々が夜の闇にまぎれてこっそり抜け出していった。郭山の特産米は、難民化した日本人の所持金を召し上げるかたちで供給されるようになった。満洲から持ち込まれた大量の現金は三八度線に阻まれて朝鮮北部に滞留し、急激なインフレの大きな要因になっていく。

配給ではとてもお目にかかれないような炊きたての白米が、温飯屋では茶碗一杯一〇円、お新香を添えても一一円で味わえるようになった。リュックサック一つの制限を無視して現金の入ったボストンバッグを持ち込んだり、臨検で隠し通した高級品を首尾よく売りさばいたりした人々はこうした食べ物にありつくことができた。ほとんど現金の持ち合わせがない家族との格差は大きかった。

疎開隊本部は、不公平につながる食料品のヤミ買いやヤミ食堂通いを禁止した。理想論を言えば、隊員の所持金を集めて食糧を平等に配給したいのだが、新京での暮らしぶりはさまざまだったし、持てる者ほど巧妙に余剰金を隠していることもあって禁止を強制するのは困難だった。

財布が紛失する被害が報告されるようになり、犯人が現行犯でつかまった。五人の子どもを連れて新京から疎開列車に乗り込んだものの、現金を持ち出すことのできなかった母親だった。こうした不平等は一向に改善されないまま、持たざる家族の窮状は深まっていった。疎開隊本部は私財処理の効果的な手立てを打ち出すことができなかった。

現金だけでなく、洗濯物の盗難事件も相次いだ。物干しから目を離すと、上着はもちろん、下着や股引まで片っ端から消えてしまう。夜になると朝鮮人が盗品を買い叩きにやってきて、こっそりと換金されるらしかった。新京から運ばれてきた上質の衣類には、下着であろうが毛布やタオルであろうが、それなりの需要があった。

盗品の売買に手を染めないかぎり、持たざる者には現金を手に入れるすべがない。洗濯物は監視のある場所でなければ干せなくなってしまった。

新手の換金商法

そのうち、疎開隊のもとに現れる朝鮮人の物売りたちの態度が変わり、朝鮮紙幣でなければば受け取らなくなった。これには、それなりの現金を持っている人たちもみな、うろたえた。

物売りの女たちに混じって朝鮮人の男が姿を見せはじめた。男たちは疎開隊に売りつける商品を持ってくるのではなく、だれかれとなく相手を物色しては、声をひそめて話し込んでいく。これが日満紙幣を朝鮮紙幣に両替する新手の商売だった。

受け取ってもらえない紙幣を手に、その日の食糧補給に窮した人々は、この商法にそれこそ飛びつくようにして手持ちの紙幣を交換しはじめた。

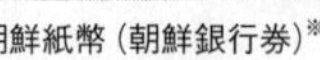
朝鮮紙幣（朝鮮銀行券）※

男たちの言い値で決められる交換レートは、毎日のように変動した。最初のうちは日満紙幣一〇〇円に対して朝鮮紙幣六〇円だったものが、翌日には朝鮮紙幣五〇円相当のレートになり、さらに日を追うごとに三五円から三〇円へと暴落していった。
巧妙な取引に乗せられて、所持金の大部分を朝鮮紙幣に交換する人々が相次いだ。
新手の換金商法を察知した保安隊が、間もなく紙幣交換禁止令を出したため、朝鮮人の両替屋との取引もまた、夜のうちにこっそりと行われるようになった。「でたらめな交換レートではないか」と疑ってはみても、信頼できる情報は何もなく、自由に外出することもできない状態に置かれた日本人にはどうしようもなかった。通用しない紙幣をいくら持っていたところでまったく意味をなさないのだ。

一瞬で激減した額面

郭山駅に降り立った時、井上喜代は日本紙幣と満洲紙幣で三五〇〇円を懐にしていた。日本人が逃げ出す様子を見て押しかけた近所の満人たちに家財道具を二束三文で売り払った金に加え、万一のために用意していた現金を合わせたものだった。疎開隊のなかでは決して多くはなかったものの、新京では六人家族がゆうに半年は暮らせる金額だった。隣組から疎開列車の運行を知らされたのは土曜の夕刻だったから、銀行や郵便局は窓口を閉ざしており、預金通帳や債券以外に持ち出せた現金はごくわずかだった。

日満紙幣の暴落に直面した喜代は、決して多いとは言えない所持金の半分を朝鮮紙幣に交換しようと決め、夜になるのを待ちかねて、両替屋と聞いた朝鮮人牧師の家を訪ねていった。その家は郭山の一般家屋から少し離れ、疎開隊の一部が身を寄せる教会堂に近い高台にあったので、夜間に出かけるにも都合が良かった。

薄暗い電灯が照らす縁側で、薄い夏服を着た朝鮮人の若い女が広げた札束を数えていた。

庭先には五、六人の日本人女性が、その様子を遠巻きにしながら見守っている。「半あぐら」と呼ぶのだろうか。片膝を立てて朝鮮人特有の座り方をした女の周りには、香水の匂いが濃く漂っていた。

「あなたたちの持っている日本紙幣や満洲紙幣は、この近辺では絶対に通用しませんよ。うちでは厳重なソ連軍の警戒網をかいくぐって鴨緑江(おうりょくこう)の向こうの安東(あんとう)まで出かけ、低い利率で交換してくるのだから、日本紙幣一〇〇円に対して二五円以上は絶対に出せませんね」

女は時折、こちらに視線を投げてよこしながら、上手な日本語で言い放った。

「昨日までは三〇円だったでしょう。どうか三〇円でお願いします」

周囲の人たちがこう言って食い下がるのもまったく相手にせず、笑い飛ばした。

「明日の晩は二〇円になりますよ。それで良かったら、またいらっしゃい」

日本紙幣一五〇〇円と交換されて喜代の手に戻ってきたのは、朝鮮紙幣で三九〇円だった。一瞬のうちに額面が四分の一になったこの金で、どれだけ持ちこたえることができるだろうか。わずかな配給を補うため、茹でたとうもろこしを求めるのにも五円は出さねばならない。子どもたちのもとへと戻りながら、やりきれなさが込み上げてきた。

背に腹は代えられない。翌日からは道端に生えているスベリヒユやアオビユ（青げいとう）などの野草を手当たりしだいに摘んできて、少しずつ買い求めた味つけの岩塩といっしょに茹でて副食の足しにした。配給の食費として月ごとにまとめて何十円かずつ徴収されるので、現金は取っておかねばならない。木の実でも何でも食用になるものなら見逃さず、大事に持ち帰るようになった。

疎開隊本部がようやく対策に本腰を入れたらしく、こんな通達が出された。

「各自が個人でバラバラに紙幣を交換していたのでは、利率が悪く損をすることになる。本部で現金を一括して安東に出張し、もっと高率に交換することを予定しているので、交換希望者は申し出るように……」

時すでに遅く、日満紙幣は人々の懐からあらかた出払ってしまっていた。「今さら何を言っているのか」と嘆く人も少なくなかったが、まだ残っていた紙幣がかなり集められた。四、五日後に返却された朝鮮紙幣の交換レートは四割弱で、本部に手数料を支払っても朝鮮人の両替屋よりましだった。日本人難民はやはり足もとを見られていたのだった。

所持金の提供を求めたものの

それから間もない九月半ばのある日、本部の指示で各家族から一人ずつ代表が集められた。疎開隊副隊長の西村三郎が満洲国と朝鮮の現状や今後の見通しを説明するためだった。

「終戦と同時に満洲を席巻し、朝鮮にもいち早く進駐したソ連軍が半島のほぼ中央にあたる北緯三八度線を境にして、朝鮮南部に入った米軍と対峙しています。南北朝鮮の間をつなぐ交通機関はすべて遮断され、連絡の見通しは立っていません。我々のいる北部には、ソ連軍が旧満洲から鴨緑江を越えて続々と入ってくる状態が続いています。当分の間、私たちの内地への帰還は望めないものと考えざるを得ません」

あたりから大きなため息が漏れた。

「疎開隊の仲間のなかには、すでに一銭も持たず、配給の食費さえ支払えない者が出ています。先行きが読めない今、私たちはどんな手を打つべきでしょうか」

人々は沈黙した。西村はしばらく間を置くと、こう切り出した。

「当然のことながら団結以外にはあり得ません。どうか、みなさんの所持金を出し合ってもらいたいのです。互いに力を合わせて何とか持ちこたえていれば、そのうちに必ずや帰還の好機もめぐってくるでしょう。どうかよく考えていただきたい」

理にかなった言葉に対して反対の声は上がらなかった。

数日して人々の所持金が申告され、現金が集められた。喜代は長女の泰子と相談したうえで、残っていた紙幣のほとんどを差し出した。しかし、正直に現金を供出した人は少なかったらしく、集められた金額は公表されなかった。二人は「みんなで助け合わなければいけないのに、日本人同士でもこういうことではどうしようもないね」とため息をついた。

どうやら先般の日本紙幣の両替額などから推測できる所持金額より、提出された現金ははるかに少なかったらしい。「隠さずに全部出すように」との勧告が何度もくり返された。その言い分を裏付けるように、保安隊の監視のすきを縫って郭山の町まで買い物に出かける人がいた。朝鮮語の達者な者を同行させて買い出しに出かけるのだ。戻ってきた人々によって満洲方面から逃亡してくる日本人の様子が伝えられた。

頭を坊主刈りにして男装した五、六人の女が赤ん坊を背負い、連れ立って平壌方面に向かって歩いていったとか、丸腰の日本兵が裸足のままで三々五々、線路沿いに南下していったなどという目撃談がしきりに話題にのぼった。身ぐるみ剝がれて麻袋にくるまった老人が、息もたえだえの状態で疎開隊に転がり込んできたこともあった。

「ここにいてもどうしようもない。我々も今のうちに思い切って南に向かって出発したほうがいい」と主張する者が現れて、人々は動揺した。朝夕、だれかれとなく連れ立って線路の見える場所に出かけ、平壌方面へと走り去る列車を眺めながら内地に帰ることばかり話し込んだ。

ソ連兵による略奪・暴行

西村の説明を裏付けるように「三八度線の前後一〇里（約四〇キロ）ほどの路線は不通に

なっていて、列車はそこまでの折り返し運転をしているだけらしい」という情報が流れ、人々はまた落胆した。近隣の京義線沿線の町では、絶望した疎開者の日本人母子が列車に飛び込んで自ら命を絶つケースも報告されるようになった。

目の前を毎日のように長い貨車の列が通り過ぎ、遠くのトンネルに吸い込まれていった。終戦の直前に自分たちを運んできた無蓋貨車に積み込まれ、南の平壌方面へ運ばれていくのは人間ではなくて戦車やトラック、あるいは巨大な発電機、さまざまな工作機械のたぐいだった。逆に北の旧満洲方面へと向かう貨車は空のことが多く、本数も少なかった。

巡回に来る保安隊員が時折、日本語で話しかけてくることがあった。彼らの見立てによれば、鴨緑江を越えて進駐してきたソ連軍の狙いは、朝鮮北部の工場に残された日本製の機械設備にあるというのだった。ソ連軍は工場から産業機械類を軒並み撤去して、列車で根こそぎ持ち去っている。戦火の満洲を避けるように平壌方面へ南下する貨物列車に載せられた獲物は、すでに戦闘が収まった朝鮮北東部の路線を経由し、ウラジオストク方面からソ連領内に運び込まれているらしい。輸送路にあたるトンネルや橋梁が破壊されるのを防ぐために、郭山にも少数ながらソ連軍の部隊が駐留して警備にあたっているのだという。

時折、町のほうから空襲警報のようなサイレンが聞こえてくることがあった。サイレンは表向き、郭山にやってくるソ連兵への「歓迎の合図」だった。ところが、朝鮮人の住民にとっては別の意味も持っていた。「時計や金目のものを隠せ。女性はすぐ家のなかに隠れろ」という警告だった。

ソ連兵による略奪や暴行の被害は今なお、朝鮮人住民と日本人居留民に区別なく及んでいた。保安隊は「歓迎」を装いながら、同胞に警戒警報を発していたのだった。

農業倉庫に移った田中陽子は、近くに現れたソ連兵が日本人から奪い取った時計を両腕に五、六個ずつ付けて、得意げに見せびらかし合う様子を目撃した。まだ子どものような顔立ちのソ連兵は二十歳そこそこではなかったろうか。日本人ならだれでも知っている機械式腕時計の使い方を知らず、針が止まった時計を振ったり叩いたりしたあげく、結局はあきらめてその場に捨て去っていくのだった。

街道を行くソ連兵の隊列は相変わらず乱れきっていた。都甲芳正が見かけた一団は、先導する馬車の上にかまどをしつらえ、隊列の後尾に山羊や鶏の群れを引き連れていた。首からマンドリンをぶら下げて歩く兵士の姿は、満洲の曠野（こうや）で見かける遊牧民のようにも見えた。

食糧を得るための仕事もなくなる

間もなく十月だった。疎開隊の人々は無為な日常にも苦しみはじめた。

「新京はどうなっているのだろう」「いつになったら内地に帰れるのだろう」と話し合って

みたところで、新たな情報もなければ進展もない。

終戦後しばらくの間は、郭山駅近くに掘られた防空壕を埋め戻したり、道路を補修したりする労働に駆り出されることがあった。そうした勤労奉仕は人民委員会の結成後も細々と続けられ、日本人難民に対して食糧配給を継続する理由の一つになっていたのだが、郭山のような小さな町では、そのうち仕事のたねが尽きてしまった。

八〇人ほどの居留民の場合は別として、疎開隊に回ってくる仕事はほとんどなかった。一日に各班から二人ずつ計二六人が交代で従事する炊事当番以外には、炊事場のかまどで燃やす薪運びと薪割りぐらいしかやることがなくなってしまった。

朝鮮人住民の間では「同胞にも十分に行き渡らない食糧を、なぜ日本人に配給する必要があるのか」といった主張が力を持つようになっていた。日本人難民に好意的な態度をとった朝鮮人が人民委員会に密告され、厳しい取り調べを受けるようになった。

そんな状態が続けば、せっかく良好な関係を築いた食糧の供給元もたちまち離れていってしまう。本部員の田中友太郎らの食糧調達は相変わらず困難をきわめた。新たに資金が入るあてもないので、先行きへの不安からどうしても安価な雑穀類に頼ることになった。

食用にされるとうもろこしのたねの部分はもともと皮が硬く、茹でても消化がよくない。子どもも大人も下痢の症状に苦しんだ。それだけでは足りず、本来は食べることなど思いもよらない芯の部分まで、捨てずに砕いておかゆにした。

最も深刻な状況に置かれたのは、乳飲み子を抱えた母親だった。満洲時代とは様変わりした米飯の不足ですでに母乳の出が悪くなっているのだが、とうもろこしを食べて消化不良を起こしたら母乳は完全に止まってしまう。そうなると乳児に与える食べ物は、親が食べても下痢を起こすようなものしかなくなった。とうもろこしの芯のおかゆを食べた乳児は当然のようにひどい下痢を起こしてやせ細っていく。まともな生活を送っていれば、とても信じられないようなことが現実に起きていた。

蔓延するシラミ、ノミ

どこからともなくシラミやノミが現れ、瞬く間に全員に広がった。

国民学校や農業倉庫にいる間、人々は通路を除いた残りの場所を家族ごとに分け合ってごろ寝していた。大切な所持品を詰め込んだリュックサックを枕がわりに、頭をつき合わせてめざしのように並んで寝ていれば、寄生虫の蔓延(まんえん)は避けられない。

衣服を裏返すと、縫い目に沿ってシラミの卵がビッシリと並んで光っている。最初のうちは、身の毛もよだつ光景に悲鳴を上げる女性が相次いだが、間もなく恥も外聞もなく着物を脱ぎ捨てて指でつぶしていくようになった。跳ね回るノミを見つけたら、その場で追いかけて始末する以外にない。何より重要な日課のようにして、だれもがシラミ退治、ノミ退治に熱中した。

入浴施設などはもちろんなかったが、国民学校にいた夏の間はまだ何とかなった。少し裏山に入れば、幅数メートルの清冽な谷川が流れていて、木立に囲まれた一角がちょうど水浴に具合のよいよどみになっていた。普段は付近に点在する朝鮮人の民家の洗濯場として使われていたようだが、人のいない時間を見計らって、大急ぎで冷たい水を浴びることは可能だった。

九月に入ると、身体を洗えないほどに水が冷たくなった。せめて洗濯をしようとしても、石鹸が不足しているので汚れが落ちない。さらに困ったことに、洗濯することで衣服から衣服へと伝っていくからなのか、シラミの被害はかえって広がっていくようだった。

この谷川は国民学校の周囲をめぐって郭山の町のほうへと流れ下り、農業倉庫の近くを流れる大きな川に合流して黄海に注いでいた。人々は次第に大きな川のほうまで出かけて洗濯するようになったが、間もなく保安隊から洗濯禁止令が出された。何百人もの人が毎日、谷川を休みなく使うようになり、細い流れはひどく汚れてしまった。秋から冬に向かうころ、人々をあざ笑うかのようにシラミの被害はますます増えていった。

マラリア発生

疎開隊を襲ったのは寄生虫だけではなかった。夏の間、絶えずヤブ蚊の大群が襲来した。寝る前に煙を起こして蚊を燻(いぶ)そうとするのだが、効き目はすぐに消え、網戸のない窓から羽音を鳴らして大群が飛び込んでくる。蚊帳もなければ、かゆみ止めの薬もない。小さな子どもたちは身体を掻きむしり、「かゆい、かゆい」と火がついたように一晩中泣きわめいた。

班のなかには「共同生活なんだから気をつけろ」と怒鳴りつけてくる老人もいる。部屋のなかにいられなくなると、母親たちは泣き止まない幼児を抱えて外に出たまま、夜を明かした。井上喜代も末子の洋一を連れ、外で待機する不寝番の人たちに混じって一夜を過ごすことが多かった。ようやく蚊が減りはじめた秋のはじめ、異変が生じた。

洗濯から戻った喜代が一休みしていると、ひどい悪寒が襲ってきた。とてもじっとしていられないほどになり、歯の根がガチガチと音を立てはじめた。驚いた泰子や子どもたちが見守るなか、あるだけのオーバーやシューバを被って横になったが、寒気は一向に収まらない。そのうち身体全体に強烈な震えがきた。高熱が出る予兆だった。

案の定、二時間ほどすると今度は暑くてたまらなくなり、何もかもはねのけてしまった。頭が刺されたように痛み、下腹部に重苦しい違和感があった。体温計を借りてきて計ってみると、目盛りは四二度を超えていた。

山谷医師らのもとへ泰子が駆け出していった。いつものように受診希望者が列をなしていたが、夜になってようやく往診の順番が回ってきた。

「どうやらマラリアのようですね。このところ、こうした症状を訴える人が各班から相次いでいる。すでに五〇人ほどになっています」

黒ぶちの眼鏡をかけた軍医は診察を終えると、こう説明した。もちろん白衣などないので、普通の人たちと変わらない平服姿だった。

「南洋でよく知られているマラリア原虫の感染症です。このあたりの風土病だと居留民から聞いていますが、特効薬のキニーネがなかなか手に入らないので困っています。しばらくは熱が急に上がって震えがくることがあるでしょうが、この解熱鎮痛薬を飲んで、とにかく安静にしていてください」

手渡されたのはアスピリンの錠剤だった。このありふれた解熱剤も、新京を発ってから久しく目にしていなかった。すぐに拝むようにして飲みくだすと、翌朝には熱は下がっていた。喜代が目を覚ましたのは朝食が配られる時間だったが、食欲がまったくないうえに吐き気が込み上げてきて、とても食べられない。

主婦（オモニ）のキニーネに救われる

午後になるとまた震えがきた。周囲の人たちの手前、歯を食いしばってこらえるしかない。水ばかり飲みながら数日が過ぎていった。子どもたちに支えられて便所に立つのがやっとの状態が続いた。以前から心臓に持病をかかえる喜代は、断続的に襲ってくる高熱のために脈が結滞するようになり、熱が下がった時にもひどい息切れに悩まされた。このまま動けなくなったら、子どもたちの面倒をみる者がいなくなってしまう。そうしたら遠からず、家族全員が倒れてしまうだろう。

子どもを連れて「温飯屋」から戻ってきた知人の母親が、裏山の向こうにある朝鮮人の家にマラリアの薬があるらしいと聞きつけてきた。熱の下がった昼下がり、意を決して残り一枚だけになった一〇円札を帯にはさみ、ふらつく足取りでその家を探しに出かけた。

さいわい迷うことなく、それらしい家が見つかった。太って善良そうな朝鮮人の主婦（オモニ）が家の入口に腰かけて女児を抱き、母乳を与えている。主婦はまったく日本語を解さなかったが「マラリア」という言葉は通じたらしい。身振り手振りで必死に「薬を分けてほしい」と訴えた。主婦は女児を示しながら何事か朝鮮語で話しかけてくる。「子どもはいるか」と聞いているのだと察し、指を四本立ててみた。

とたんに様子が変わった。顔いっぱいに同情を表した主婦は、家の奥から紙にのせたキニーネの錠剤を持ってきて手渡してくれた。白い錠剤は四粒あった。一〇円札を渡そうとしたが、身振りで「いらない」と譲らない。しばらく押し問答が続いた。

そうしていると二十代半ばくらいの男性が帰宅して、流暢（りゅうちょう）な日本語で「どうしましたか」と尋ねてきた。主婦の息子で学校の教師をしているという。戦争中は朝鮮北東部、咸鏡北道（かんきょうほくどう）の山あいの学校に勤めていたが、応召して間もなく終戦になり、さいわい捕虜になることもなく故郷の郭山に帰り着いたという。

喜代は山形県女子師範学校を卒業して内地の小学校に奉職し、寅吉と知り合って職場結婚した。満洲に渡ってしばらくは国民学校に勤め、通算すると十七年間、教職にあった。主婦は息子の通訳で事情を知ると錠剤を四粒追加してくれた。

「マラリアには土地の者もずいぶん苦しめられてきました。さいわい私の祖父が昔、医者をしていたので、うちには本物のキニーネが残っているのです。これで大抵は良くなると思うが、それでも熱が下がらなければ、遠慮せずに訪ねてきてください」

無理に一〇円札を置いて帰ろうとすると、主婦が少し待つように身振りで示し、トウガンのような果実を二つに割って中をくりぬいた容器に、白米の御飯を盛ってきてくれた。大根の茎と唐辛子を煮た副菜も添えられていた。

「子どもたちに食べさせてあげなさい。この容器はパカチといって、このあたりではどんぶりがわりにしています。そのまま使ってもらってかまいませんよ」

男性がこう説明してくれた。二人の温情に何度も頭を下げ、久しぶりの米飯を大事に抱えて教会堂に戻った。子どもたちが思わぬお土産に喜ぶ顔を見ると、自分のことはすっかり忘れてうれしくなった。ピリッと辛い唐辛子が食欲を呼び起こしたらしく、喜代自身も久し振りに少しばかり食べ物を口にすることができた。教えられたとおりに時間を守り、二日続けて白い錠剤を飲むとマラリアの発作は治まった。

マラリアだけでなく、シラミが媒介する発疹チフスの患者も断続的に発生していた。

冬を前に南下を決意

「このまま手をこまねいていたら、すぐに冬になってしまう」

内地を離れて満洲で暮らし、大陸の極寒の冬を経験してきた人々は、近づいてくる越冬の困難を思い、不安を募らせていた。零下三〇度まで下がることも珍しくなかった新京ほどではないにせよ、朝鮮北部でも零下二〇度前後の日々が続くと聞かされていた。刈り入れた米や農作物が農業倉庫に納入される季節も迫っている。疎開隊本部はすでに「十一月中に他の場所を見つけて移動を完了せよ」と、日限の指示を受けていた。

疎開隊長の長野富士夫と副隊長の西村三郎は越冬場所の確保を第一に考えつつ、それ以外の可能性も模索していた。近隣の定州や新義州の疎開隊に本部員を派遣したり、居留民の意見を聞いたりしながら、内地帰還の具体的な方策を練るようになった。このころには失職して財産を接収された居留民たちも難民とさほど変わらない境遇に陥っていた。高まる反日感情のなかで朝鮮に住み続けようとすれば、さまざまな危険を伴うことは明らかで、疎開隊に同行して内地に引き揚げる以外にはない状況に追い込まれつつあった。

終戦前から日本人と交流があった朝鮮人の態度も変わった。対日強硬派が人民委員会や保安隊の実権を掌握し、日本人との公的な付き合いは、本人だけでなく親族にも危険を及ぼすようになっていた。信頼を寄せていた朝鮮人までも「我々も親日派とにらまれると危ないのです。助けてあげられずに申し訳ないが、どうか勘弁してください」と告げて去っていった。

ある日、本部から発表があった。

「列車で一班ずつ南下を開始する。三八度線の前後は鉄道を使えないので、山のなかを歩いて越える。日本人の南下を狙って襲撃する盗賊集団も出没するらしい。途中で落伍者が出たとしても、それを救っていくことは不可能と思われる。今のところ、どれだけの確率で無事南鮮にたどりつけるかはまったく予想できない状況にある。他人に迷惑をかけず、自力で行程に加われる者のみに出発を認める」

単身者や幼い子どものいない家族は勇み立ち、さっそく携帯できる保存食の相談などをはじめた。一方、臥せっている病人や老人、幼児を抱えた母親たちは逆に、奈落の底に突き落とされるような思いにとらわれた。内地帰還への希望と絶望が交錯した。

それでも「いつまでもここにいたら皆死ぬばかりだから」と話し合い、南下の準備が進められた。残った所持品を売り払って現金に替えようとする人々が増えた。道中、火を使わなくても食べられるように豆や米を粉に挽いてもらう人たちもいた。豆や米の粉は、水を加えるとダンゴにも重湯にもなる重宝な食糧だった。蒸かしたさつまいもを薄く切って干し芋にしたり、干し飯や干しリンゴをつくろうとしたりする者も現れた。

ソ連軍の軍票※

ソ連軍が日本人の列車使用を禁止

しかし、準備を終えて待機する状態になっても、出発命令は発せられなかった。十日ほど経ったころ、ソ連軍が日本人の列車使用禁止を通達したらしいとのうわさが流れ、間もなく事実であることが判明した。疎開隊最初の南下計画はこうして頓挫した。本部では高まった期待に何とか応えようと、各班一隻ずつ計一三隻の漁船を雇って黄海を南下する計画の検討を続けたが、やはり実現には至らなかった。海路の警戒も厳しさを増しているのだった。

大きな落胆が疎開隊を覆った。追い打ちをかけるように恐れていた話が伝わってきた。東の定州にはソ連軍の分隊が進駐しているが、日本人疎開隊から兵士の接待用に若い女性数十人が駆り出されたという。

「定州の疎開隊に出されたような要求が、いずれはここにも来ると思われる。その時には班ごとに何とか二名くらい出せるよう、今のうちから心構えをしておいてほしい」

疎開隊本部の呼びかけに、二十歳前後の女性たちはみなふさぎ込んでしまった。

ソ連軍が発行する赤刷りの軍票が目立って増えていた。乱発されるだけされた後、進駐部隊の撤退とともに軍票は裏付けを失い、ただの「紙切れ」に変わってしまう。それが十分にわかっていても、武力を背景にしたソ連軍には逆らえなかった。

朝鮮人の態度もすっかり変わった。

「日本人はこれまで私たちに何をしてきましたか。今こそ思い知ったでしょう」

国民学校に通う小学生くらいの子どもたちが、こう怒鳴りつけた。小石を投げつけられることもあった。疎開隊の子どもがゴムで飛ばされた石に当たって怪我をした。人々はすっかりおじけづき、朝鮮人の子どもたちが近づいてくると逃げ帰るようになった。

「あなたたちは日本に帰っても、どうせ敗戦国民だから決して良い生活はありませんよ。それより今のうちに私のお妾さんになったほうが、よっぽど幸福になれますよ」

巡視にきた保安隊員は、こう放言してはばからなかった。

やせ衰える子どもたち

十月に入り、月足らずの未熟児が生まれてはすぐ息を引き取った。何よりも体力が必要な妊産婦さえ、ろくな食事を摂れないのだった。井上千代も身ごもっていた第四子を農業倉庫のなかで出産したが、産声を上げることもない死産だった。これまで持ちこたえてきた人々も確実に体力を消耗させていた。消化不良から下痢を起こして脱水症状が止まらなくなる。栄養不良は免疫力を低下させ、結核菌への感染の呼び水となった。肺結核の初期症状を示す子どもたちが増えていった。

やはり農業倉庫に起居する高見澤家の人々も、次第に疲弊しはじめていた。長男の彌(ひろし)は倉庫を取り巻く有刺鉄線をくぐり抜けて近くの川や池まで出かけ、針金を曲げた手製の釣り針で魚を釣ろうとしたが、うまくいかなかった。それでも、あり合わせのさおと糸に驚くほど強い引きが伝わってくることがあった。鱗(うろこ)を光らせて悠々と泳ぎ去っていく鯉や雷魚の姿も時々目撃した。思えば雑穀以外の食べ物をしばらく口にしていなかった。肉や魚にいたっては目にすることさえなくなっていた。

新京で前年三月に生まれた末子の淑子は、元気でよく笑う赤ん坊だった。しかし、難民生活の心労と栄養不足からあきの母乳が出なくなり、同じ年ごろの子どもたちと同様、衰弱が一気に進んだ。三男の皓(きよし)は、妹の泣き声が細くなっていくのをたまらない気持ちで見守った。皓はまだ元気だったが、次男の隆はめっきり体調を崩していた。消化不良がきっかけとなって胃腸が食べ物を受け付けなくなり、やせ衰えていく典型的な栄養失調の症状だった。「ひもじい」という言葉で表現できるような状態ではない。頭と身体から、食べようという意志さえ失われてしまうような感覚だった。

真夜中に突然叩き起こされ、本部員が点呼を行うこともあった。夜の間、朝鮮人相手に売春する者が出はじめていると、保安隊が厳しく警告してきたためらしかった。食糧を手に入れるお金を得るために残された最後の手段なのだった。

第四章　飢餓の冬

越冬用バラックを建てる

色づいたポプラの葉が風に舞い散り、街道や校庭をびっしりと埋める季節になった。家々の屋根という屋根に朝鮮の冬の風物詩、真っ赤な唐辛子が干されるようになると、恐れていた冬が音もなく忍び寄ってきた。どうやって越冬したらよいのか。南下の望みを断たれた今、一〇〇〇人を超える人々が身を寄せられる場所の確保に向けて、もう一刻の猶予も許されなかった。疎開隊本部で協議を重ねた結果、まとまって越冬できるような仮住まいを自分たちでつくる以外にないだろう、との結論に達した。

川沿いに定州（ていしゅう）へと続く街道を東に向かってしばらく行くと、町外れの水田の先に南向きの小高い山が連なっていた。標高五〇〇メートルに満たない稜漢山（淩漢山）と呼ばれる山の頂には航空灯台が建っており、中腹はごつごつとした岩が転がるだけの荒れ地だった。地面はアカシアの若木が繁茂してイバラに覆われ、開墾する者もないままに放置されていた。疎開隊本部はこの土地を人民委員会から借り受け、朝鮮の伝統的な床暖房設備のオンドルを備えたバラックを建設することになった。こんな不毛の土地の借用にも二三万円の献納が必要だった。

さらに、疎開隊員の徴収金から一六万円を捻出して朝鮮人大工の棟梁（とうりょう）を雇い、床下のオンドルを含む建物の土台づくりから棟上げまで一括して請け負わせることになった。仮の宿舎と病棟などを加えて計一七棟のバラックを建てるほか、炊事場と屋外の二カ所に井戸を掘る計画だった。地ならしや床の下地づくり、壁塗り、屋根葺きなどの作業は大工の指導のもと、疎開隊員自らの手で行う。当然のことながら疎開隊の懐具合は一挙に厳しくなるが、背に腹は代えられなかった。

十一月に入ると突貫工事がはじまった。早朝、霜柱を踏んで稜漢山の斜面を登り、アカシアとイバラを刈り取るのが最初の難業だった。病人と乳幼児を除き、女性や子ども一二〇人が連日、勤労奉仕に動員された。地ならしに続いて、オンドルの暖気を通す道をつくるための石を布かごに載せて運ぶ作業に移った。

作業に参加した者には朝夕の配給以外に昼食のおにぎりが一つ、時にはさつまいもやとうもろこしの粉でつくっただんごも「特配」されたので、元気のある子どもたちは勇んで作業場に向かった。しかし、大人にとっては割に合わない重労働と言わざるを得なかった。一日八時間働いてこの程度の食事ではとても足りず、空腹を満たすためには自腹を切って餅や飴を買うしかない。一着しか持ち合わせのない着物がアカシアのトゲに引き裂かれ、赤土の泥にまみれてしまうのも困りものだった。病気や体調不良を言い訳にして作業を休む人が増え、動員をかけても八〇人ほどしか集まらない日もあった。

十歳の井上昌平も作業に加わった。小学校の中高学年の子どもたちに課せられたのは、炊事やオンドルに使う薪（まき）の運搬作業だった。仮宿舎の建設用地から何キロも入った山奥で伐採され、切りそろえて乾燥させた赤松の丸太を二本ずつ荒縄でしばって背負うと、ひたすら数キロの山道を歩いて戻ってくる。一人前の疎開隊員として力仕事に携わっている満足感とともに、汗を流した後で特配される蒸かしたさつまいもが何よりの楽しみだった。

こうした作業に出て働かなければ、一日二回の乏しい配給以外の食べ物を口にすることはできない。作業を急がせるための苦肉の策として特配を重視したからなのか、配給のとうもろこしの雑炊はまた薄くなっていった。相変わらず、夜の間に温飯屋（おんぱんや）に通う人たちもいたが、多くの母子が手持ちの金をほとんど使い果たしていた。

待ちわびた新京からの情報

ちょうど仮宿舎建設の作業がはじまったころ、疎開隊本部が期待をかけてきた新京（長春）からの情報が郭山に初めて届いた。旧満洲に所用で出かける朝鮮人に頼み込んで「新京日本人会」と連絡をつけた成果だった。本部はこう告知した。

「新京に残った満洲国経済部の人たちが、三中井百貨店のなかで売店を経営している。名簿に肉親の名前がある家族は新京に戻る準備をはじめてほしい」

条件に該当する人々は狂喜した。南下と内地帰還が三八度線に阻まれて無理ならば、このまま慣れない朝鮮半島にとどまるより、勝手のわかった肉親や知人がいるはずの旧満洲に戻りたい、と考えるのは当然のことだった。戦乱の地でどんな状況が待ち受けているのかはわからない。それでもかまわないから、希望の見えない郭山の難民生活から逃れたいと考える人は多かった。本部によると、新京日本人会と連絡をつけてきた朝鮮人は旅費を多めに用意し、通過駅や列車の車掌、運転手らにも相当額の賄賂を支払ってきたという。ソ連進駐軍が「日本人使用禁止」を通告している列車で北上するには、さまざまな準備が必要だった。

十一月十九日の朝、満洲に向かう最初の一行が出発した。霜柱が立つほどに冷え込みは厳しかったが、一〇二人の第一次北上者「三中井」班の人々は、白い息を吐きながら興奮を隠せない様子だった。疎開隊本部から経済部人事科官吏の遠藤伊佐美が同行した。郭山に残る人たちは、それぞれ新京の心当たりに宛てた手紙を託して見送った。先の見えない状況のなかで、満洲への帰還という新たな選択肢が動きはじめたことに、人々は一筋の光明を見いだした。それからしばらくの間、新京の話題が尽きることはなかった。

「新京は終戦の混乱からようやく回復し、職を失った日本人は、思い思いに生活の糧を得ようとしているらしい」「市内のある一角には、日本人街と通称されるほどの露店が立ち、日本人のにわか商人が持ち込んだ餅やうどん、そば、菓子、甘酒、おしるこなど懐かしい商品があふれるほど並べられている。金さえ出せば何でも手に入るということだ」

朝鮮人が伝えた情報に尾ひれがついて広まっていった。貧しい配給の食事をすすりながら、人々は遠い新京の街を夢想した。

高見澤淑子、一年八カ月の生涯

仮宿舎建設の作業開始から数週間が経過し、十一月も終盤に入ると、棟上げの済んだ建物から順に壁の下ごしらえがはじまった。女性たちの仕事は、こうりゃんの茎から枯葉をむしり取り、壁の内部の材料として束ね直す段階に入った。それまでのような重労働ではないものの、初冬の冷え込みのなか、風当たりの強い傾斜地に座り込んでの作業はやはり骨身にこたえた。しかし、この厳しい寒さが仮宿舎の必要性を人々に痛感させたらしい。残された気力を振りしぼって女性たちの奮闘は続き、建設作業はほぼ計画どおりに進んでいった。

間もなく、最終段階にあたる壁塗りと屋根かけの作業に着手することになった。壁土をこねるため、町まで下って川の水を石油缶に汲んで担ぎ上げ、細かく刻んだ藁(わら)に土と水を入れてスコップで混ぜ合わせる。女性たちは川へ向かう細い野道ですれ違うたび、「お疲れさま、もうひと息よ」と声をかけ合った。建物のかたちが見えはじめたバラックの横では、屋根にかける藁を編む作業が続けられていた。

人々が仮宿舎への転居準備に取りかかった二十七日、農業倉庫にいる髙見澤淑子の容態が急変した。藁むしろを通して底冷えのする寒さが身体の芯までしみ込んでくる朝、いつものように配られたおかゆを含ませようと、スプーンが近づけられた時だった。淑子は大きく口を開けたまま、声も立てずに事切れてしまった。

「淑子！　淑子！」

すぐそばにいた兄弟が飛びついて揺り起こそうとしたが、すでに反応はなかった。山谷医師が呼ばれて容態を確認した。

わずか一年八カ月の生涯は「栄養不良」のためにあっけなく幕を閉じた。

疎開隊本部員の松本健次郎が幼い女児の死を「疎開日誌」に書きつけた。髙見澤淑子は十一月に入って一九人目、郭山到着から数えると六一人目の死者となった。名簿のなかには、死亡原因として「栄養不良」の文字が散見されるようになっていた。淑子はそのうち七番目の犠牲者だったが、以前の六人もすべて、数え年で二歳以下の乳児ばかりだった。

栄養失調による死者が急増

八月と九月の二カ月間に一三人ずつだった郭山疎開隊の死者は、十月になって二九人に急増した。それまでの死因の多くは急性肺炎や慢性腸カタルなどだったが、栄養失調がこれにとって代わろうとしていた。栄養不良と栄養失調はこののち、十二月から翌年二月にかけて死因の半数を占めるまでに増加していく。それに次ぐ小児結核と肺浸潤も、栄養失調がそもその原因となって発症することが多かった。恐ろしい飢餓の影が人々の命を脅かしはじめていた。

「薬もない。食糧もない。暖房もない。私にやれることといったら精神療法と死亡確認書を書くことだけだ。いったいどうしたらいいのだろう」

確認書に署名しながら、山谷は頭を抱えてつぶやいた。

来る日も来る日も疎開隊員の遺体の埋葬を取り仕切る「にわか僧侶」の役目を引き受けたのは、疎開隊本部の扇京一（おおぎきょういち）だった。郭山の日本人墓地はわずかな居留民（きょりゅうみん）の規模に見合うぐらいしかなく、それ以外の死者を葬る場所までは確保できなかった。人民委員会は朝鮮人墓地

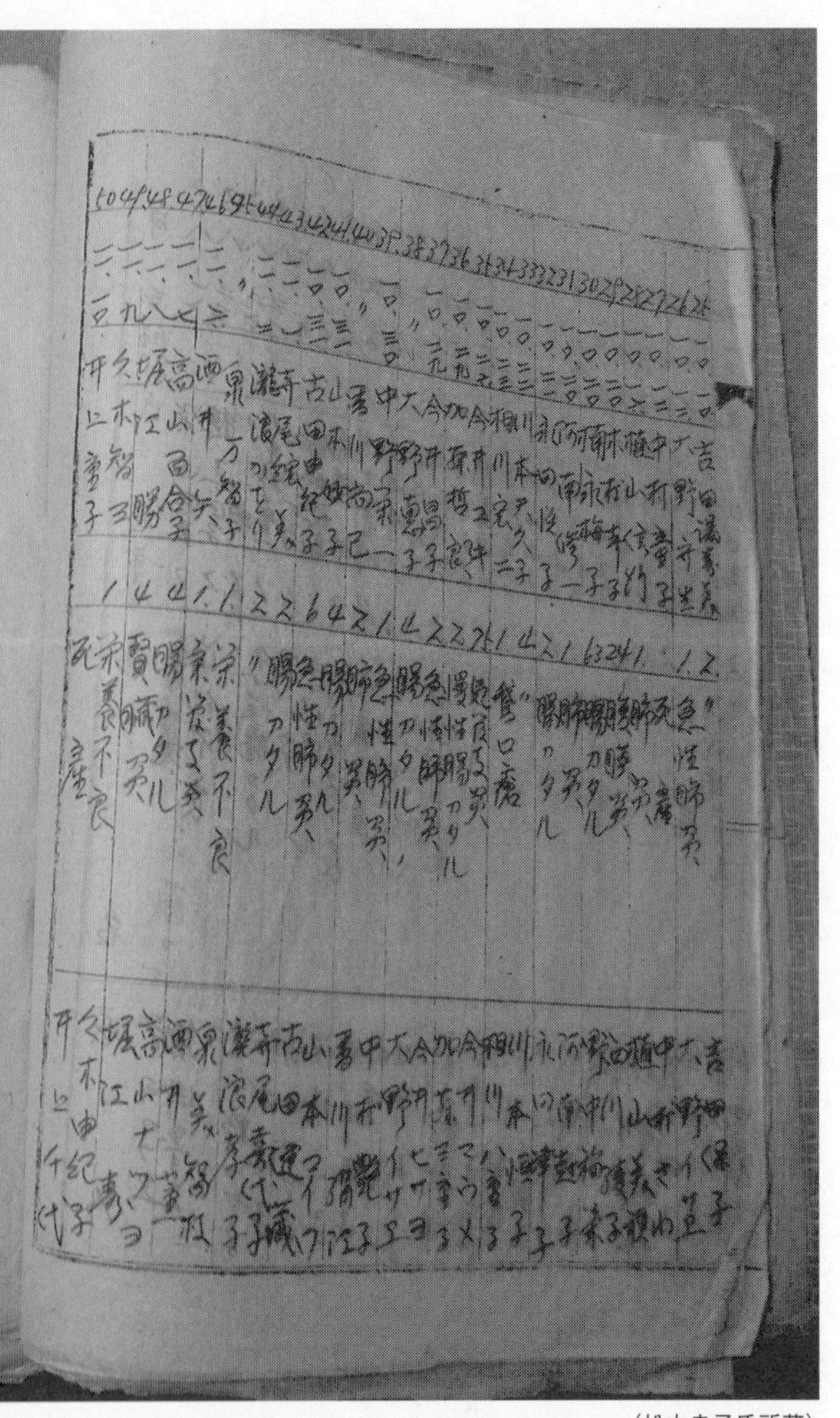

（松本幸子氏所蔵）

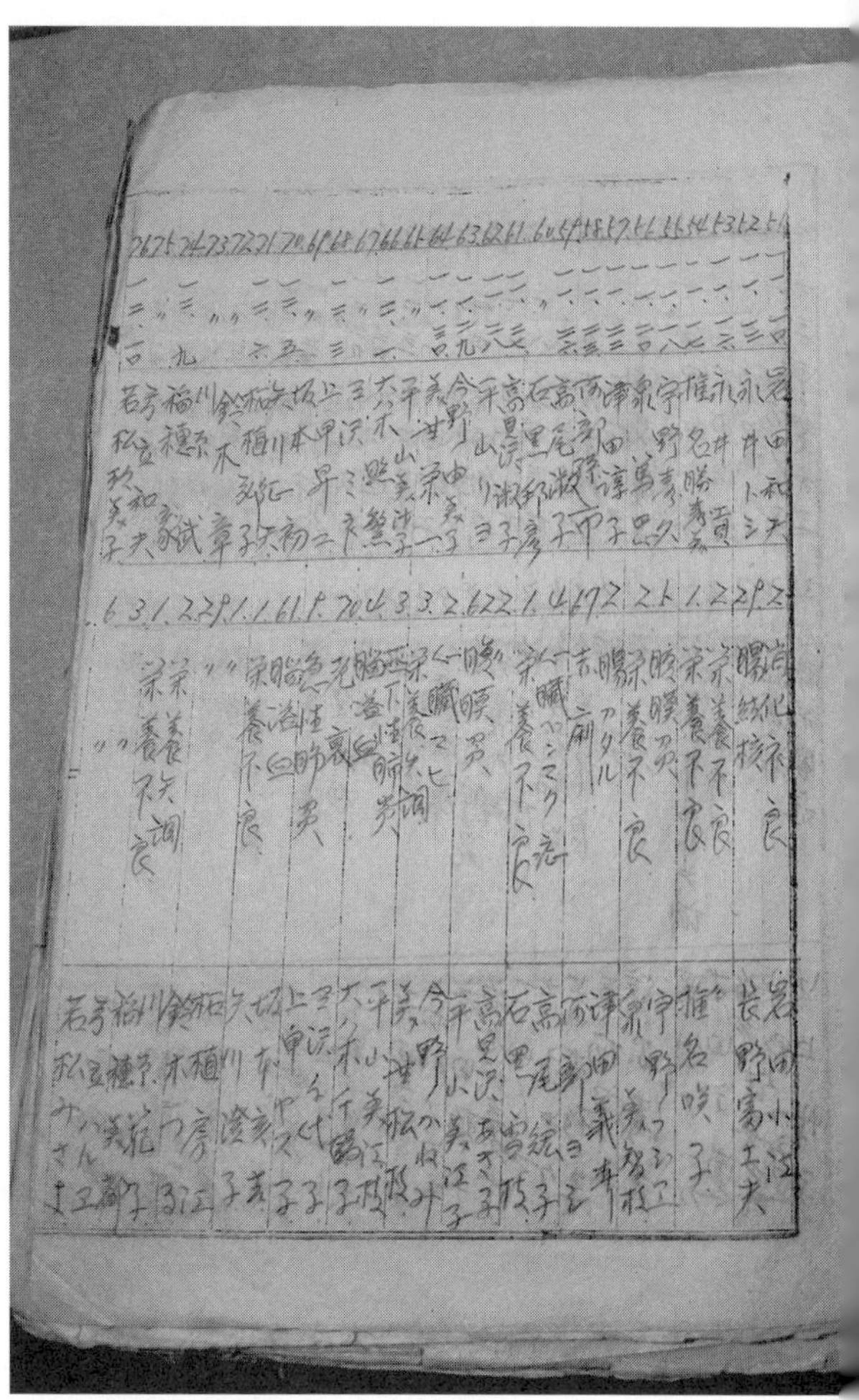

死亡者名簿（死因に栄養不良や栄養失調が増えていく）

への埋葬をどうしても許可しなかったが、このころになるとようやく、仮宿舎用地から五〇〇メートルほど奥に入った稜漢山の斜面を埋葬場所として指定してきた。疎開隊の死者は「共同墓地」と呼ばれるこの一角に埋葬されるようになっていた。

　高見澤淑子の小さななきがらも共同墓地に運ばれた。あきと彌(ひろし)が付き添って細い山道をたどると、扇たちが掘り進めた埋葬用の穴が用意されていた。地面が完全に凍結してしまう本格的な冬に備えて、ここでも急ピッチで作業が進められていた。古い毛布の端切れに包まれた淑子のなきがらを穴のなかに下ろして寝かせると、みな一心に手を合わせた。

　付き添ってくれた同じ班の小母(おば)さんから「振り返ってはいけないよ」と諭され、彌はじっと足もとを見つめたまま、黙りこくって長い山道を下った。

形ばかりの落成式典

　例年ならば間違いなく雪の降る季節だった。しかし、長い戦争が終わった一九四五年の十二月はさいわいなことに、時折みぞれが降ることはあっても晴天に恵まれた日が多かった。以前から立ち退きを求められていた農業倉庫や教会堂の建物を後にして、一〇〇〇人近い母子たちは壁も乾ききらない仮宿舎へと慌ただしく引っ越した。

　無蓋(むがい)貨車を降りた四カ月前に比べて荷物はずっと少なくなっていたが、やせ細った子どもや病人が増えたために人々の足取りは重かった。

急ごしらえの仮宿舎は、郭山の町から眺めると勾配のきつい稜漢山の中腹に立ち並んでいた。川岸からはるかに望めば、その家並みはなかなか壮大な景観だった。しかし、細々と続く山道を登り切って間近から眺めると、やはり間に合わせの粗末なあばら屋に過ぎないことが一目でわかった。寒さを防ぐことのみを念頭に置いてつくられた壁には窓もなく、一日中、薄暗い石油ランプを灯さなければならなかった。日中も裸電球の下で過ごした農業倉庫とほとんど変わらなかった。

藁葺き屋根と赤い粘土の土壁に囲まれたバラックの内部は、ちょうど農家の納屋のようなたたずまいだった。わずかにオンドルのある床が一段高くつくられていることが、かろうじて人間の住まいであることを示していた。

十数棟のバラックはあたりの地形に忠実に建てられたため、向きはみなバラバラだった。並んで建っているというより、あちこちに散在していると表現したほうが実情に近かったかもしれない。ただ、南向きの斜面にあるので日当たりだけは悪くなかった。郭山の町のほうを見下ろせば、平壌から定州を経て新義州へと続く街道と鉄道線路が東西に走り、ほぼ一直線に視界を区切っていた。

近隣の山々の紅葉は、少しずつ茶色に変わりはじめていた。

乾燥して澄み切った大気を通して、彼方に連なる名も知らぬ山並が紫色にくっきりと浮かんでいた。初冬の太陽が落ちると、その向こう、はるか黄海が広がるあたりに灯台の灯が明滅して見えた。郭山の町なかを自由に歩くことも難しい難民生活のなかでは、チャーター船による南下計画が持ち上がってあっけなく頓挫（とんざ）したことを除けば、海の存在を意識する機会はまったくなかった。暗い夜空には数え切れないほどの星が散らばっていた。

疎開隊員全員が農業倉庫と教会堂から仮宿舎へ転居し終えたのは、十二月七日のことだった。形ばかりの落成式典が挙行され、工事を請け負った朝鮮人大工の棟梁が濁り酒のマッコリを振る舞った。厳しい越冬への恐怖がいくらかやわらぎ、終戦以来落ち着く暇さえなかった疎開隊の人々にとって、ようやくひと息つけるひとときとなった。

疎開隊本部が演芸大会を催し、朝鮮人大工の関係者たちが民謡のアリランを披露した。

「アリラン、アリラン、アラリヨ」

人里離れた山中に哀調を帯びた旋律が流れると、先行きの見えない境遇を思い起こしたのか、目頭を押さえてうつむく女性の姿が目立った。

「これで隔離された避難民部落の住民となったわけだ」と皮肉っぽく笑う声も聞こえてきた。

仮宿舎での「コックリさん」

冬が到来する前に、とにかく暖房のある居場所を確保しなければならない。それ以外には何も考える余裕のない、突貫工事に明け暮れた一カ月が慌ただしく過ぎ去っていた。

それまで役所や鉱山会社など新京での所属先をもとに組織されていた各班の編成は、内地の出身地方を基準にしながらあらためて振り分けられることになった。めどの立たない内地帰還への希望を失わせないように、との配慮もあったのだろう。お国言葉でふるさとの思い出話に花が咲くこともあり、不自由な集団生活もいくらか和やかになったようだった。

仮宿舎は奥行きが六メートルほど、幅は地形に合わせて十数メートルほどだったが、どの棟にも七〇人から一〇〇人が詰め込まれ、やはりすき間なく連なって頭をつき合わせながら寝起きした。自分たちの意志で建設したのは確かだが、ぎりぎりの予算で間に合わせたこともあって、居住環境が目立って改善されたわけではなかった。

国民学校の校舎にいたころから「コックリさん」と呼ばれる占いがよく行われていた。「霊媒になるのは事情を知らない子どもがいちばんいい」という声が上がり、隣の班の高見澤彌が呼びつけられたこともあった。一〇人ほどの大人たちが部屋の隅に円陣をつくって集まり、溶けた蠟（ろう）から何度も再生されたらしい茶褐色の太いろうそくが一本、中央に立てられていた。ろうそくにはすでに火がつけられ、床の上には鳥居の印と「いろは」の文字を順に書きつけた紙が広げられていた。

彌と見知らぬ女児が向かい合わせに座り、割り箸の両端を持たされた。準備が終わると、最初の女性が前に進み出て、こう祈りはじめた。

「コックリさん、コックリさん。私の質問に答えてください。私の主人は無事ですか。生きているなら、どこにいるのか教えてください」

人々は割り箸が小刻みに震え出す様子をじっと見守った。やがて答えが示されたらしく、女性の口から深いため息が漏れた。次の男性は、これまで数え切れないほど問いかけられてきたはずの質問をくり返した。

「コックリさん、コックリさん。教えてください。私たちが内地に帰れる日はいつですか」

希望を見いだせない難民生活は仮宿舎に移っても変わることはなかった。

顔も洗わず、便所もそのへんで

シラミがますます増えていた。やせ細る人々を尻目に、シラミばかりがコロコロと肥っていくのだ。「かゆい」と手をのばすと、白いシラミが指の間から身をよじって逃げようとする。指先に力を込めてつぶすと赤い血が飛んだ。下着の縫い目に沿ってびっしりと並ぶシラミの群れが目に入ったら、とても一匹ずつつぶしている暇はない。こんな光景でも慣れっこになると、気持ち悪いという感覚はどこかに消えてしまい、だれもがただ機械的に、小さな虫をつぶす行為に没頭するようになった。

狭く薄暗いバラックのなかで退治するのはむずかしい。外気温はすでに氷点下一〇度近くまで下がっていたが、みな下着を脱ぐと防寒着を羽織って外に出ていった。厳しい寒気のなかで下着を振り払うと、シラミは面白いように地面に落ち、たちまち凍って死んでいく。頭髪をすき上げてその手を振り下ろすと、別の黒っぽいシラミがバラバラと落ちて一瞬のうちに凍りついていった。毎日がそのくり返しだった。

ソ連軍の幹部が仮宿舎を視察に訪れ、本部に対して「衛生状態が悪い。注意せよ」と命じた。屋内に閉じこもって過ごす人々の顔は、絶え間なく燃やされるランプの煤で真っ黒に汚れ、着替える余裕のない衣服はほこりと垢にまみれていた。わざわざ厳しい寒気をついて川まで数百メートル下り、氷を割って顔を洗う者などいるわけもない。せっかく掘った二つの井戸はほとんど使い物にならなかった。夏の終わりから数カ月の間、まともに洗っていない人々の身体は異臭を放った。

夜の間、空腹と寒さのために大人でも何度も便所に立ちたくなる。便所は屋外に掘られて板を渡してあった。暗闇のなかで足を踏み外せば穴に落ちてしまうから、子どもは便所に行くのを恐がり、その場にもらしてしまうことも多かった。外に出てもそのへんで済ませてしまう人がいるらしく、凍りついたバラックの周辺は、夜が明けて気温が上昇してくると惨状を呈した。便所の周囲も境界が定かでないほどに汚れていた。新京で生活していたころには、中国人や満洲人に比べていかにも清潔好きに見えた日本人が、いざどん底の難民生活に身を落とすと、人間性さえ失ってしまったかのようなありさまだった。

十分に乾ききらないうちに住みはじめたせいもあって、仮宿舎の土壁は一部が早くも崩れ、穴があきはじめた。壁の穴や入口の板戸の破れ目には、紙くず同然になった国債の証券や満洲電電の社債が貼られていた。日満通貨の暴落の記憶がよみがえってくる敗戦の残骸だった。やはり無用の長物と化した預金通帳や株券のたぐいは、便所の落とし紙になり果てた。

忘れ去られた民間人保護の責務

日本政府はこの時期、日本軍の武装解除と早期の本国帰還を義務づけたポツダム宣言にしたがい、シベリア抑留者などを除く軍人・軍属の復員に全力を挙げていた。その一方、満洲や朝鮮に取り残された一五〇万人を超える在留民間人の処遇については、宣言でいっさい触れられなかったことから後回しにされた。明示されなかったのをいいことに民間人保護の責務は忘れ去られ、厳寒の越冬に直面した日本人難民の運命は、戦勝国の温情にすがるかたちでソ連や中国に丸投げされた。

人々の内地帰還への強い思いが顧みられることはなかった。

すでに触れた「居留民の現地定着方針」だけではない。日本政府内部では終戦前、予想される中国への巨額賠償の一部を在留民間人の労務提供で支払う可能性まで検討されていたという。この棄民政策が、満洲からの帰還に伴って約三〇万人と言われる死者を出す元凶となったのは間違いないだろう。

ソ連軍が進駐した北緯三八度線以北の朝鮮半島は国際社会から完全に孤立し、一段と厳しい状況に置かれていた。難民化した日本人には赤十字連盟（現国際赤十字・赤新月社連盟＝IFRC）の人道援助もまったく届かなかった。そのなかで、ソ連軍からわずかばかりの救いの手が差しのべられた。

視察の数日後、幼児に一人あたり一キロほどの原綿が配られた。保安隊を介して「日本人を風呂に入れよ」との指示が出され、郭山疎開隊に終戦後初めて、まともな入浴の機会が与えられた。町に一軒しかない公衆浴場が、一日にかぎって日本人難民に開放された。人々は手分けして川から水を担ぎ上げ、自前の薪を持参して湯を沸かした。信じられないような入浴はその時かぎりとなり、二度目の機会は訪れなかった。

降り積もる雪、燃えない薪

恐れていた雪が降りはじめた。

川を厚く覆った氷の上にも一面に雪が降り積もった。乾燥が十分でない仮宿舎の土壁は、そこかしこで白い粉を吹いて凍りついた。薪を燃やした煙を床下の通気孔に流すオンドルの設備はあるのだが、通気孔の周りの石や土が冷たく湿っているため、室内はなかなか暖まらなかった。仮宿舎のなかに手をかざして暖をとれるような器具は備えられていなかった。

薪運びの当番をまとめるのも田中友太郎と古川清治の役目だった。乾燥させたオンドル用の薪は朝鮮人住民にとっても越冬の必需品なので、すぐには増産できず、供給量にかぎりがあった。八方手を尽くしてみたものの、仮宿舎を建てて急に割り込んだ日本人難民には十分に回ってこない。仕方なく、切り倒したばかりの生木を買い上げることにした。

仮宿舎建設の際にも通った材木の伐採現場へは、稜漢山の山腹を巻いて長い山道を歩かねばならない。田中や古川も運搬作業に加わったが、水気を含んだ重い生木を背負って雪の山道を何度も往き来したのは、やはり女性たちだった。

毎朝、一杯の雑炊をすすり込むと、素足に手製のわらじを履いて雪道に踏み出してゆく。空腹で腹に力が入らないが、女性たちは背負えるかぎりの丸太をひもで括りつけて歩きはじめた。かじかむ手足と肩に食い込むひもの痛みだけでなく、通りすがりの朝鮮人の子どもたちから小石を投げつけられることもあった。顔をそむけ、歯を食いしばって耐えた。

オンドル当番もきつい仕事だった。せっかく運んできた生木の丸太は、いざ燃やす段になると湿っていてなかなか火がつかない。寒さに震えながら屋外の焚き口にうずくまり、何とか生木を燃やしつけるのだが、気を抜いて目を離そうものなら、同じ悩みを抱えるほかの班の当番から燃えさしをすっかり持っていかれる恐れがあった。

当番の間は気の休まる時間がない。薪がうまく燃えてくれないと、仮宿舎のなかは身震いがするほど冷え込んだ。そんな夜は、親子が寄り添って暖をとるほかなくなってしまう。

白石ヤス子は体調を崩し、仮宿舎の一角に設けられた病室に収容されていた。秋ごろから結核らしい症状が出ていたが、菌が骨に入ってしまったらしく、背中に激しい痛みを感じるようになった。脊椎（せきつい）カリエスだった。三九度以上の発熱を伴い、生死の境をさまよう日々が続いた。結核の特効薬はもちろん手に入らなかったが、山谷医師に痛み止めや熱冷ましの注射を打ってもらいながら、何とか持ちこたえていた。

体調不良者があまりに多く、病室に入ることができるのは重篤（じゅうとく）な患者にかぎられていた。女性たちが交代で担当する病室当番が、病室の清掃と患者の食事の世話、洗濯などのいっさいを受け持った。各班の割り当ては二週間ごとに回ってきた。当番は二人一組になって一日中、病室のなかで過ごすことになる。伝染病への感染を恐れたためか、当番の日が近づくと薪運搬作業を希望する者もいた。

生き地獄のような病室

井上喜代は冬の間もたびたび、マラリアの再発に悩まされていた。当番の作業に行けないことがあると、長女の泰子が代わって薪運びや炊事に出かけた。暮れも押し詰まったある日、班のなかから病室当番に手を挙げる人が現れず、喜代は不調を押して病室に向かった。

白石のほかにも、病室には身動きできない五人の重病人が収容されていた。胸膜に炎症が起きて膿(うみ)がたまる「膿胸」で寝たきりとなった女性の向こうには、やせ衰えた母親が赤ん坊を横に寝かせて臥せっていた。藁ぶとんが子どもの汚物で真っ黒に汚れている。薄い掛け物一枚で横たわり、苦しそうにうめく母子の姿は痛ましく、生き地獄のようなありさまだった。

枕元には洗濯物が山のようにたまっていた。

「昨日の当番の人が、川が凍っていて洗濯できないから天気の良い日に洗ってもらえ、と言ってやってくれなかったの。もう子どものお尻に当ててやるものがないのよ」

母親は咳き込みながら切なそうに言った。

洗濯物を集めて洗面器に入れ、小脇に抱えて川に下りていった。石を投げつけて氷を割り、血管も凍りつくような冷たい水で洗いはじめたが、洗濯物はほどなくカチカチに凍ってしまう。ここまでして洗う意味があるのかと思うほどだった。凍りついたタオルやシーツを抱えて戻り、炊事場で分けてもらった湯ですすぎ直して広げるのだが、すぐにまた凍りついて硬い板のようになってしまう。これが朝鮮北部の真冬だった。

熱いタオルが最初で最後の親切に

膿のついた布を手洗いしたので、せめてお湯で手を洗いたかった。もう一度、お湯をもらいに炊事場に向かう道すがら、母親の顔を拭いてあげたらどうだろうと思い立った。病室に戻り、母親に「手ぬぐいはありますか」と尋ねると、すぐに「枕元の風呂敷から出してください」と答えが返ってきた。

なかには真新しい純綿のタオルが一枚。財布やハンドバッグも入っている。どれも凝った品々で、新京では相当な暮らしをしてきた人らしい。熱い湯で固く絞ったタオルを手渡すと、母親は無言でじっと顔に当てていた。しばらくして気がついたように傍らに寝ている男の子の顔を拭き終わり、裏返して自分の顔をゆっくりとぬぐうと、もうそれだけで疲れてしまったようだった。母親は真っ黒に汚れたタオルを見つめてため息をついた。

「まあ、こんなに汚れていたのね。いったい何日顔を洗わなかったのかしら。目が覚めたようにとてもいい気持ちだわ。ほんとうにありがとう。病気をしてから、こんなに親切にしていただいたことなかったのよ」

涙を浮かべて感謝の言葉をくり返す母親の枕元に座り、身の上話を聞いた。母親は山口カズ子と名乗った。香川県の丸亀高等女学校を出ており、喜代より一回り若い二十八歳という。男の子は進一といい、満年齢では二歳そこそこだった。長男の進一が病気になり、ろくに寝ないで看病を続けていたら、間もなく自分も動けなくなってしまったという。

「私はとても助からないと思うけれど、この子を残していくことだけが心がかりで……」

母親はまた涙をこぼした。男の子の顔は青ぶくれにむくんでしまい、目も開かないほどに衰弱している。それでも母親は何とかしておかゆを食べさせようと懸命になっていた。

病室棟のオンドルの焚き口に薪をくべ、大人用の夕食を運んでそっと立ち去ろうとした。母親は気がついたように目を開くと、小豆をまぶした餅を二つ差し出してこう言った。

「さっき物売りが来たから買っておいたの。子どもさんがいるんでしょう。どうぞ食べさせてあげてください」

心づかいに目頭が熱くなったが、どうしても受け取れなかった。

「私のところはまだ元気だから大丈夫よ。それよりあなたが食べて、どうか早く治ってください」。それだけ言うと病室を出た。

翌々日が大みそかだった。わりあい暖かな陽射しのなかを洗濯に出かけた帰り道、病室の様子をのぞいてみたが、あの母子の姿はもう見えなかった。二人が寝ていた場所には見知らぬ病人が横たわっていた。

医務室で尋ねると、みそかの夜から翌朝にかけて母子はほとんど時間をあけずに息が絶え、つい今しがた、共同墓地に葬られたという。母子いっしょに息を引き取って一つの穴に葬られたことを、せめてもの救いと考えるほかなかった。

病室の患者たちは冬の到来とともに次々と亡くなっていった。そのなかで白石ヤス子はただ一人、山谷医師の励ましを受けながら何とか小康を保っていた。年齢が近い気安さもあるのか、山谷は時折、冗談を言って白石を笑わせた。

「白石さん、あんた六文銭を持って行かなかったんだろう。三途の川の渡し賃がないもんだから、きっとこの世に戻されたんだね」

熱がいくらか下がった朝、こう話しかけられた白石は泣きながらほほえんでいた。

母乳の出る母親はだれもいない

仮宿舎に移ってから食糧事情は一段と悪化した。建設費や薪の購入費がかさみ、食糧調達に充てる資金がさらに乏しくなったためだった。平安北道（へいあんほくどう）沿いの町々には、郭山のほかにも多くの日本人が旧満洲から疎開していた。宣川（せんせん）には満洲航空や建国大学、満洲国中央観象台の関係者がいた。新義州や定州でも日本人居留民に多数の疎開者が合流してあふれかえっていた。平安南道（へいあんなんどう）の粛川（しゅくせん）には満洲生命、鎮南浦（ちんなんぽ）（現南浦）には満映関係者らが、それぞれ新京での所属組織ごとに疎開したまま、身動きできない抑留状態に置かれていた。

しかし、郭山のように自分たちでバラックまで建てた例はほとんどなかった。ほかの町では居留民たちが「日本人世話会」を結成して人民委員会など現地当局と交渉を重ね、朝鮮人家庭への住み込み疎開も行われていた。世話会として報酬のある仕事を請け負い、疎開者たちに斡旋することもあった。居留民の数が少ない郭山でも日本人最大組織である疎開隊隊長の長野富士夫を会長に据えて「郭山日本人世話会」の設立申請を済ませていたが、人民委員会による認可はなかなか下りなかった。

本部の田中友太郎と古川清治は、炊事当番が煮炊きの合間の休憩に使う三畳ほどの小屋に泊まり込むようになった。倉庫に保管した野菜類の盗難を防ぐためだった。

古川はこの小屋を、新京時代の政府独身寮にちなんで「南湖寮」と呼びならわした。棚には樽と食器のほかに何もない。ただ、かまどの余熱のおかげでほんのりと暖かいことがありがたかった。日中の薪運びで身体は疲れ切っていた。外には音もなく雪が降りしきっている。積雪は故郷の新潟などに比べて少ないものの、わずかでも積もれば足もとがすべりやすくなる。明朝の薪運びが思いやられた。

朝夕の食事はとうもろこしの雑炊だけになっていた。幼児食は、わずかの米のおかゆにとうもろこしを挽いた粉を入れて量を増やした。炊事当番の母親は二人一組で一日中、古くて硬いとうもろこしを石臼でゴロゴロと挽き続けねばならなかった。

母乳が出る母親はもうだれもいなかった。離乳食にはまだ早い生後二、三カ月の乳児にもおかゆが与えられた。十二月までに誕生した二四人には流産や死産が多く、半数以上が数カ月と経たないうちに息を引き取った。ほとんどの女性が月ごとの生理もなくしていた。五、六歳になった子どもたちは空腹を訴えて泣きわめき、母親に噛みついたり、蹴りつけたりしてくる。母親たちにもヒステリー症状が蔓延（まんえん）した。

子どもたちはやせこけて目ばかり大きくなり、膝頭が大きくごつごつとしてきた。小学校に上がる年齢の子どもでも、遊びに出ることもなく黙って座り込み、大小便をたれ流してキョトンとしている姿が目についた。栄養失調の子どもは骨と皮だけにやせ衰えることもあるし、顔や身体に浮腫が出て逆にむくんでしまうこともあった。たとえ食べ物を目の前に出されたとしても、そういう状態に陥ってしまった子どもたちには、物を食べて消化する力さえ残されていなかった。

衛生状態も相変わらず劣悪だった。病室のシーツをたらいで洗うと、シラミの死骸がたらいの底にたまって、まるで佃煮のような状態になることがあった。三椏（みつまた）和紙に書き込まれた疎開隊員名簿には、死を意味する赤い線の引かれた名前が急速に増えていった。

第五章　死にゆく子どもたち

炊事当番は朝五時からの重労働

早朝の炊事当番は数日ごとに回ってきた。夜明け前の午前五時、打ち鳴らされる拍子木の音を合図に、かじかむ指先に息を吹きかけながら炊事場に向かう。各班から二人ずつ、二十数人の女性たちが集まると、二つの組に分かれて作業がはじまった。まず、前夜の当番が下準備を済ませておいた釜に火を入れていく。

もう一方の組は、倉庫から出した野菜類を洗って切り分ける作業を受け持つことになっていた。一人に配給される野菜の量はほんのわずかなものであっても、数百人分も集まると相当な分量になる。のどから手が出るほど貴重な野菜の束を目の前にしながら黙々と包丁を動かし続けるのは、これもまた苦行と表現するしかなかった。

釜に雑炊ができあがるころには、長い冬の夜も明けはじめている。足もとが見えるようになると、炊事班の責任者が水担ぎの指示を出した。役に立たない炊事場の井戸をうらめしく見やりながら、当番の女性たちは川まで下って氷を割り、水を汲んで担ぎ上げた。ランプ用に使った灯油の空き缶に縄をかけ、両わきに二本の棒を通して担ぐのだが、縄が切れたり、雪の坂道で転倒したりする事故が絶えなかった。二人一組で朝に一〇缶分、夕方に一〇缶分の水を運んで来なければいけない。おぼつかない足もとを気にしながら、何度となく炊事場と川を往復した。

そうしているうちに薪（まき）運びの当番が集まってきて、最初の雑炊を急いですすり込むと、慌ただしく伐採場に向けて出発していった。炊事班はその後、雑炊を釜から一斗樽に移して各班に運び、一椀ずつ配膳する。釜は全部で三つしかないので、三回くり返して炊かなければ全員に行き渡らなかった。

二回目の釜が炊かれている間に、明日の雑炊の準備もはじめなければ間に合わない。まず、硬くなったとうもろこしの穂からたねの部分を叩き落として石臼にかける。三回目の釜が炊き上がり、全員に配給が終わるのは、いくら急いでも作業開始から六時間後の午前十一時を回ってしまう。炊事当番はお昼に近い時間になってようやく朝食にありつけるが、食べ終わったらすぐ夕食の準備に取りかからねばならなかった。湿った生木（なまき）の薪がうまく燃えないことも長時間の作業を強いられる原因だった。食糧不足が最大の問題には違いなかったが、朝夕の食事を炊き上げて配給するだけでも相当な重労働なのだ。

夕食の作業が終わると炊事班長の点呼を受け、疲れきった身体を引きずるようにして各自の仮宿舎に戻る。あたりはもう真っ暗で、いつも午後七時か八時になっていた。炊事当番に当たった日は一日中働きづめと言ってよかった。

そんなつらい作業だったが、小さな子どもたちの母親のなかには、この機会を待ち構えている者もいた。炊き上がったとうもろこしの雑炊を各班に配膳する作業が終わってから、釜の底にこびりついたわずかなおこげを削り取り、おにぎり状にしたものを当番の間で分けることがあった。子どもたちに持ち帰ることができるおこげのおにぎりは、一日がかりの炊事当番に許されるささやかなご褒美になっていた。

ある朝、井上泰子が当番に出かけていくと、恐ろしい騒ぎが持ち上がった。一人の若い母親がおこげのおにぎりをこっそり懐に隠そうとしているところを、周囲にいた人たちに見つかってしまったのだ。呆然（ぼうぜん）と見つめる泰子の前で、母親は女たちから髪を引っ張られ、足蹴にされ、わずかなおにぎりのかけらをもぎ取られた。だれもが、ものすごい形相でののしり合っていた。もちろん自分で食べるためではない。幼い子どもに食べさせたら下痢をすることも、頭のなかでは理解したうえでなお、「腹を空かせたわが子のために何か持って帰りたい」という切実な思いから出た行為なのだった。

凍った丸餅一切れで迎えた元旦

十一月中に再び新京から連絡があり、十二月に入ると、合わせて八〇人ほどの人々が新京に帰るため北行きの列車に乗り込んだ。しかし、こんなうわささもささやかれた。

「北上者の一行は鴨緑江(おうりょくこう)を渡ってすぐの安東(あんとう)で列車から降ろされ、新京方面に向かうことも、郭山(かくさん)に戻ることもかなわず、足止めされて難儀しているらしい」

安東には日本人居留民(きょりゅうみん)のほか、満洲各地から逃れてきた難民が多数集まっているというが、うわさの真偽ははっきりしなかった。しかし、水を差されたかたちの人々の期待は急速にしぼんでしまった。北上することも、南下することも思うようにならないのである。

年越しの時期になっても薪運びの作業は一日も休まずに続けられた。炊事とオンドルに欠かせない薪は、肝腎の食糧にも劣らない必需品だけに、大みそかにも作業を止めることは許されなかった。

暗澹たる一九四六年の年明けだった。

「元日くらいは、たとえ一切れでも餅を食べてほしい」

疎開隊本部の肝いりで、手のひらに載る厚さ二センチほどの小さな丸餅が一人に一個用意された。ヤミ買いできない人にはとても手に入らない貴重品だったから、炊事班は作業をはじめる前に相談し、餅を夕食の分に取っておくことにした。

「年明けの朝食も、せめて米の入ったおにぎりを供しましょう」と話し合って、とうもろこしに心づくしの米を加えたごはんを炊こうとしたが、あいにく生木の薪がいつにもまして燃えつかない。松葉や小枝を集めて焚きつけにしてみたが、やはりうまくいかなかった。ランプに使う灯油をふりかけて火をつけてみたところ、威勢よく燃え上がったと思う間もなく火勢は急に衰え、ぶすぶすと燻り出す始末だった。

普段より二時間以上遅れて、午前十時ごろようやく一回目の釜が炊き上がったものの、時間がかかりすぎたせいなのか、生煮えのひどい代物になってしまった。二回目、三回目の炊事となると、炊き上がりがいつのことになるやら見当もつかない。

せっかくの正月なのだ。この日ばかりは薪運びも休みになっていた。空腹を抱えて食事を待ちかねている人々を、これ以上待たせておくわけにはいかない。とにかく生煮えのとうもろこしでおにぎりをつくって配り、足りない分は夕食用に残しておいた丸餅で補うことになった。

ところが、せっかくの餅を焼く火を起こすことができない。生煮えのおにぎり、あるいは凍ったような丸餅一切れと塩をふりかけた生の大根の切れはし。それが疎開隊の大部分の人々にとってわびしい正月の祝い膳となった。

何か売れるものはないか

薪運搬作業は日付が変わるとすぐ再開された。

まだ正月の二日なのだ。夜になると、だれかが仮宿舎のなかで「歌い初めをしよう」と言い出した。すでにランプの火が落とされ、あたりは真っ暗になっていたが、寝床についたまま民謡や流行歌が次々に歌いつがれていった。東北地方の出身者が多く「会津磐梯山」がくり返し歌われた。外には雪が降りはじめた。静かな夜だった。

この話が伝わったからかもしれない。疎開隊本部の音頭で各班から芸達者が集められ、演芸班が結成されることになった。新京で講談師をしていたという老人らが勇んで名乗りを上げ、夜、カンテラをかざして各班を巡回し、小咄や落語を披露して回った。何一つ娯楽のない生活を続ける人々は、たとえ他愛ない演芸でも声を立てて笑い合った。

そうでもしていないと気が滅入るだけの、希望の見えない新年だった。ひたすら消費するだけの生活がもう何カ月も続いていた。手持ちの金はほとんど底をついてしまったが、収入を得るあてはなく、着物から何からお金になるものは何でも売りに出された。

疎開隊本部が時折、「朝鮮人家庭の女中　一名」「料理屋の酌婦　三名」「床屋　一名」といった具合に求人情報を公開することがあった。現金収入が得られる仕事といえば、せいぜいこの程度に過ぎない。ソ連軍の炊事婦が数人ずつ募集されることもあった。現金の報酬は期待できないものの、上等な食事にありつけるらしいとのうわさが立った。ソ連と聞いただけで震えあがる女性たちのなかから、新京で水商売をしていたという人たちが手を挙げて出かけていった。疎開隊本部が頭を下げて、そうした女性たちに出仕を依頼することもあった。

所持品は手当たり次第に食べ物に換えられてしまい、仮宿舎のなかはガランとしてきた。あちこちに見かけたトランクやリュックサックも、もう数えるほどしか目に入らない。もんぺはさつまいもや塩に変わり、ショールはおからに変わった。人々は一杯五〇銭のおからを手に入れるために、いつも何か売れるものがないかと考えながら過ごしていた。

子ども二人を残し力尽きた母

小さな子どもや老人だけでなく、母親たちのなかにも力尽きる者が出はじめた。

井上喜代の班に福島県相馬生まれの母親がいた。相馬高等女学校を卒業した木幡とも子（三二）という女性で、長男の愼一郎（一四）、長女の久代（三）の二人を連れて疎開していた。ちょうど頭をつき合わせて寝ていたことから、話をする機会も多く、お互いに困りごとの相談を持ちかけ合うような間柄だった。

二月に入ると、木幡はひどい下痢を起こして衰弱してしまった。子どもたちに食べ物をせがまれても持ち金がほとんどなく、寝る時に三人でかけていたロシア毛布を手放す決意を固めた。二枚続きの純毛の毛布はきれいな織り出し模様のついた上等な品だったが、買い手はなかなか現れなかった。

「きっと八〇〇円くらいには売れるわよ」

周囲もそう言って元気づけていた。しかし、やっと見つけた買い手から予想の半値にもならない三〇〇円の値をつけられ、肩を落として帰ってきた木幡は、そのまま床につくと起き上がれなくなった。血便があるらしく、顔色もすっかり変わってしまった。数日後、知人が代わって交渉してようやく五〇〇円の値がついた。その代金を受け取った翌朝のことだった。

夜明けにはまだ間があるころ、枕元で「うーむ」というただならぬうめき声が聞こえ、続いてだれかがバサリと倒れる音がした。

「かあちゃん、かあちゃん！」と、男の子が闇をつんざくような声を上げた。

はね起きた周囲の数人がろうそくに火をつけてみると、木幡は握りしめた右手を空にのばしたまま事切れていた。毛布を売り払ってしまった親子三人は、ねんねこ一枚を引っ張り合うようにしながら寝ていたのだった。

その日は二月十日――。なきがらは昼過ぎ、稜漢山山腹にある疎開隊の共同墓地に運ばれた。野辺の送りには同じ班から知人や友人が加わった。髙見澤家の末娘、淑子が前年十一月に埋葬されたあたりには「郭山日本人避難民合同墓碑」と書かれた木製の墓碑が建てられていた。

以前は何もない場所だったが、下のほうからだんだんと埋葬されてきた仮葬の塚がもう数えきれないほどに増えて、だいぶ上のほうまで覆い尽くしていた。その間をたどりながら、一行はゆっくりと斜面を登っていった。よく晴れて底冷えのする日だった。

三人のなきがらを一つの穴に

ほかの班でも、九日から男女二人の赤ん坊が相次いで亡くなり、それぞれの家族や友人が共同墓地に集まってきていた。埋葬できる穴はもう残り少なくなっており、三人のなきがらを一つの塚穴に葬ることになった。男の子の名は建一といい、岡山県児島郡郷内村（現倉敷市）出身の満洲合成ゴム社員、三澤千里（三七）の五人きょうだいの末子だった。女の子の名は俊子といい、長野県下伊那郡松尾村（現飯田市）出身で飯田高等女学校を卒業した石原泰子（二七）の長女で、赤ん坊と呼んでも差しつかえないほど小さかった。死因は小児結核とはしか（麻疹）による肺炎ということだったが、どちらもただでさえ小さな身体がなおさらか細く、ちぢこまって見えた。

いざ埋葬しようという時になって、木幡が身に付けていた衣類を残された二人のきょうだいのために取っておいたほうがいい、ということになった。着物を脱がされて肌着だけの姿になった木幡のなきがらが先に寝かされ、曲げた膝のところに赤ん坊二人の小さな遺骸を抱かせるようにして横たえた。

石原泰子は病気で寝たきりになっていて、一人娘に別れを告げに来ることもできなかったが、三澤千里はほんの一カ月半前にお腹を痛めて産んだわが子のそばにずっと付き添い、涙をぬぐおうともせずにこう語りかけた。

「お母ちゃんもいっしょに行きたいんだけれど、どうか堪忍（かんにん）してね。この小母（おば）ちゃんにしっかり抱いてもらってお行きよ」

しばらく青ざめた顔で穴をのぞき込んだまま離れなかったが、やっと周囲になだめられると、三体のなきがらにむしろがかけられた。

木幡とも子には長男の愼一郎が幼い妹の久代を背負って付き添っていたが、最初の土をかけながら耐えきれずに泣き崩れた。周りの人々もみな、声を上げて泣いた。泣きながら「南無阿弥陀仏」を唱えつつ、冷たい土をかけた。

だれもが無言で帰りの山道をたどった。

仮宿舎に戻った後、シラミが急に増えたような気がしてならなかった。喜代が不思議に思っていると、やはり仮葬に参列した知人の女性がこうつぶやいた。「シラミは死んだ人からはすぐに逃げ出すそうね。何だか急に増えたようだけれど、きっと木幡さんの置き土産なのね」

背筋が冷たくなるような話だった。

「土まんじゅう」の群れ

疎開本部で庶務全般を担当していた松本健次郎と扇京一(おおぎきょういち)は、郭山への到着以来、日々の記録を「疎開日誌」にまとめていた。おそらく疎開隊の子どもがリュックに入れてきたのだろう。学習帳にまとめられた日誌は、この日の前日の二月九日から二冊目に入った。「疎開日誌　其ノ二」の表紙をめくるとすぐ仮葬の詳細が記されていた。

二月九日　土曜日　晴

死亡　石原俊子　三才（9班）

（以下略）

二月十日　日曜日　晴

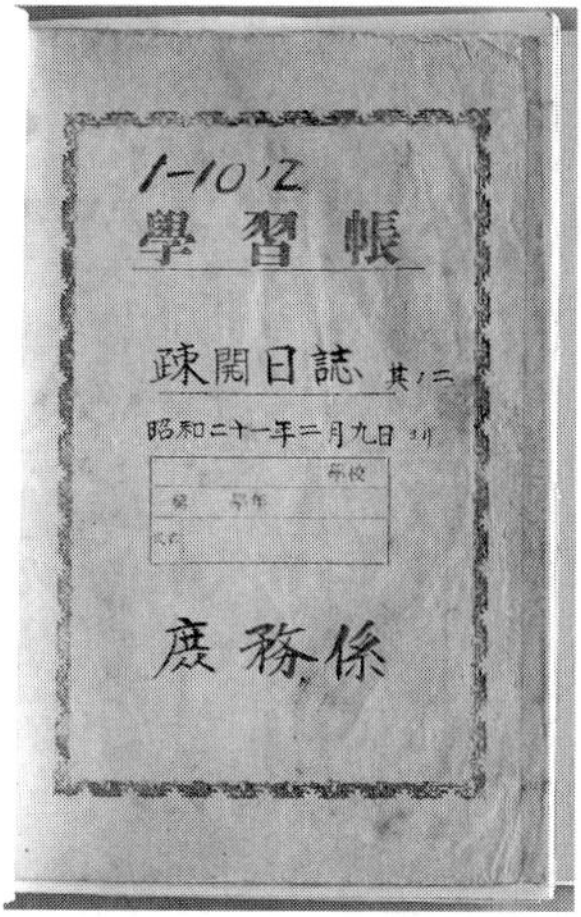

死亡　木幡トモ子　三十三才（13班）　遺児　慎一郎　十四才

今野かねみ（13班　鉱発）後見

久　代　三才

〃　三澤建一　二才（7班）

葬儀執行　石原俊子、木幡トモ子、三澤建一

2冊目の疎開日誌

死亡　川本民吉　七十二才（8班）

小澤重之　三才（9班）

二月十日現在　八一三名

旬報（患者、死亡者）作成夜間執務

松本、扇、佐藤

母親を失った木幡家のきょうだいと同じ班のなかから、秋田県由利郡本荘町（現由利本荘市）出身で満洲鉱業開発関係者の今野かねみ（三三）が後見役を引き受けるこ

二月九日　土曜日　晴　寒気強

新運搬作業　一四二名

死亡　石原泰(俊)子　三才　(9)

種痘　第二、三期生

西園氏、大林一行　定州へ出発

金委員長　新義州ヨリ帰郭

駅前蘇軍　出労

農業倉庫夜警　板橋、千島

定州保安署員二名及蘇軍士一名　来団　二十一時半

子女教育及団員分散ノ件

鉄橋蘇軍　男三名

第二病室入　松本祐一郎一家七名　(8)

二月十日　日曜日　晴

薪運搬作業　七〇名

駅前蘇軍出労　今野かねみ(13)(鉱炭)後見

死亡　木畑幡トモ子　三十三才　(13)　遺児　慎一郎　十四才
　　　　　　　　　　　　　　　　　　　　　久代　三才

〃　三澤建一　二才(7)

仕込　岡本ツルヱ　二十二才(2)

葬儀執り　石原俊子、木幡トモ子、三澤建一

~~巡回慰問演芸[illegible]~~

班長会議、団資金関係(新義州問題解決ノ件発表)

就学子女調査・盗難品調査・巡回班演芸会、薪運

出動率向上、給食関係　其ノ他

農業倉庫夜警　二名

演芸班練習

死亡　川本民吉　七二才(8)　小澤童之　三才(9)

二月十日現在　八一三名

旬報(患者、死亡者)作成夜間執務　松本、扇、佐藤

1946年2月9・10日の日誌

とになった。今野は自らも二人の子どもを連れて郭山に疎開していたが、前年十一月二十九日に年下の由美子（二）を心臓麻痺で亡くしていた。

毎日のように死者が出た。

扇とともに、満洲国経済部官吏の武田光雄（三二）が二人がかりで塚穴を掘り進めてきたが、厳寒期に入ると共同墓地の地面は完全に凍結し、スコップではまったく歯が立たなかった。冬に備えて用意していた塚穴は、相次ぐ死者の発生ですぐにふさがってしまい、新しく穴を掘ろうにも、もはや人力ではどうしようもない。スコップで凍土をできるかぎり削り取り、その上に遺骸を横たえるのが精いっぱいだった。

鶴嘴（つるはし）でもあれば新しい穴を掘れたかもしれない。しかし、本格的な工具の持ち合わせはなかったし、共同墓地の一角でそんなものを使用するわけにはいかなかった。スコップで何とか掘り進めようとしていると、凍った土のなかから以前に埋葬した遺体の一部が出てくることがあった。そんな時、扇は作業を止めて「ごめんなさい」と謝り、もう一度手を合わせて念仏を唱えるのだった。

遺族や付き添いの人々は肉親のなきがらにむしろをかけ、扇や武田が削り取った冷たい土をその上にかけて埋葬に代えるようになった。共同墓地の斜面には、こうして周囲の地面から盛り上がった「土まんじゅう」と呼ばれる仮葬の塚が見渡すかぎり並んでいった。すっぽりと雪をかぶった土まんじゅうの群れは、ひどく寒々としていた。

一日に六人を埋葬

翌日は紀元節だったが、犠牲者の数は減らなかった。

「紀元乃佳節」と前置きして書き出された十一日に続いて、翌十二日の日誌をたどると、二日続けて子どもを亡くした母親がいたことがわかる。長野県南佐久郡畑八（はたや）村（むら）（現佐久穂町）出身で臼田実科高等女学校を出た小澤房江（三一）は、わずかの間に三男二女の末子の重之（三）と四番目の武子（五）を失った。いずれもはしかによる肺炎が原因だった。

十二日には、幼いきょうだいを含む幼子五人と老人一人がいっしょに埋葬されたが、幼子はすべて九班からの犠牲者だった。小児結核の一人を除いて、はしかの流行が追い打ちをかけていた。富山県富山市出身で富山高等女学校を卒業した森絹子（二四）も、こうして新京を発つ前に生まれた一人息子の龍彦（二）を失った。

いつものように野辺の送りをじっと見守った扇京一は、本部に戻って六件の仮葬があったことを松本健次郎に報告すると、ぐったりとしてうなだれてしまった。一日に六人の遺骸を埋葬した記憶はなかった。母親たちのすすり泣く声を背に、両手で取り上げて塚に納めた五人の小さな子どもたちの身体の感触が、なお消えることなく残っていた。すっかり疲れ果て

二月十一日　月曜日　雲

紀元の佳節

薪運搬作業

駅前蘇軍　男　四名

隊長、東山谷本部員　定州へ出発

死亡　小澤武子　五才(9)　森龍彦　三才(9)　小畑浩男　三才(9)

巡回演藝班　一、二班巡回　森順本部員外

高田父子、西山、部生、野本、永長尾、清島、中野

トリアノン　本部買上実施

農業倉庫夜警　二名

金融組合預金者名簿、金額、領収書整理

二月十二日　火曜日　晴　氣温稍上昇
薪運搬作業
山谷本部員定州ヘ　夜帰団
葬儀執リ　川本民吉、小澤重之、小澤武子、森龍彦
小畑浩男、向後清子
麻疹防遏血清注射実施　六班―八班
金徳俊委員長来団
死亡　向後清子　四才（9）
巡回演藝班　三、四ノ両班ニテ熱演
遠藤本部員　新義州、安東ヨリ帰団
農倉　夜警
本日ノ葬儀　出棺　六佛ニテ　来郭半歳間ノ最高ノ記録ヲ作
駅前蘇軍　出労

1946年2月11・12日の日誌

た様子の扇のことを気にしながら、松本は「疎開日誌」にこう書き加えた。

本日ノ葬儀　出棺　六仏ニテ　来郭半歳間ノ最高記録ヲ作

小筆の先を使った松本のきちょうめんな筆跡が、悲嘆に暮れる母親と子どもたちの数えきれない悲劇を刻んでいた。

「戦場に行くよりつらい仕事になるだろう。だからこそ、君に頼む」

ソ連参戦後の四五年八月十一日、満洲国経済部庁舎の講堂に集められた時、松本は上司からこう声をかけられた。引き受けた引率の任務も間もなく半年になろうとしていた。すっかり希望を失いつつある疎開隊の母子たちの顔が脳裏をよぎり、松本は上司の言葉の意味をあらためて噛みしめた。

最後に残った防寒具を売る

はしか感染者のための隔離病室が急遽設けられた。しかし、その甲斐もなく、患者は間もなくほかの班にも広がった。飢餓と伝染病が母子を追いつめた。

高見澤家では末妹の淑子が亡くなった後、次男の隆も栄養失調で体力を消耗させ、ほとんど寝たきりの状態になっていた。あきは気丈に振る舞っていたが、いくらか元気があるのは彌（ひろし）と皓（きよし）の二人だけだった。井上家の末子、洋一も年を越したころから栄養失調状態がひどくなり、めっきりやせ細っていた。満洲で暮らしていたころのやんちゃなおもかげは、すっかり影をひそめてしまった。

　母親たちの焦燥は深まるばかりだった。もうしばらくの間は、自分の食べる分を削って弱った子どもに与えることができるかもしれない。しかし、もしも自分自身が倒れてしまったら、後に残された子どもの運命はいったいどうなるだろうか。

　多くの家族は身に付けているもの以外、換金できるものがなくなっていた。子どもたちが着ているシューバはロシア風の毛皮の裏地がついた良品で、朝鮮人も欲しがるはずの品だった。これを売り払えば防寒具がなくなってしまうけれど、子どもたちは口々に「それでもかまわないから食べ物を買ってちょうだい」とせがんだ。

　井上喜代は残ったシューバも売りに出すことに決めて、売り先に思案をめぐらせた。日本人難民の足もとを見て買い叩く朝鮮人の買い付け師は絶対に避けねばならない。疎開隊のなかでは、今も温飯屋（おんぱんや）に通っている一部の人たちにはお金があるかもしれないが、そういう人たちは防寒具もちゃんと身に付けている。心当たりをさぐるうち、仮宿舎の棟上げ工事を請け負った朝鮮人大工の棟梁（とうりょう）に思い当たった。棟梁の妻は日本人だと聞いていたので、言葉の問題も何とかなるだろうと思った。

夜になって冷え込む戸外にこっそり抜け出した。棟梁の家の方角は確かめてあったが、明かりの少ない街路をいくら探しても見つからなかった。あたりには十数軒の人家が散らばっていたが、一時間近くかけても目当ての家に行き当たらない。意気消沈して帰る途中、立派な門構えの家の前を通りかかった。「このまま帰ってもしようがない」と思い切って門扉を叩いた。

「憎むべきは日本の軍閥」

やはり棟梁の家ではなかったが、玄関に出てきた主人らしい男性に事情を話すと、予想しなかった流暢（りゅうちょう）な日本語が返ってきた。

「わかりました。まあ上がりなさい。シューバも見せてもらいましょう」

室内には電灯の光がまばゆいばかりにあふれていた。来客を迎えていたところだったらしく、小ぎれいな服を身に付けた数人の男女が居合わせていた。床に腰をおろすとポカポカと暖かい。仮宿舎の応急のオンドルとは似つかぬ本物だった。

壁ぎわに置かれたラジオから音楽が流れてくる。新京を発って半年の間、あの終戦の日も含めてラジオ放送を聞いた記憶はなかった。部屋のなかには、磨き上げられた床の上に大きな姿見や立派な家具類が並んでいる。終戦前の新京の家での団欒の夕べが不意に思い出されて、不覚にも涙があふれてきた。それにひきかえ、あまりにもうらぶれた今の自分の姿はどうだろう。どこかに消え入りたいような思いが込み上げた。

夫人らしい女性が焼肉と漬物、どんぶり飯を前に並べて静かな口調で勧めてくれた。

「遠慮しないで、どうぞお食べなさい」

やはり上手な日本語だった。女性はお銚子を取って、客人らしい人たちに酒をついでいく。いかにも和やかな雰囲気が漂っていた。

「今日は妻の母親の家族も来ていましてね。餅もつくりましたから、遠慮なくどうぞ」

あらためて主人から勧められ、半ば夢心地で箸を動かした。最後に肉を口にしたのはいったい、いつのことだったろうか。

主人が食べ終えたころを見計らって話しかけてきた。

「疎開隊の日本人の苦しい事情は聞いています。何とか良い方法はないのかと考えてはいるのですが、以前からの事情で保安隊から『親日派』としてにらまれているので、いろいろ主張してみてもなかなか通らないのです。憎むべきは日本の軍閥であって、苦しんでいるあなたがたの罪ではないのですが……」

夫人が耳を疑うような話をはじめた。

「昨日のラジオのニュースによると、日本には別の天皇が現れて、天皇が二人になったそうですね。どちらも『自分のほうが正しい天皇だ』と言い張っているようですよ」

敗戦後の日本の状況について聞いたのは、これが初めてだった。東北地方に住む親や弟妹のことを思い出すと胸騒ぎがした。当時の朝鮮北部には、朝鮮労働党の前身となる朝鮮共産党北部朝鮮分局が創設され、のちに建国される朝鮮民主主義人民共和国の主席となる金日成がすでに責任書記の立場に就いていた。ソ連進駐軍の後押しで共産勢力が支配体制を確立しており、政治宣伝に近い報道が増えていたのだろう。

礼を言って帰ろうとすると、主人が紙に包んだ餅を差し出してこう言った。

「気の毒ですが、シューバは不要だからほかを探してください。これからも遠慮なく訪ねてきていいですよ」

来客もみな、こちらに向かって会釈(えしゃく)してくれた。その様子には、日本に対する恨みも敗戦国民に対する優越感も感じられなかった。人が人に対して示す厚意そのもののように思われた。

「朝鮮人のなかにはこんな人たちもいるのだ」と考えながら仮宿舎へと戻る道すがら、新京を発つ前夜の情景がまぶたに浮かんできた。

出征する夫と交わした言葉

満四十二歳になった夫までも動員されるという。こんな戦争の形勢が間違っても良いわけがない。夫との永久の別れになるのではないか。恐ろしい予感にさいなまれた。まだ小さい三人の子どもたちを防空壕に寝かせると、その世話を長女の泰子に頼んでおいて、二人で翌日の準備をした。夫はソ連軍の侵攻に備える前線へと出征していく。こちらは子どもたちを連れて疎開列車に乗り込まねばならない。家族はその先、二手に分かれることになる。

空襲警報のサイレンがくり返されるなか、薄暗い遮光灯の下で荷物の整理を急いだ。何冊ものアルバムのなかから、家族と関係の深い写真だけをまとめていた夫が、視学官として赴任した牡丹江での家族全員の写真を手にしながら、不意にこうつぶやいた。

「こうしてまた、家族が顔をそろえられるのはいつのことかな」

その時、決して口には出さずに夫を送り出そうと考えていた言葉が飛び出してしまった。

「あなた、もし万一のことがあったら、私、子どもを殺して自分も死にますからね。いいでしょう」

「ああ、いけない」と思ったがもう遅かった。

夫は黙って、しばらく写真を見つめていたが、やがて静かに言った。

「そういう気持ちもわかるけれど、そうすることは、自分は罪悪だと思う。子どもたちには子どもたちの人生がある。親が勝手に子どもの人生を踏みにじることは許されないよ」

夫のほうに向き直ることもできず、ただじっと次の言葉を待った。

「私たちはこの十六年間、互いに信じ合って暮らしてきた。これで私たち二人の人生は終わりとなっても悔やむところはないはずだ。子どもたちの人生行路を開いてやることこそ、今、私たちに課された親としての義務ではないだろうか。私はそう思う。だから、どんな場合であっても、子どもたちの命を絶つことだけは許すわけにはいかない」

夫は最後に言い添えた。

「こう言って子どもたちをおまえに預けた以上、万一、おまえが貞操の危険にさらされることがあっても、それで子どもたちを守れるものなら、自分は決しておまえを責めはしないよ」

その言葉を聞いたとたん、感情に流されたことがたまらなく悔やまれた。そのまま返す言葉もなく泣き崩れていた。

我に返ってみると、暗い夜空から小雪がちらつきはじめていた。温まった身体も冷え切ってしまった。懐の餅に手をやると、乞食同然にまで身を落としてしまったように感じられた。年端のいかない朝鮮人の子どもたちに石を投げつけられるより、なぜかもっと胸にこたえた。

盗む側も盗まれる側も命がけ

喜代は親しくなった同じ班の行友春江（三六）からお金を借り受けて、しばらくしのいだ。二人はお互いに短歌をつくることを知って意気投合した仲だった。広島県立賀茂高等女学校を卒業した行友は国民学校五年の一人娘、満智子（一三）を連れて疎開していたが、母娘二人で幼児を抱えていない分だけ、井上家よりも余裕があった。

シューバの買い手がようやく見つかり、八〇円そこそこで売れたが、借りたお金を返すとわずかしか手もとに残らなかった。もう売りに出せるようなものは何もない。気持ちがくじけそうになるのをこらえ、あの朝鮮人の家にも二度、恥をしのんで食事を乞いに出かけた。そのうち、疎開隊のなかから発疹チフスの症状を示す病人が出たため、仮宿舎からの外出はいっさい禁じられてしまった。

炊事用の野菜が盗まれることは以前からあったが、貯蔵庫に入れてあった大量の白菜や大根がまとめて盗み出される事件が起きた。どうやら数人が共謀して見張りを立て、疎開隊本部の監視の裏をかく機会を狙っていたようだった。事態を重く見た本部は、不意打ちの一斉所持品検査を実施するなどして犯人グループの割り出しに躍起となったが、盗まれた野菜をどうしても見つけることができなかった。盗むほうも命がけなので、その後も盗難事件が絶えることはなかった。

稜漢山山腹の仮宿舎に移ってからも、朝鮮人の物売りが相変わらず副食類を売りに来ていた。その物売りとの間で小競り合いが頻発するようになった。支払った分より多くの餅を籠からかすめ取ろうとする者、金を払わず力ずくで奪い取ろうとする者まで出はじめたからだった。「払った」「払わない」をめぐって、物売りの女が金切り声でわめき散らす光景も珍しくなくなった。

すでに配給の食糧で命をつなぐのは不可能だった。不足を補う食べ物にありつこうとしてあらゆる手段が講じられた。炊事班の責任者に取り入って専属当番におさまった母親は、毎日のように釜の底のおこげをこそげ取り、子どものところへ運んでいく。不公平だと非難されても、まったくおかまいなしだった。

敬遠されていた病室当番ががぜん、脚光を浴びはじめた。病人のために豆乳をしぼった後のおからをもらえることがある、といううわさが広がり、希望者が急増した。お椀一杯のおからは五〇銭出せば手に入る。それに塩をふりかけて食べるのだが、それだけのお金も払えない母親が多かった。いったん副食を与えられた子どもたちは配給だけではがまんできなくなり、母親たちを追い込んでいった。

栄養失調で抵抗力を失った身体に結核菌が入ると一気に悪化した。腸に菌が入れば、腸結核を発症して消化能力が失われ、あとはただ餓死を待つばかりとなる。一月半ばを過ぎたころには、六歳の高見澤隆や四歳の井上洋一もその瀬戸際に立たされていた。

第六章　旧満洲への帰還

見て見ぬふりをする者

日本への帰還に期待をかける人はもうほとんどいなかった。とにかく何とかして満洲に戻り、知人のいる旧新京にたどりつくしかない。「次の機会には、どんなに無理をしても新京へ」と心に決める人が増えていた。しかし、ソ連軍による移動禁止措置の解除が前提条件であるかぎり、しょせんは他力本願に過ぎなかった。

疎開隊本部も苦慮していた。隊員から集めたお金が底をつきかけていても、追加の徴収に応じる人はもういなかった。多くの家族がぎりぎりの状態で暮らしていたのは間違いない。しかし、仮宿舎に訪れる物売りの数は以前より減りはしたものの、絶えることはなかったし、夜になれば、相変わらず山向こうの温飯屋(おんぱんや)に向けて仮宿舎を抜け出す人たちがいた。かなりの数の人たちがまだ少なからぬ現金を隠し持っているのは疑い得なかった。

　みなが等しく飢えているのなら、子どもたちも何とかがまんできたかもしれない。ところが、一方には毎日のように餅や飴を買ってもらえる子どもたちがおり、その傍らで寝たきりの子どもたちが栄養失調で息を引き取っていった。それが疎開隊の偽らざる現実だった。瀕死の子どもを抱えた家族を横目にしながら、見て見ぬふりをしている者たちがいる。日本人同士の間で「自分たちさえ良ければいい」という利己主義が蔓延しているのでは、どうしようもないではないか。本部員の田中友太郎は、各棟を回って余剰資金の献納を呼びかけながら、救いのない現実を目の当たりにして強い憤りを覚えることがあった。

　引率者として単身、疎開隊に加わった田中も、大柄な身体を維持するだけの食事にありつくことのできない日々が続いていた。責任感だけで自らを支えるしかなかった。

　現金を隠す方法は相変わらず巧妙だった。それもソ連兵や保安隊員に対してではなく、疎開隊の仲間に対する巧妙さなのだ。持てる者と持たざる者の格差が疎開隊をむしばんでいた。

　疎開隊本部でも「このままではとてもやっていけない。いっそのこと疎開隊を解散して、その後の行動は隊員各自の意志に任せたらどうか」といった極端な意見が出るようになった。さすがに、持たざる者の切り捨てにつながる「解散論」が大勢を占めることはなかったものの、持てる者の協力が得られなければ、遠からず隊が行き詰まるのは自明の状況だった。疲弊した家族のなかから希望者があれば、とにかく可能なかぎり新京に送り返し、疎開隊の規模縮小を進める必要があった。

疎開隊長の長野富士夫を中心にして、旧満洲帰還者の北上を黙認させるべく、ソ連軍への嘆願が続けられた。東京帝国大学から大同学院を経て満洲国官吏の道を選んだ長野は、木訥とした人柄ながら相手をねばりづよく説得する能力を持ち合わせていた。平安北道では数少ない日本人医師の山谷橘雄をはじめ、元関東軍の衛生兵が過去の軍籍を理由にソ連軍に拘束され、定州の刑務所に収監されたことがあった。この時、長野は駐留ソ連軍司令部に出向き、こう熱弁を振るって釈放を迫ったという。

「このあたりには何千人もの日本人難民がいる。それなのに、たった一人しかいない日本人の医者を刑務所に入れるとはいったい何事か。人の道に反する行為ではないか」

ついに夫からの便りが届く

このころ、前年十一月の第一次北上者「三中井」班に加わり、いったん新京に戻った遠藤伊佐美がさまざまな情報を得て郭山に戻ってきた。越境のつてを得た遠藤は、その後も旧新京と郭山を結ぶ連絡役となって往き来をくり返していた。

二月半ばのある日、遠藤がもたらした情報をもとに、数十人の母親たちが疎開隊本部に呼び出された。新京在住日本人の世話会「新京日本人会」に集積された出征者と疎開者の安否情報が、丹念な照合作業を経てようやく郭山疎開隊の人々に届いたのだった。

集まったのは、それまでめぼしい情報のなかった一般市民の母親がほとんどだった。説明にじっと耳を傾けていた人々はワーッと声を上げ、だれかれとなく手を取り合って泣き出した。それほどまでに待ちわびた肉親や知人の情報だった。第一次北上者を送り出してから二カ月以上経過していたが、その間に起きた出来事は以前と様がわりしていた。厳寒と飢餓のなかで母子が毎日のように倒れ、共同墓地には無数の土まんじゅうができている。「明日はわが身か」と怯えながら過ごす地獄の日々だった。

呼び出された母親のなかに高見澤あきや井上喜代も含まれていた。喜代は夫寅吉からの通信文が添えられた資料を手渡された。夫の筆跡を確認しながら涙で文字が見えなくなった。「いずれ善処するので口外しないように。みな騒ぎ出すといけないので……」と注意を受けると、だれもが走るようにして仮宿舎に戻っていった。

四人の子どもたちを外に連れ出すと、喜代はこう告げた。

「やっと新京から連絡が入ったのよ。『井上寅吉、新京、船山宅に健在す』と書いてあったの。何度も読み直したけれど、やっぱりお父さんの字に間違いなかったわ」

船山が喜代のすぐ上の姉、つまり伯母の嫁ぎ先の姓であることは、子どもたちにもすぐにわかった。泰子に抱かれた末弟の洋一までが、やつれた顔を久しぶりにほころばせて言った。

「かあちゃん、ぼく、お腹が空いても、もう決して泣かないよ」

家族五人の旅費の確保が残された大きな問題だった。喜代は支給品の原綿を足して布団がわりにしていた帯を手で伸してつくろい直し、朝鮮人住民に四〇円ほどで売って少しずつ現金に換えた。そのうち本部からまた呼び出され、新京で待っているものと思っていた夫寅吉が、鴨緑江を渡った安東まで迎えに来ていることを知らされた。安東までの旅費で済むのならば、何とか間に合いそうだった。

夫の消息がつかめた者、つかめない者

親しくなった行友春江の新京での身寄りは職業軍人の夫以外になかったが、いまだに消息がつかめないままだった。終戦直前の「根こそぎ動員」で駆り出されたわけではないので、前線でソ連軍との戦闘に巻き込まれ、捕虜となっている可能性が高かった。このまま連絡がつかなければ旧満洲へ戻るすべはない。

落ち込みがちな春江の様子に、喜代は「自分たちの遠縁の親戚として申請し直したら、夫を身元引受人にして北上者に加えてもらえるかもしれない」と考えた。うまくいけば、助けてもらったことへの恩返しになるかもしれない。こうした申し出は少なかったらしい。申請

は意外にすんなりと受理された。行友家の母娘は井上家の縁者として再登録され、北上者のリストに加えられることになった。

　本部員の遠藤伊佐美は、病室の白石ヤス子にも情報をもたらした。昨年五月十日に出征した夫義明がしたためたメモを取り次いで来たのだった。遠藤は混乱の続く新京の旧官舎街で義明と再会し、現在の白石の病状を含めて伝えたという。二人は古い知り合いでそろって経済部に奉職し、義明は税務司、遠藤は人事科に配属されていた。

「こちらは何とかやっている。病気で動けないようなら無理して新京に戻ることはない。君の希望に任せる」

　なつかしい夫の筆跡を見て、白石は胸をなで下ろした。今の体力で北上するのはとても無理だったが、夫がシベリア抑留をまぬがれて新京の日本人社会に戻って暮らしている事実は、新たな希望を抱かせてくれた。白石はそれから間もなく、何人もの重篤（じゅうとく）患者を見送った病室から出ることができた。

　遠藤はまた、経済部官吏の退職金との名目で一人あたり一万円相当の現金を持ち帰ってきた。食糧や薪（まき）の調達資金に窮していた疎開隊本部には何よりもありがたいお金だった。本部ではこの現金を個々に分割することなく、一括して疎開隊に寄付するかたちで処理し、全額を疎開隊の共有資金として活用することにした。官吏とその家族の無私の寄付金がなければ、疎開隊員の犠牲者はさらに増えていたかもしれない。

旅費立て替えを申し出てくれた夫婦

郭山への到着から丸半年が経過して間もないころ、病気や栄養失調で動けない者を除き、疎開隊の全員に招集がかけられた。遠藤が旧満洲と京城以南の現状について説明した後、近くかなりの数の北上者が出発できる見込みになったことが初めておおやけにされた。

数日後、条件に不備のある人たちが呼び出された。ほとんどが旅費を用意できない家族だった。本部が所持品の売却をまとめて肩代わりし、売上金を旅費捻出にあてることで支援することになった。髙見澤あきは途方に暮れていた。手持ちのお金はもうほとんどない。所持品も売り尽くしてしまった。

仮宿舎に戻ると、隆は栄養失調で臥せったままだった。彌と皓の兄弟は、苦悩する母の顔を見て心を痛めた。その時、救いの主が現れた。

「私たちはまだ大丈夫だから、先に新京へお帰りなさい。ここを早く出て栄養のある物を食べさせてあげないと、かわいそうな娘さんだけでなく、隆君も大変なことになってしまいますよ。私たちはまだ少しお金に余裕があるから旅費は立て替えてあげましょう」

窮状を見かねた同じ班の年配の夫婦が申し出てくれたのだった。

二月二十一日、三一〇人の北上者が最終的に決定された。

集まった家族を前にして疎開隊長の長野富士夫、工務司官吏の大門正輝（おおかど）があいさつに立ち、さまざまな注意事項を言い渡した。東隣の定州疎開隊からもこの日、北上を希望する四家族一二人が合流して出発に備えた。副隊長の西村三郎、松本健次郎、扇京一（おおぎきょういち）ら疎開隊本部の総務、庶務の担当者は各地の人民委員会、保安隊、ソ連軍に提出する北上者の名簿を作成するため、三日ほど徹夜の作業を続けた。北上者は二日に分けて旧新京を目指すことになった。

髙見澤家、ついに郭山駅を出発

二十二日昼過ぎ、仮宿舎から細い山道をくだり、北上者の第一陣が郭山駅を目指して出発した。朝方、淑子の墓参りと別れを済ませた髙見澤あきは三人兄弟を連れて歩き出した。次男の隆にとってしばらくぶりの屋外だった。晴れて穏やかな日だったが、立ち上がるだけでめまいがし、すっかり細くなってしまった足がもつれた。久しく履かないままの靴もどこかに消えていた。踏みしめた土のしみるような冷たさと足裏にくい込む小石の痛みを感じながら、とぼとぼと裸足で歩いた。傍らを人の群れがぞろぞろと追い越してゆく。ふもとの街道に出るころにはもう行列からだいぶ遅れていた。

仮宿舎から駅までは一、二キロ程度に過ぎないはずだった。しかし、隆には果てしなく遠い道のりのように感じられた。カーキ色のリュックを背にして先を行く母との間がどんどん開いていく。母は彌と皓の兄弟と両手をつないでいるのだが、何度も立ち止まっては振り返り、こちらをじっと見つめていた。

戻って自分を背負う余裕がないことは、子ども心にもよくわかっていた。夢のなかでもがいているようで、冷え切って感覚を失った足はさっぱり動かない。そのうち四人は取り残されてしまった。突然、街道に面した朝鮮人の民家から年配の女性が一人、隆のほうへ走り出てきた。駆け寄って朝鮮靴を隆の足もとに置くと、心配そうに見つめる母あきのほうへ向かい、その手にいくらかのお金を握らせた。

集団から遅れていく栄養失調の子どもとその家族を見かねて、とっさに何かしてあげようと考えた行動だったのだろう。ゆっくりと靴を履いた隆は、力をもらったように再び歩き出していた。

母の腕のなかに倒れ込むようにして郭山駅にたどりついた時、あたりにはもう夕暮れの気配が漂っていた。駅前広場に明々と火が焚かれ、大勢が列をつくって点呼を受けている。高見澤家の人々も仮宿舎を早く出てきたおかげで、乗車予定の列車にどうにか間に合ったのだった。半年余り前の無蓋(むがい)貨車とは違う、屋根のある客車が小さな駅のホームに入線してきた。

午後五時、遠藤伊佐美に引率された一三七人が郭山駅を出発した。

列車の外はもう暗くなっていた。疲れきった隆はすぐに眠り込んでしまったが、彌と皓は途中の駅で、あの小母さんにもらったお金で駅弁を買い求めた。白米のごはんが詰まった弁当箱が、薄暗い車内灯の下でひときわまぶしく見えた。ふたの裏についた米粒も、一粒残さず食べた。

車内にひしめく乞食のような日本人母子にも、ようやく安堵が広がっていた。あきは穏やかな表情で兄弟の様子を見つめていた。

この朝鮮人家族の温情がなかったら

この日の夜、井上喜代と泰子は心ばかりの飴を買い求め、キニーネをくれた朝鮮人の主婦の家へ別れのあいさつに出かけた。仮宿舎へ引っ越してからはだいぶ距離が離れてしまい、足が遠のいていた。

主婦は日本人の一家がお別れを言うためにやってきたことを悟ったようだが、すぐに表情を崩して涙を浮かべ、身振り手振りで何事か告げようとした。どうやら最近、三歳と七歳の子どもがはしかに罹り、相次いで亡くなったらしい。疎開隊のなかでもはしかの流行はなかなか収まらず、弱った子どもたちを脅かしていた。戦争の勝ち負けも民族の違いもなく、伝染病は人々に尽きることのない悲しみをもたらしているのだった。

仮宿舎の建設作業が続いていた前年十一月の終わり、喜代のマラリアが再発したことがあった。泰子が一人でキニーネをもらいに家を訪ねると、主婦は最初の発作の時と少しも変わらず、惜しげもなく貴重な特効薬を分けてくれた。そればかりかその翌日には、宿舎で臥せっていた喜代のもとへかぼちゃとさつまいもの煮物を持って見舞いに来てくれたのだった。その家族が今、逆に悲嘆に暮れていた。かける言葉とてなく、ただ恩義を心に刻んでその場を辞した。

立派な門構えの家にもお礼に行った。家では疎開隊員の若い女性が住み込みで働きはじめていた。夫人は明朝の出発を確かめたうえで「子どもたちに」と折詰めの弁当を持たせてくれた。この家族は新義州で果樹園を営んでおり、いずれそこへ引き移るつもりでいるという。もしもこのふた組の家族の温情に接することがなかったら、いったいどうなっていたことだろうか。

井上家、再び鴨緑江を渡る

翌二十三日の第二陣、一七三人の出発は早暁だった。冷え込んだ夜明け前にもかかわらず、見回しても防寒具を身に付けた人は少なく、ほとんどが着のみ着のままの普段着姿だった。

北上の許可を得て、いっしょに出発の準備を進めてきた橋場家の五人家族が不運に見舞われた。岩手県二戸郡御返地村（現二戸市）出身の母親、八重子（三九）の神経痛が急に悪化して動けなくなり、ついに一行に加わることをあきらめるほかなくなったのだ。三人の姉妹と末の三歳の男の子が母親と抱き合って泣く姿には、なぐさめの言葉も見つからなかった。

　長女の泰子と長男の昌平がすっかりやせ細った末弟の洋一を代わるがわるおぶって歩いた。喜代は洋子の手を引いて後に続いた。行友春江と満智子もしたがっていた。線路に沿った街道まで下ると、仮宿舎の家並みが遠望された。稜漢山の山頂には航空灯台が朝日を背にして立っている。その下の斜面には、郭山の地で倒れた母子たちの無数の土まんじゅうが並んでいるはずだった。

　川と街道に沿った行く手には、この町に着いてから三カ月ほど過ごした教会堂と旧郭山東国民学校の校舎が並んでいた。敗戦の日の青酸カリ事件で井戸の使用が禁止されてから、この川べりに何度、水を汲みに降りてきたことだろうか。

　郭山駅に着いた一行は引率の鉱山司官吏、大里正春らの点呼を受け、午前七時半の列車に乗り込んで出発した。日が高く昇るにつれて山野は次第に陰翳を失い、車窓にはまだ浅い春の情景が広がった。半年以上も足止めされ、厳しい越冬を余儀なくされた郭山の町は、最初のトンネルに入ると列車の背後に消えていった。

　気がつけば、あっけないほどの短い時間だった。こんなにわずかな距離を移動するために、どうしてあれほど苦しい日々を重ねて待ち続けねばならなかったのか、とても理解できないほどだった。

その日の昼ごろ、列車は新義州駅を出て、旧満洲との国境を分ける鴨緑江の無骨な大鉄橋にさしかかった。昌平は車窓から見下ろす大河の流れに目を奪われていた。進行方向右手の上流から橋の下へ、波立つ激流が白い渦を巻きながら滔々と流れ込んでいる。遠く中朝国境の山々を源とする青黒い雪解け水のなかには、氷塊がいくつも浮かんでいた。

第七章　残された人々——一九四六・春、郭山

五〇〇人を切った疎開隊

ほんのわずかな偶然の積み重ねによって運命は大きく変わってしまう。

この一七三人の一行が、郭山(かくさん)疎開隊のなかで新京に戻ることのできた最後の北上者となった。一転して残留を余儀なくされた橋場八重子と末子の弘治(二)は失意のうちに体力を消耗させ、翌月の初め、重篤(じゅうとく)患者用の病室に収容された。二週間後、弘治は急性肺炎を起こして力尽き、八重子もその一カ月後、後を追うように肺結核で亡くなった。

二月二十三日の時点で、数次にわたった旧満洲への帰還者は計四五〇人に達した。疎開隊の発足時に一〇九四人を数えた隊員は五〇〇人を切り、半数以下に縮小した。これまでの犠牲者は計一三一人にのぼっていたが、病人や体調不良者が減少に向かうきざしはなお見えな

かった。

北上者の出発に伴って班が再編成された。十二月は足の踏み場もないほどだった十数棟の仮宿舎のうち、いくつかは空き家になっていた。状況を確認しに出かけた田中友太郎が入口の引き戸を開けると、板敷きの床のあちこちでノミの群れが跳ねはじめた。北上者の髪の毛や衣類の縫い目にひそんで運ばれていったシラミとちがって、ノミはあばら屋に取り残され、新たな獲物が現れるのを待ちかねていたらしかった。

一瞬たじろいだ田中は気を取り直すと、古新聞を使って手当たり次第に小憎らしい虫の群れをつぶしていった。疎開隊の母子が吸われたばかりの血液で、一枚の新聞紙はほどなく一面真っ赤に染まった。

北上者に同行して新義州まで出かけた大里正春は、全員が国境を分ける鴨緑江の向こう側に渡ったことを確認すると、翌二十四日、郭山に戻ってきた。報告のため、疎開隊本部に立ち寄った大里は、長く待たれていた「郭山日本人世話会」が、この日ようやく現地当局から設立認可を受けたことを知らされた。

「日本人世話会」とは何か

「日本人世話会」とはいかなる組織だったのだろうか。

敗戦によって日本軍が武装解除され、従来の統治機関、朝鮮総督府が南部と北部でそれぞれに解体されると、日本人による行政や治安維持のための組織は表舞台から消えてしまった。そこで在留邦人の生活と安全をできるかぎり確保するため、敗戦直後から各地に組織された互助機関が日本人世話会だった。

その中心となったのは、終戦三日後の八月十八日にいち早く「京城内地人世話会」として発足した「京城日本人世話会」だった。商工経済会会頭の立場にあった元朝鮮総督府殖産局長の穂積眞六郎を会長に据え、罹災者や傷病者の救護、特別列車の手配などを主たる業務に掲げた世話会は、十月には附属施設として京城市内に罹災民救済病院を開設し、三八度線以北から南下した日本人難民の診療にも取り組んだ。また、「釜山日本人世話会」と連携して、朝鮮半島の在留邦人の内地帰還に大きな役割を果たした「在外同胞援護会」の運営にもかかわっていく。

京城日本人世話会の幹部には、旧総督府とその外郭をなす外地翼賛団体「国民総力朝鮮連盟」の関係者が多く、戦前の日本が外地に設立した帝国大学である京城帝国大学の法文学部や医学部の人脈に拠っていた。のちに厚生省引揚援護庁や法務省入国管理局を経て外務省北東アジア課の事務官となり、膨大な『朝鮮終戦の記録』をまとめた森田芳夫は、京城帝大で朝鮮史を修めた朝鮮総督府官吏であり、戦後は日本人世話会の主事として会長秘書などを務めていた。

北部の平壌府をはじめ、戦前からの団体「日本人会」が移行して邦人救済の役割を担うケースもあったが、敗戦後に中小都市や町単位で設立された組織は「日本人世話会」と呼ばれることが多かった。「世話会」と名乗った理由には、政治性を消す意図もあったという。

日本がポツダム宣言を受け入れて無条件降伏したとはいっても、革命などによって政府自体が消えたわけではない。本来ならば、日本政府が旧植民地の在留邦人保護や内地への帰還を主体的に支援するのは当然のことと思われる。しかし、終戦後の日本政府はそうした責務を果たそうとする意志を持たなかった。公権力のいっさいの後ろ盾を失った朝鮮半島北部の日本人は、「世話会」を通じてできるかぎりの自衛措置を講じなければならない状況に追い込まれたのだった。

こうした組織である以上、日本人居留民（きょりゅうみん）を取り巻く状況の変化に応じ、どのような事態にも対応しなければならなかった。各地の日本人世話会はまた、南部の米軍政庁、北部のソ連軍司令部や人民委員会の下部機関と交渉する際、その地域の在留日本人を公式に代表しうる唯一の機関であった。交渉の内容は食糧や医療の確保から略奪、暴行への抗議、移動の許可や支援に至るまであらゆる範囲に及んだ。その最大の懸案事項の一つが、敗戦によって崩壊した満洲国から逃れてきた大量の難民の保護であったことは言うまでもなく、難民の受け入れをきっかけにして世話会を組織するケースも少なくなかった。

例外的だった郭山日本人世話会

以上のような事情から考えれば、日本人世話会の中心は当然のことながら現地の事情に通じた居留民が占めることになるであろう。実際にほとんどの地域ではそうだった。というのも、居留民団がその規模と同程度か少ない難民を受け入れるケースが多かったからである。

しかし、郭山日本人世話会の場合、疎開隊長の長野富士夫が世話会長を兼ねるかたちで認可申請を行ったことからもわかるように例外的な状況にあった。疎開隊の到着以前、人口一万三〇〇〇ほどの郭山の日本人居留民が一〇〇人にも満たないほどに少なかったことを考えれば、おそらく自前の世話会を組織できる状況にはなかったと思われる。もし、一〇〇〇人を超える疎開隊がなだれ込んで来なければ、郭山の居留民はおそらく、隣り合う定州（ていしゅう）日本人世話会に合流することになっただろう。

そういう意味で、郭山の難民と居留民の関係もまた、ほかの地域とは異なっていた。居留民の代表者はさまざまな決定事項にかかわったものの、現地当局との交渉事などでは疎開隊に依存する場面が多く、世話会の総合力という点で大きな困難を抱えていた。もっとも、互いの利害対立から分裂するような事態に至らずに済んだことはさいわいだったかもしれない。

すでに述べたように、同じ日本人世話会を名乗っていても、三八度線の南部と北部では交渉相手の姿勢が決定的に異なっていた。米軍政庁はソ連軍の南下を食い止めるために急遽、南部への進駐を決断したこともあって、朝鮮を暫定統治するための準備が不足していた。そのため、旧朝鮮総督府にかかわった親日派の朝鮮人も登用しつつ、総督府のうつわをある程度利用するかたちをとった。

一方のソ連軍司令部は、日本統治時代に投獄されたり、ソ連や満洲に亡命したりしていた左翼系の独立運動家たちを復権させてその後ろ盾となり、各地に朝鮮人による行政組織の人民委員会を結成させていった。親日的な朝鮮人有力者を次々に追放したことで、旧総督府の影響は完全に除去された。また、共産主義体制を前提に設立された人民委員会が私有財産を制限する社会・経済変革を同時並行させたため、混乱の度合いは南部と比べものにならなかった。

北部では、日本人難民の食糧や医療の確保から移動の許可まで、すべてに厳しい制限が課せられた。居留民の行動も同様に監視された。人民委員会とは別に治安を統括する保安隊があり、この両者と緊密に連携しているとは言いがたいソ連進駐軍を加えた三つの統治機関が乱立していた。そのため、交渉の際には三者三様の独自の人脈を駆使して当たらなければ、意図したような結果を得ることは不可能だった。保安隊は一時、人民委員会治安部として統合が図られたものの、間もなく再び分裂した。三者の意思統一が期待できないことから、重要事項の決定は軒並み遅れ、先送りされていった。

旧満洲でも同様に、満洲国政府の地方自治機関に代わる「長春（旧新京）日本人会」などの在留邦人連絡組織が各地に結成され、ソ連進駐軍との邦人保護に関する交渉や旧新京を離れた疎開者の情報の確保につとめていた。しかし、四六年二月末のソ連軍の撤収に伴い、中国国民党政府（国府）軍と中国共産党（中共もしくは八路）軍による国共内戦が本格的に再開されたことから情勢は混沌とし、長春日本人会と朝鮮北部との連絡も滞りがちになった。

郭山に残った疎開隊の人々はすっかり意気消沈した。次の北上の機会が予測できないうえに、食糧事情が改善される見込みも立たなかった。

前年十月に第四子の死産を経験した井上千代は、それ以来、わずかながら持ち出すことのできた貴金属類を売り、邦彦と達夫の食事の足しにして耐えてきた。しかし、間もなく換金できる品物は尽き、稜漢山山腹の仮宿舎に移ったころから兄弟は急速に衰弱した。とくに兄の邦彦は中耳炎の発症をきっかけに体調を崩し、栄養失調の症状が顕著になった。

二月二十八日、骨と皮のようにやせ細った邦彦は大腸炎を併発し、満五歳六カ月で永眠した。

翌三月一日は一九一九年の対日独立運動にちなみ、日本の植民地支配を脱したことを祝う

「大韓国第一回慶祝日」となり、記念の式典が各地で盛大に催された。郭山疎開隊からも二〇人ほどが式典準備の勤労奉仕に駆り出されることになり、共同墓地での邦彦の仮葬は翌二日に営まれた。

薪の運搬競争を開催

三月に入って寒気がゆるむ気配が感じられるようになると、落ち込みがちな人々を元気づけつつ、難民生活に欠かせない作業を進めるため、疎開隊本部はかねて検討を重ねてきたいくつかの計画を実行に移した。

一つは炊事やオンドルに使う薪(まき)の運搬競争だった。往復一〇キロ以上の山道を踏み越え、重い薪を背負って戻ってくる薪運搬当番には、炊事当番のように釜のおこげにありつけるチャンスもなかった。女性には向かない力仕事のわりに見返りも少ないことから、仮病をつかって当番をさぼろうとする人が目立ち、運搬作業への参加率は低下する一方だった。

十数班の対抗による薪運搬競争は二月半ばに初めて実施されていた。入手できたばかりの米の入った握り飯が振る舞われたこともあり、初回の競争にはそれなりの参加者があった。一人あたり平均で七・一貫(約二六キロ)の薪が運び込まれ、班単位の表彰が行われた。

二回目は三月十日の日曜に実施された。北上者三〇〇人余が抜けた疎開隊は二一六家族、四八四人となり、大幅に人数が減ってしまったため、全体を三つの組に分けた対抗戦形式とし、個人成績で表彰を行うことになった。午前十時半に仮宿舎を出発し、三時間後にどれだけ背負って戻って来られるかを競う対抗戦には、女性と子どもの計九〇人が参加した。せっかくの機会を盛り上げようと、本部員や医師の山谷橘雄（やまやたちお）ら男性一二人も加わった。

百余人の奮闘により、午後一時半までに一〇六二貫、約四トンの薪が運び込まれた。一六・五貫を運んだ静岡県榛原（はいばら）郡初倉村（現島田市）出身の柴田松江（三三）が女子一位、二一・二貫の記録をつくった長野県上伊那郡藤沢村（現伊那市）出身の保科久元（四三）が男子一位となり、本部員の古川清治が一九・一貫で男子二位に食い込んだ。しかし、残る三〇〇人近い母子は競争に参加するどころか、応援に加わることさえできないほど疲弊していた。

襲いかかるはしか

好天にめぐまれたこの日、厳冬期に入って取りやめていた朝礼が再開されたものの、気まぐれな春の空模様はその翌日、急変した。一五センチほどの本格的な積雪があり、郭山一帯の山野は再び白一色に覆い尽くされてしまった。朝礼中止はもちろんのこと、除雪以外の作業に取りかかれなくなり、仮宿舎に閉じこもる生活に逆戻りした人々に新たな難題が降りかかった。以前から一部で燻っていたはしかの大流行だった。

二月上旬、九班のなかで多くの感染者を出したはしかは、高熱から急性肺炎の合併症を引き起こした。腹膜炎で亡くなった母親を泣きながら見送った木幡家のきょうだいにも、この伝染病が襲いかかった。当時、兄の愼一郎に背負われて共同墓地に来た三歳の久代は三月十三日、母の後を追うように急性肺炎で世を去った。一カ月余の間に母と妹を失い、一人取り残された愼一郎がただ一人の肉親として妹の葬儀を行った。数え年で十四歳になったばかりの愼一郎は、現在の学年ならば小学六年生に過ぎない。

三月七日には疎開隊副隊長、西村三郎の母シマ（七三）が栄養失調のため永眠した。

前年夏、妻の政子（二七）と長女素子（三）にシマを加えた家族四人で郭山に着いてから、西村は繁雑をきわめる庶務統括の役目を担うことになった。この七カ月の間、一〇〇〇人を超える疎開隊員が直面したさまざまな懸案事項の解決に追われ、身内のことに心を配る余裕はほとんどなかった。それから一週間後の十五日、今度は十月に生まれたばかりの長男康男が、猛威を振るうはしかの犠牲となった。西村夫妻はそのあまりにも短い生涯を悼み、小さななきがらを祖母の仮葬の塚に並べて葬った。

はしかは体力のない子どもの命を容赦なく奪い去った。とくに母体から受け継いだ免疫が消えはじめる一歳前後の乳幼児が多く犠牲になった。ほぼ終息を迎える三月末までの間に、二〇人近い子どもたちが共同墓地に埋葬された。

やっと学校が開設される

はしかの流行が下火になった三月半ば、長く待たれていた学齢期の子どもたちのための学校がようやく開設された。隣り合う定州では前年の十一月、宣川(せんせん)でも十二月には学校教育が開始されているだけに、三月に入ってのスタートはかなり遅いと言わねばならない。厳冬期の居場所を確保するために、疎開隊員自らの手で十数棟の仮宿舎を建設しなければならなかったことが、何よりも大きな影を落としていた。「郭山日本人世話会」の設立が遅れ、人民委員会から学校設置の認可を得るのに手間取ったことも影響していた。

開校式は二十日に行われた。郭山日本人世話会長を兼務する疎開隊長、長野富士夫のあいさつに続いて、学校長に就任した居留民の吉田公雄（三七）が開校の辞を述べた。現地当局から人民委員会前委員長の金徳俊が来賓として列席したほか、保安隊郭山分署長らが登壇して訓示を垂れた。教師も居留民と疎開隊員の双方から元郭山東国民学校教員の石原よし江（一八）、香川県高松市出身で高松高等女学校を卒業した高橋光子（二一）ら四人が選任されていた。空き家になった仮宿舎の二棟を教室にあてて、約一〇〇人の子どもたちを対象にした読み書き、算数の授業がはじまった。

もともと、教科書や学用品をリュックサックに入れて疎開列車に乗り込んだ子どもたちは多かった。越冬期、そうした子どもたちが屋外に出る防寒着もなく、仮宿舎の床にしょんぼり座っている様子を見過ごせず、自主的に読み書きを教えたり、昔話や童話を聞かせたりしてきた教職経験者が何人かいた。それから数カ月を経て学校ができたというのに、あのころ目を輝かせて集まってきた子どもたちの多くはすっかり憔悴してしまっていた。開校日には学習机や椅子も間に合わず、後付けで少しずつ支給されていった。何とか学校のかたちを整えた、というほうが実情に近かったかもしれない。

ちょうどこの日、稜漢山山腹の共同墓地など三カ所に「日本人避難民死没者合同墓碑」があらためて建てられ、彼岸の中日にあたる翌二十一日には肉親や知人の墓参に足を運ぶ人が相次いだ。冬の間、スコップも役に立たないほど硬く凍結していた大地から雪解け水がにじみ出し、寒々とした土まんじゅうの群れの周囲にも、かすかに雑草の緑が見えはじめていた。

野に春は訪れたけれど

三月中の疎開隊の死者は、それでも一八人にとどまった。はしかの流行による犠牲者を除くと、栄養失調を主因とする死者は五人だった。約三〇人が次々と倒れた二月と比べれば、ようやく最悪の状態を脱したようにも思われた。

このころ、大人たちははしかとは別の熱病に苦しんでいた。ロシアチフスと通称される発疹チフスの症状にも似ていたが原因ははっきりせず、熱冷ましを飲んで回復を待つほかなかった。四月八日には三九度を超える患者が六〇人を突破した。ほぼ八人に一人という高い発症率である。一手に診療を引き受けてきた山谷医師が倒れ、薪運搬競争で気を吐いた古川清治や扇京一(おおぎきょういち)も高熱にうなされる日々が続いた。重篤患者用の病室ではとても間に合わず、班ごとに患者を寝かせるための場所をつくって対応した。

疎開日誌には熱病の症状が記されている。

概ネ二週間ニシテ解熱セルモ　新発者　後ヲ断タズ
楽観ヲ許サザルモ　未ダ一名ノ犠牲者モ出デザルハ幸ナリ
患者ハ発熱中ヨリ高熱ノ為聴覚　精神状態ニ異状ヲ来セリ
食慾不振　殆絶食状態ニ近ク　身体疼痛ヲ訴フ

屋外ではようやく、うららかな陽気が続くようになった。

ある日、時ならぬどよめきが聞こえてきた。十日間以上も夢遊病者さながらの状態で過ごしていた古川が久しぶりに屋外に出てみると、子鹿に似た可憐な動物が朝鮮人の子どもたちに追われ、仮宿舎の一帯に迷い込んでいた。敏捷に山野を駆けるけものは「ノロ」と呼ばれていたが、厳冬期にその姿を見かける機会はまれだった。春の訪れとともに、野草や木の芽を求めて人里近くまで現れるようになったのだろう。

疎開隊の食糧事情は相変わらずだった。冬の間、貯蔵してきた大根や白菜も底をつき、副食は岩塩をふりかけて食べるおからばかりになった。都会育ちの者も食用にできる山菜の見分け方を覚え、道端の土筆（つくし）やセリを摘んできては茹でて食べるようになった。凍土がやわらかくなってくると、朝鮮牛蒡（ごぼう）と呼ばれる草の根があちこちから掘り出された。

南北対立の陰で忘れられた日本人難民

朝鮮北部では、金日成を委員長とする暫定統治機関「北朝鮮臨時人民委員会」が二月八日をもって設立された。三月に入ると土地改革法令が公布され、個人財産を認めない共産主義政策が一段と強化された。これに呼応して重要産業の国有化が進められた。

日本の統治以前から両班（ヤンバン）と呼ばれていた朝鮮人素封家（そほうか）の土地・財産も法令に沿って強制的に没収され、日本人難民に同情を寄せてくれた旧支配層は、いまや完全な抑圧対象となった。強権を掌握した各地の人民委員会のもとで労働組合が次々と結成され、その意向に逆らうことはできなくなった。

朝鮮半島を南北に二分した米国とソ連は、朝鮮独立への詳細を話し合うため、三月二十日に京城で「米ソ共同委員会」の初会合を持った。この段階では三八度線を境界とする二つの分断国家の独立は想定されておらず、前年十二月のモスクワ外相会議を受けて、米英中ソ四カ国による五年間の信託統治を目指す「モスクワ協定」が基本方式とされていた。しかし、米軍政庁が暫定統治する南部でも、事実上の植民地支配の継続を意味する信託統治への反発は根強かった。

郭山疎開隊本部の「疎開日誌」にも「第一回蘇美共同委員会」開催についての記述が残されている。「米」ではなく「美」と表記されたのは、中国語や韓国語の表記「美利堅合衆国」にしたがったためだった。日本統治下の朝鮮半島では「米国」の呼称が一般化していたが、戦後は日本式を排除する傾向が強まり、再び「美国」が用いられるようになっていた。

米ソ共同委員会では、三八度線以北に残留する日本人の本国送還問題が俎上にのぼるものと期待されていた。しかし、実際の交渉は朝鮮独立後の政権を担う諸政党の定義をめぐって早くも紛糾し、共同委員会は五月六日から無期休会されることになる。北部ではこの間、着々と共産主義体制固めが進行し、のちに「東西冷戦」と呼ばれる米ソ対立の構図が朝鮮半島でも形成されていった。翌年五月には「第二次共同委員会」が再招集されたものの、具体的な進展はほとんど見られず、朝鮮戦争（一九五〇〜五三年）を経て南北分断が固定化していく。

朝鮮北部の残留日本人問題は手つかずのまま放置されることがほぼ確実になった。

固唾（かたず）をのんで共同委員会のゆくえを見守った京城、平壌などの日本人会関係者の間にも大きな落胆が広がっていた。過酷な越冬を経た日本人難民がすでに疲弊しきっているにもかかわらず、両大国の協調のもとでの組織的な帰還実現の可能性はついえてしまったのである。第二次世界大戦後の覇権を争う激しい駆け引きのなかで敗戦国日本の難民の存在は無視され、本国政府の無策も手伝って忘れ去られていった。

戦後国際政治の大きなうねりのもと、敗戦によって国が崩壊したという現実をだれよりも強く嚙みしめたのは、旧満洲と朝鮮北部の日本人難民だったかもしれない。

閉ざされた北上の可能性

二月の大規模な北上の後にも三月二十四日に一度だけ、九人の疎開隊員が旧満洲に戻ろうとしたことがあった。しかし、状況は大きく変わっていた。新義州から鴨緑江を渡って安東（あんとう）以北に向かう列車は運行を中止しており、九人は新義州の保安署にいったん拘束されたのち、二十七日に郭山へと送り返されてきた。蔣介石（しょうかいせき）率いる国府軍と毛沢東率いる八路軍の内戦の激化が伝えられ、列車による北上の可能性はほぼ完全に閉ざされてしまった。

旧満洲への帰路が断たれた以上、三八度線を越えて朝鮮南部に入り、日本を目指す以外に方法はない。なお四〇〇人を超える郭山疎開隊員だけでなく、郭山に住む約八〇人の居留民も疎開隊とともに日本へ帰還することを希望していた。南下の行程は、北上の場合とは違って大がかりで困難なものになることが予想された。連夜、疎開隊と居留民の代表者が集まり、三八度線突破の計画を練った。

疎開隊ではすでに一四〇人の子どもたちが亡くなっていた。母子全員が恨みをのむようにして朝鮮半島の土となった家族も少なくなかった。郭山に到着してから生まれた新生児が三四人いたが、旧満洲に向けて家族とともに北上した生死不明の六人を除けば、十カ月が経過した五月末まで命をつなぐことができたのは、わずか一人に過ぎなかった。

三四人のうち、最後の新生児は四月七日に生まれた愛知県西加茂郡三好村（現みよし市）出身の久野田鶴子（二八）の次男弘だった。母乳が出る母親はもはやだれもいなかった。五月三十一日、発育不良で静かに息を引き取った弘は疎開隊の一九三人目の死者となった。

夏をも越せそうにない仮宿舎

「ここでこのまま死を待つくらいなら、たとえ一歩でもいいから祖国・日本に近づいて息絶えたほうがいい」。厳冬期に数十キロの山道を行くことは自殺行為だった。しかし、春になると「いかなる難路であれ、徒歩で三八度線の踏破を試みよう」という声が強くなった。小さな郭山の町のなかで現金収入を得られる仕事は相変わらずほとんどなく、疎開隊の資金がつきる絶望的な事態がもうすぐそこまで迫っていた。

突貫工事でつくられた仮宿舎も、何とか厳冬期を過ぎたばかりで問題が目立ちはじめた。オンドルを焚く必要がないくらい暖かくなり、薪運搬作業の割り当てが軽くなってホッとしたのもつかの間、ひと雨降るたびにあちこちで雨漏りを受ける容器をさがして大騒ぎになり、人々は右往左往した。雨が多くなる本格的な夏はまだ先だというのに、素人の手で葺かれた屋根はもう傷みはじめていたらしい。雨降りの日は、暖気を通すために掘られた床下の通気孔にも水がたまるようになった。これではもう一冬越すどころか、夏場をやり過ごすことさえ無理と思われた。

四月末になると、平安北道（へいあんほくどう）の一部の避難民疎開先では日本人の道内移動の自由が認められ、賃金労働に従事することが可能になった。その一方、これと引き換えにわずかばかりの食糧無料配給は正式に取りやめとなった。こうした当局の決定が一斉に布告されることは少なく、地域によって伝わりぐあいや強制の度合いもまちまちだった。その地域の人民委員会と日本人世話会の交渉にすべて任されていたのである。そのため、郭山疎開隊はかえって不利益を被ることになった。もともと食糧無料配給はほとんど実施されていなかったうえに、ほかの地域の日本人難民が賃金労働の報酬で食糧購入に走ったあおりを受けて、調達費がまた高騰した。何もかもが限界に達していた。

井上千代、二人の息子を失う

草木が萌えだした四月十七日は、井上千代の次男邦彦の四十九日にあたっていた。千代と三男の達夫は二人で共同墓地に詣でると、土まんじゅうの前にひざまずいて祈った。今も満洲にいるはずの夫勇には、大事な邦彦が一人で旅立ったことを知らせることさえできない。

いつも後ろを追いかけていた兄が先に世を去り、三歳の達夫は母に寄り添って過ごすようになった。請われるままに馬の姿を描くと、達夫は「上手だねえ」と喜んでくれた。

ある時、どじょうの絵を見た達夫がポツリと言った。「兄ちゃんはね、小川で捕まえたこのお魚を耳のところにはり付けたら、痛みがとれたと言っていたよ」。中耳炎の治療薬もままならない難民生活を強いられた邦彦の不幸があらためて胸に迫った。

勇が前年の暮、旧満洲国境の町、安東まで迎えに来ていたという情報が千代の耳に入ったのは、三カ月が経過した三月のことだった。哈爾浜（ハルビン）で一時同居したのち、邦彦の誕生の直前に郷里の神奈川県小田原市に戻った両親にあてたはがきには、夫は無事らしいとの情報を得ながら、邦彦を失ってしまった千代の悲嘆が込められている。

久しい御無沙汰を戦禍のため餘儀なくさせられてしまいました。思ひ起せば昨年八月一日に勇事出征致し其後新京が戦乱の巷となるためにこの北鮮の郭山に八月十二日に避難させられました。其以後しみじみと負戦の哀れさを味う生活を続けますうちあの様な元気な賢かった邦彦が本年二月二十八日に他界致しました。三月二十二日に勇が健在で私どもを安東まで迎へに来た通知をうけましたのに交通禁止のためここまでは来られず残念でなりません。けれど近く日本へ帰れます由一日千秋の想でその日を待つております。帰郷のみを待ちつつの苦労の九ヶ月でしたが私は至極元気ですが達夫は相当に弱ってしまいました。何よりの願ひはお父様お母様の許に帰りたい事のみです。

お目もじの日を希いつつ　　かしこ

この文面をしたためたのち、シラミが媒介する発疹チフスの患者が発生した。運悪くチフスに感染した千代は高熱にうなされ、半月ほどの間うわごとを言い続けた。五月に入ってようやく意識を取り戻した時、隣に寝ていた達夫は変わり果てていた。同じ棟に寝起きする人々は自分たちのことで精いっぱいで、幼い達夫を気遣う余裕もなかったらしい。

達夫が兄の後を追い、栄養失調で世を去ったのは五月十二日のことだった。意識は戻っても起き上がることさえできない千代は、ただ泣き伏して数日を過ごした。事情を知る人たちの手で、達夫のなきがらは兄邦彦の仮葬の塚の傍らに葬られた。

朝鮮半島北部、難民の二つの流れ

日本統治時代の朝鮮半島は一三の「道」に分かれ、人口二六〇〇万人弱の二・八％にあたる七一万人余の日本人が全土に暮らしていた。このうち、総督府が置かれた京城府を含める京畿道には、日本人全体の四分の一を超える最多の二〇万人弱が集中していた。これに続いて内地に近い慶尚南道の釜山府に六万人強が集まっていた。

黄海に面した朝鮮北西部の平安北道と平安南道には、合わせて八万人弱の日本人居留民が暮らしており、平安南道の中心をなす平壌府だけで三万人強と、そのうちの四割を占めていた。咸鏡北道、咸鏡南道と呼ばれる北東部の日本海沿岸地域には、これを上回る一四万人強の日本人が居住していた。なかでも咸鏡北道の清津府に三万人弱、咸鏡南道の興南邑、咸興府、元山府にも合わせて約五万五〇〇〇人の日本人が集住していた。

清津はソ連と国境を接する黒竜江にも近い港湾工業都市であり、日本製鐵の清津製鉄所が操業していた。隣接する羅南には大日本帝国陸軍の第一九師団が置かれ、日本海沿岸の要衝をなす軍都として知られた。一方、南に下った興南や咸興には戦前の新興財閥、野口遵率いる日窒コンツェルンが朝鮮窒素肥料の大工場を操業し、日本人が集中していた。日本統治下の一九二〇年代、海岸から西側に広がる高原地帯で水力発電が盛んに行われ、生産工程に大量の電力を必要とする硫安（硫酸アンモニウム）をはじめ、窒素肥料の一大化学コンビナートが形成された。

三八度線を境界として南北朝鮮を比較してみると、南部には京城、釜山などの大都市があるものの、産業構造はあくまでも農業中心だった。それに対し、咸鏡山脈など北部の山岳地帯には豊富な鉱産資源が眠っており、満洲国境の鴨緑江水系でも盛んに進められた水力発電事業の成果と相まって、いくつもの重化学工業地帯が成立していた。人口は南部がわずかに多かったが、戦略的な重要度では北部が上回っていた。

一九四五年八月九日、対日戦を開始したソ連軍は満洲に侵攻する一方、朝鮮北部の化学工業地帯の制圧を目指し、日本海沿いにも南下した。同時に朝鮮北部と満洲を分ける豆満江を渡り、北東アジア最大規模の鉄鉱山を擁する茂山にも部隊を送った。満洲国の首都進駐と前後する二十日には咸鏡北道も制圧され、ソ連兵による略奪、暴行の被害にさらされた日本人居留民は、一挙に難民化して咸鏡南道になだれ込んだ。

朝鮮北部では、満洲から平安北道、南道に逃れた人々と咸鏡北道から南道に逃れた人々の二つの大きな難民の流れが生じ、それぞれに言葉に尽くせない窮状に直面したのだった。

朝鮮北部主要都市と脱出ルート上の町村
満洲
鴨緑江
↑至奉天
平安北道
安東
新義州
宣川
定州
郭山
咸興
興南
大同江
咸鏡南道
平安南道
平壌
元山
栗里
鎮南浦
黄海
禮成江
沙里院
新渓
江原道
新幕
市辺里
黄海道
南川
金川
漏川
海州
北緯38度線
開城
延安
青丹
白川
土城
議政府
漢江
仁川
京城
京畿道
↓至釜山
国境
道境
主な鉄道
主な河川
海州 など　道庁の置かれた都市
平安南道　日本統治時代の道名

南部の日本人引き揚げを主導した米軍政庁

先述のとおり、日本が受諾したポツダム宣言は、旧植民地に在留する民間の日本人の扱いにはいっさい触れていなかった。第二次世界大戦前、朝鮮半島は国際法上も日本領と認定されており、関東軍の暴走によって建国され、のちの国際連盟脱退の原因になった満洲国とは法的地位が異なっていた。日本政府は終戦から間もない九月十六日の時点で、朝鮮半島の日本人の生命、財産保護のため、当分の間、植民地統治機関である朝鮮総督府の行政組織や地方機関（警察組織など）の利用を求める覚書を、連合国軍最高司令官総司令部（ＧＨＱ）に送っていたほどだった。

朝鮮半島は一九一〇年の日韓併合で日本領となり、すでに三十五年の歳月が経過していた。朝鮮で生まれ育った日本人も多かったため、敗戦当初は独立後の朝鮮への在留を望む日本人家族が少なくなかったという。朝鮮に渡る前後に内地の土地や財産を処分してしまったケースも多く、一から築き上げた財産を捨てて日本に戻ることは、決して望ましい選択肢とは考えられていなかった。

しかし、植民地支配の屈辱に耐えてきた朝鮮人の立場からすれば、自分たちの土地を奪った日本人が敗戦後も居座り、不当に獲得した資産に対する権利を主張することなど認められようはずもない。植民地時代から日本人と良好な関係を保ってきた朝鮮人でさえ、同胞から公人としての発言を求められれば、日本人の一掃を口にするのが当然の成り行きだった。南部の米軍政庁はこうした朝鮮人の反日感情を汲んで、机上の空論に過ぎない日本政府の要請を却下した。こうした経緯は、当時の日本政府の甘い情勢認識と身勝手な解釈を如実に示している。

米軍中心のGHQは四五年十月、「日本政府は、朝鮮でどんな行政権も行使してはならない。米軍政庁だけが朝鮮において主権を持つ」と言明した。米軍政庁はその一方、特別列車の運行をはじめ、日本人の引き揚げに対する協力を惜しまなかった。終戦時、約五〇万人を数えた朝鮮南部の日本人居留民は、四五年末には引き揚げ業務に従事する関係者や重病人を含めても三万人を切るまでに激減した。

翌四六年一月二十二日、米軍政庁は京城日本人世話会に対して「三八度線以南の日本人は今後二週間以内に、軍政庁の直接・間接の事務担当者一〇〇〇名、その家族を合わせて四〇〇〇名を除き、ほかは全部引き揚げよ」という正式な指示を与えた。これにより、朝鮮半島の日本人は内地に戻され、旧資産はすべて放棄される流れが確定した。

京城府本町に本店を置く三中井(みなかい)百貨店がその典型的なケースとなった。三中井はもともと日本領の朝鮮半島に進出し、急成長を遂げた百貨店だった。大邱(たいきゅう)、平壌、釜山、元山、興南などに店舗をつらね、満洲国の首都新京にもいち早く進出した。一時は内地にも店舗を持ち、グループ全体の売上で三越をしのいだことさえあった。しかし、戦後は全店舗の土地や権利を放棄して創業者の郷里、滋賀県に引き揚げることになる。

京城の三中井本店はしばらく京城日本人世話会の事務局として使われたが、間もなく米軍の病院として接収され、世話会はメソジスト教会から中国料理店へと慌ただしく転居を重ねることになった。

朝鮮南部の日本人居留民の引き揚げは四六年二月にほぼ完了した。米軍政庁の関心は、この段階でようやく三八度線以北の日本人難民へと移っていった。散発的に南下してくる日本人難民の悲惨な実情を知り、政庁関係者は京城日本人世話会にくわしい情報の提供を求めるようになっていく。

らちが明かない、ソ連軍とのやり取り

平安南道の平壌では、日本人会の代表者が駐留ソ連軍司令部に南下を認めさせようとして頻繁に交渉を行っていた。その主張は朝鮮北部に足止めされている日本人すべての声、とりわけ満洲から越境した直後に終戦を迎え、難民状態で学校校舎などに抑留され、厳冬期を過ごしてきた人々の願いを代弁していた。しかし、ソ連軍責任者とのやり取りは肝腎な点になると堂々めぐりをくり返し、まったくらちが明かなかった。

「（日本人が）正式帰還になることはまちがいない」

「いつか」

「それは自分にもわからない」

「それなら日本人は、生活することができない。死ぬよりほかはない」

「死なないようできるだけ救済する」

「食糧事情は困難であり、日本人は放っておけば逃げだすであろう」

「日本人会は、断固としてそれを阻止する義務がある。正式帰還を待て」

（『朝鮮終戦の記録』より、雑誌『同和』第一九一号）


こうした押し問答を尻目に、五月半ば、平壌の一部の鉄道宿舎に押し込まれて集団生活を強いられていた旧朝鮮総督府鉄道の日本人関係者家族が、ほとんど偶然に近いかたちで平安南道から初めての三八度線突破に成功していた。

「ソ連軍鉄道指導部隊に宿舎を接収されたため、海州に移動する」との名目で臨時列車の運行許可を得ると、二六〇〇人余の関係者家族が二回に分かれて、約五〇キロ南の沙里院（しゃりいん）で京義（けいぎ）線から分岐する海州線を使って南下した。

黄海道の港湾工業都市、海州は三八度線のわずかに北側に位置しているが、人々はその直前の鶴峴で下車し、東南へ二十数キロの山道を徒歩で青丹に向かい、途上で三八度線を越えた。平壌に収容されていた満洲からの難民にもこの動静が伝わり、六月四日に約三六〇〇人が京義線で沙里院の東に位置する新幕に達し、徒歩で南部の開城へと脱出した。

これに先立つ五月末には、大同江の河口に広がる平壌の外港、鎮南浦（現南浦）から、日本鉱業の関係者や難民ら約五〇〇〇人が、やはり黄海道へ移住するという名目で移動の許可を取りつけ、ほぼ同じルートで三八度線を越えることに成功した。このルートを使った南下は計一一回にわたって計画的に行われた。なかには、沙里院から列車を使わずに鶴峴までの約五〇キロの道のりを歩いた人々もいたという。

日本人南下を禁止するソ連の事情

しかし、この大量の日本人の南下は当然のことながら、朝鮮人の現地当局とソ連軍の知るところとなる。朝鮮人民委員会保安局と交通局は六月七日までに、日本人の南下を全面禁止する厳しい措置を発表した。背景には、京城で行われた米ソ共同委員会の行き詰まりが影を落としていた。席上、ソ連軍の出席者は米軍側から「日本人の無秩序な南下は防疫上好ましくない」という意味の抗議を受けていたのである。その本意は、当局が管理した組織的な移

釜山日本人世話会から援護の履物をもらう朝鮮北部からの引き揚げ者※

送をうながすものだったと思われるが、朝鮮半島の日本人問題は本来、共同委員会の主たる議題ではなく、ここではソ連側のメンツをつぶす材料として使われた側面は否定できない。

共同委員会に出席したソ連軍責任者は、のちに平壌日本人会関係者に「京城で北朝鮮から脱出してきたきたない服装の日本人をみた。あれは、ソ連の不名誉になるから脱出させないでほしい」と語っており、ソ連側の事情がうかがえる。六月十五日には、朝鮮当局に続いて平壌のソ連軍司令官が日本人会あてに「三八度線を越えるものは厳重に処罰する。越境の目的を持って旅行しているものを発見した場合には現住所に送還する」との命令を伝達した。

しわ寄せは結局、朝鮮北部の日本人難民に及んだ。米ソ両大国の駆け引きのはざまに落ち込んだ人々はこののち、ソ連側の猫の目のように変わる対応によって幾度も翻弄されることになる。

密使が伝えた四つの脱出ルート

一九四六年四月以降、三八度線に近い地域では日本人の散発的な南下が試みられていたものの、旧満洲に接する最西北部の平安北道ではめぼしい動きは見られなかった。

このころになると、米軍政庁の要請を受けた南部の京城と釜山の日本人世話会の任務は、朝鮮北部から脱出を試みる日本人難民の受け入れに特化していた。四月のある晩、京城の世話会からの密使が三八度線を越え、郭山の日本人世話会を兼ねる疎開隊本部を訪ねてきた。大量の難民を抱えた新義州や定州の世話会も脱出に向けた準備を進めているという。

この段階では、平壌と鎮南浦からの集団南下はまだ実現していないが、考えられる平安北道、平安南道方面からの南下ルートは四つあることがすでに伝えられていた。

北部の新義州と南部の京城を結ぶ幹線鉄道の京義線は三八度線の手前で閉鎖されていたが、北部の路線は黄海道の金川（金郊）まで運行されていた。ここから三八度線までは約一五キロある。線路沿いに徒歩で南下し、三八度線の南に位置する京畿道の土城へ直行するなら二〇キロほどの行程だった。南部に入った土城からは京義線を再び利用できるため、東に数駅移動するだけで米軍キャンプが設置された開城に到達できた。

しかし、この最短ルートはソ連軍の警戒が最も厳しかった。拘束されて出発地に送還されるだけならまだしも、略奪や暴行の被害を伴う可能性も高く、決行は困難だった。また、徒歩による越境を妨害する意図もあってか、一般の旅行者はほとんどの場合、金川まで四〇キロ地点の新幕で下車させられ、結果的に五〇キロ以上の歩行を強いられていた。

厳しい監視下にある最短ルートに代わって浮上してきたのが、平壌の鉄道関係者の脱出に使われた青丹ルートで、新幕の三〇キロ手前に位置する沙里院が起点になっていた。また、沙里院から京義線と海州線の間を南に向かい、五〇キロ以上を踏破して三八度線を越え、開城から西に三〇キロほどの延安に至る長い歩行ルートも、当局の警戒態勢に応じて使われることがあった。

以上三つのルートに加え、朝鮮半島西海岸の黄海を船で南下し、海上で三八度線を越えて京城の外港の仁川、または延安近郊に着岸する海上ルートも存在した。この場合は漢江をさかのぼって京城に向かうが、朝鮮人船主や船頭に高額の支払いが必要なうえに、何らかの問題が発生しても、陸上ルートのように途中から徒歩に切り替えることができない難点があった。海路特有の制約は大きかった。

一方、日本海に面した元山と京城を結ぶ京元線を中心にして南下する東北朝鮮の主なルートも五つほどあった。こうした東西の三八度線突破のためのルートは、南北に離散した朝鮮人が家族を求めて南下する場合にも活用され、終戦から四七年末までの二年余の間、北部の朝鮮人約八〇万人が三八度線を越えて南に逃れたという。

第八章　三八度線を目指して――決死の脱出行

〝巨大な収容所〟と化した北部

郭山疎開隊を含む平安北道の日本人は、五月に入っても南部に向けて踏み出せずにいた。ソ連軍の後ろ盾を得た人民委員会や保安隊から、親日派の朝鮮人は閉め出されたままで、交渉できる相手を見つけることさえ容易でなかった。当局との間を仲立ちできる人材もかぎられていた。むしろ左翼系の活動を通じて人民委員会幹部と接触してきた日本人が有力なコネを持っていたが、戦前から戦中にかけての左派弾圧の影響は根深く、疎開隊や世話会の主流派との間には確執が残っていた。

旧満洲への北上者を送り出した時と同様、少なくとも平安北道の範囲を越えて移動する場合には、ソ連軍と保安隊の双方から移動の許可を取り付けねばならなかった。

疎開隊本部員の田中友太郎や大里正春は食糧調達のかたわら、各地の世話会を訪ね歩いてさまざまな背景を持つ日本人との接触を試みた。移動禁止令や列車利用禁止令のもとでは、目立たないように朝鮮服をまとい、車内の便所に隠れながら移動するのが常だった。旧満洲国や咸鏡北道から逃れた日本人が大量に難民化し、過酷な越冬で大量の犠牲者を出していることは、朝鮮北部を実効支配するソ連軍司令部にとっても頭の痛い問題だった。日本人難民は明らかに邪魔なだけの存在になっていたにもかかわらず、ソ連軍はなぜ、移動の許可を与えず、南下を阻止しようとしたのだろうか。

大量の日本人難民が半死半生の姿で三八度線を越え、米軍の保護下に入る状態が続けば、朝鮮北部の難民問題はいずれ表面化することになる。北部ではこの段階でも赤十字国際委員会（ＩＣＲＣ）などによる救援活動はまったく行われておらず、日本人難民の問題は当事国以外には認知されていなかった。しかし、世界各地で第二次大戦後の混乱が収まるにつれて、ソ連軍の進駐によって起きた人道問題としてクローズアップされる可能性は否定できなかった。それだけではない。シベリア抑留者のうち病人やけが人を朝鮮北部に移送していたことも知られている。北部は日本人難民や抑留者を押し込んでおくための〝巨大な収容所〟と化しつつあった。

ソ連軍が難民をまったく放置していたとは言い切れない。しかし、ソ連兵による無秩序な略奪や暴行の事実がある以上、組織的な援助は皆無だったとみなされ、ソ連の国際的な声望を損ねる問題になりかねなかった。すでに時機を逸したのは明らかだったが、日本人難民の窮状が限界に達する前に、三八度線通過を黙認して南下させる手はあったかもしれない。

しかし、日本人に三八度線を開放することは、この機に乗じてまぎれ込んだ朝鮮人の南下に拍車をかける危険性を伴っていた。社会主義による一党独裁体制を整えつつある朝鮮北部から大量の逃亡者が出れば、独裁政権はその正統性に関して深刻な痛手を被ることも予想される。この時期、ソ連軍が進駐した東欧にはソ連の衛星国と言うべき社会主義諸国が次々に誕生したが、アジアではモンゴルとベトナム以外の社会主義国は存在していない。旧満洲の支配権をめぐって激しい国共内戦のさなかにある中国の情勢も先行きを予見できる状況ではなかった。日本降伏の間隙を縫って手中に収めた朝鮮半島の三八度線以北は、ソ連にとって死守しなければならない領域となっていた。

いずれにせよ、米軍政庁との交渉がはじまった以上、ソ連軍が単独で日本人難民の問題に対処できる段階はもう過ぎていた。皮肉な言い方をするならば、朝鮮北部の難民問題というジレンマを抱え込んだソ連軍司令部は、当事者の日本人難民と同じく、現実にはほとんど起こり得ない「正式帰還」という解決策に淡い期待をかけながら、いたずらに時間を浪費する以外にどうしようもなかったのである。

資金、班分け、進む脱出計画

三八度線から直線距離で二〇〇キロほど離れた郭山の周辺には、平壌のソ連軍司令部のように「正式帰還」という言葉をくり返し、自主的な南下を制止するような関係者は存在しなかった。むしろ日本人難民がソ連軍の「厄介者」と化していることに気づいた疎開隊長兼世話会長の長野富士夫には「難民が自分の意志で立ち去るというのを、実力を行使してまで妨害することはないだろう」との計算さえあった。拘束された医師の山谷橘雄を取り戻し、旧満洲への北上に対する移動の黙認を取り付けた経験から、ソ連軍との交渉に自信を深めていたのかもしれない。

予想に違わず、ほどなく黙認の姿勢は確認できたが、郭山疎開隊が当局の支援なしに独力で南下するのは「脱出行」と呼ぶにふさわしい冒険だった。まず資金を自前で確保することが必須条件になる。移動に使う列車の運賃やトラックなどの調達費はもちろんのこと、道中の食糧を確保し現地住民に道案内を頼むにしても、結局は資金あればこそということになる。郭山日本人世話会は「困窮する疎開隊員や居留民の生活状況をいくらかでも改善させる」という建て前で人民委員会と交渉を重ね、没収された疎開隊の手回り品、接収された居留民の財産の封印を解いてもらうことに成功した。

春の終わりから初夏にかけてのさわやかな季節が訪れていた。旧新京の郊外に広がる閑静な南湖の緑地帯では、あんずの花見が行われる季節だった。しかし、陽気の変化を感じる余裕もなく、南部への脱出に向けた準備が進められた。ようやく処分が可能になった疎開隊の手回り品類は、五月半ばから郭山の町なかに露店を出す許可を得て売り払うことになった。居留民の不動産などは私有財産の処分を受け持つ人民委員会の下部組織、人民評価委員会に委ねる以外になかったが、こうして少しずつ資金がたくわえられていった。五月末までに目標としていた三〇万円の現金を用意できたことで、脱出行はいよいよ現実味を帯びてきた。

約三五〇人を三つの班に分けて移動する脱出計画がまとめられ、各班の編成作業が進められた。疎開隊本部員はそれぞれの班に分かれ、引率役を務めることになった。

第一班は大門(おおかど)正輝が班長を務め、古川清治らが引率する七六家族の一五六人で編成された。第二班はこれより小規模で、疎開隊副隊長の西村三郎を班長に、松本健次郎、今池又男、大里正春が引率する三六家族の七七人。最後に出発する第三班は長野富士夫を班長に、田中友太郎や扇京一(おおぎきょういち)が引率者として加わる六四家族の一三一人となった。いずれの班も内地の出身地などを考慮して編成され、三八度線突破に成功したら、たとえほかの班と合流できなくても、そのまま日本に帰還して故郷までいっしょに行動できるように配慮されていた。

第三班にはこれに加えて、都甲芳正の家族ら計八六人の郭山居留民が同行することになり、総勢二〇〇人を超える大所帯となった。居留民のなかには朝鮮の地で生まれ育った者も少なくない。住みなれた故郷に別れを告げ、まだ足を踏み入れたことのない日本を目指すことになる若者も珍しくなかった。

三つの南下班に加わることができない重病人とその付き添いを含む計一四家族の二五人は、山谷医師にしたがって郭山の地にとどまることになった。体調が回復し、病室を出て生活していた白石ヤス子は熊本県出身者の多い第二班に加わることに決まったが、三八度線を越える山道を徒歩でも踏破する覚悟の人々に、足手まといにならずについていけるかどうか、不安を募らせていた。残留班が編成されると知って、自分も残るべきではないかと心が揺れた。

第二班の引率者となった松本健次郎から「戸板に乗せてでも熊本の家まで連れて帰る。心配しなくていいよ」と声をかけられ、白石は出発の決意を固めた。もはや旧満洲には戻れないのならば、旧新京に無事でいることがわかった夫の義明と再会するには、それぞれ独力で日本を目指す以外に方法はなかった。

肝腎のところは成り行きまかせ

六月に入ったら、三つの班を一日おきに出発させることが申し合わせられたものの、懸案事項はいくつも残されていた。疎開隊として一カ所にまとまっている間、ソ連兵による婦女暴行などの被害は最小限にとどまっていた。しかし、人目につかないように山道や間道をバラバラに移動するとなると話は違ってくる。決行の日取りはなお流動的だったが、若い女性たちは髪を切って男装すべきかどうかで頭を悩ませた。前年の秋から初冬にかけて、乞食同然の姿で三々五々、街道を歩いて南下していった坊主頭の女性たちの姿が目に焼き付いていた。

平安北道の郭山から三八度線までのルートは平安南道の中心都市、平壌を経由して黄海道に入ることになる。実際にたどる道のりは三〇〇キロ近くになりそうだった。

移動禁止令をかいくぐり、それとなく列車に乗り込むことに成功したら、平壌を素通りして一気に約一〇〇キロ南の黄海道の町、新幕を目指す。ここから先、開城を経て京城へと続く京義線は利用できない可能性が高かった。その先の行程に備えるため、新幕周辺の事情にも明るい居留民二人を「先行隊」として派遣し、移動に使うトラックや牛車の手配を済ませたうえで待機してもらうことにした。

新幕から開城に向かって南下する途中の金川までは四〇キロほどある。ここまでトラックで速やかに移動することができたら、そこから先は体調不良者や老人を牛車に乗せ、いよいよ山間部に分け入る予定だった。先述の四つのルートのなかでは、ソ連軍の監視も厳しい主要ルートが選ばれたことになる。というより、この段階での朝鮮半島西側の三八度線突破行は、地元の地理にくわしい黄海道内の日本人が成功させていたに過ぎず、情報が十分とはとても言えなかった。なるべく短いルートが選ばれたのは当然のことだった。とにかく人目につく街道はなるべく避けながら、山あいの間道をひたすら歩かねばならない。開城の米軍キャンプにたどりつくことができれば、難民として保護してもらえるはずだが、朝鮮半島を横切る三八度線を具体的にどの地点で越えるのかも含め、肝腎のところは成り行きまかせだった。越境の最終段階では、まったくの手さぐり状態になることも十分に予想された。

南北分断、最初期の大きな犠牲

ソ連軍司令部が置かれた平壌でも、日本人居留民や難民の集団的な移動に対する監視が厳しく、人々は行動を起こすことができなかった。平壌には約三万人の居留民と二万人余の難民が残留していたが、ソ連軍が「いずれ正式に日本に帰還させる」との姿勢を崩そうとしないため、なすすべもなく待つほかなかった。平壌が動かないかぎり、平安南道のほかの地域にいる居留民二万人と難民一万九〇〇〇人も、簡単には身動きが取れない状態に置かれていた。

日本の植民地支配から独立に踏み出そうとする民族国家が、別の二つの大国の勢力争いによって分断される。その最大の被害者が南北に引き裂かれた朝鮮の人々であることは言うまでもない。だが、大国間の権力闘争がもたらした分断の最初期の段階で最も大きな犠牲を強いられたのは、日本人居留民と難民だったと言うこともできるだろう。それも「植民地支配のツケ」として済まされる程度のものではなく、古今東西の難民の歴史に照らしてみても、まれに見るほどの悲惨きわまりないものだった。

平安北道の先陣を切って動き出したのは、ほかならぬ郭山疎開隊だった。それは内地帰還への強い意志の表れというよりも、むしろ、そうせずにはいられない限界にまで人々が追いつめられていたからではなかったろうか。それはまた、平安北道に抑留された旧満洲からの日本人難民にとって最初の組織的な三八度線突破行だった。困窮をきわめた郭山疎開隊の脱出決行は、こののち、近隣地域の疎開隊の雪崩を打つような南下をうながすことになる。

『朝鮮終戦の記録』には、ソ連軍の指示で各地の警備を担当していた保安隊からの南下の許可について、次のような記述がある。現在、その真偽を確かめることはできない。

郭山日本人（世話）会の幹部は、定州（ていしゅう）保安署長から移動の許可を得ることが困難なので、策をねり、定州署長の印鑑を偽造し、偽の移動許可書を作成した。六月九日に、保安署長から許可を得たと称して、郭山保安隊全員を送別宴に招待し、一方、定州保安署の外人係長を買収しておいて万一にそなえ、十日早朝第一隊約二百名（大門正輝氏引率）が郭山を出発した。（中略）北朝鮮で、脱出のために、保安署長の偽造の移動証明書を作って移動したところは、おそらく郭山だけであったろう。

郭山が動いた直後に、定州も動きはじめた。……

わが子の魂が蛍の姿を借りて

三つの班はそれぞれに最善を尽くして北緯三八度線を目指した。

第一班は六月十日未明、満天の星の下、後続班の人々の見送りを受けて仮宿舎を出発し、郭山駅に向かった。平壌以南に向かう利用可能な定期列車は、一日にほんのわずかしか運行されていなかった。

隊列の後尾を固めていた引率役の古川清治は、郭山の町なかにさしかかったころ、朝鮮人の老婆が一人の少女を連れて道端にたたずんでいるのに気づいて目を疑った。老婆は町なかに一軒だけある料理屋の女主人だった。老婆にうながされた少女が古川のほうに駆け寄り、風呂敷に包んだ折詰弁当を差し出した。

老婆との出会いは前年十二月、稜漢山山腹の仮宿舎に落ち着いたばかりのころだった。一人の朝鮮人が現れ、たまたま応対した古川に「ある人が米や衣類を日本人にあげたいと言っている。取りに来てほしい」と告げた。古川は「天の恵み」とばかり、朝鮮服を着込んで指定された家に向かった。その家が料理屋だった。

裏口からなかに入ると、初対面の老婆が出迎えてくれた。懸命に日本語らしい言葉で話しかけてくるのだが、とても聞き取ることができない。身振り手振りでやり取りするしかなかったけれど、言わんとするところは少しずつわかってきた。

「日本人はかわいそうだ。みんな食べ物に困っているだろう。山の上で暮らすのは寒いだろう。集めたものがあるから持って行って分けなさい」。そう言っているかのように、老婆はしきりに土間の隅にまとめて置いてある藁袋と衣類を示そうとした。厳寒期にさしかかっているにもかかわらず、古川は素足にわらじ履きだった。老婆はその様子を見ると、古川を暖かいオンドルの床に座らせて、ごはんとご馳走を運んできてくれた。

予想もしない厚意に深く頭を下げると、古川は藁袋と衣類を背負って仮宿舎に戻った。冬の間、老婆の使いは何度かやってきた。その度に古川が運搬役として料理屋に足を運んでいたのだった。

郭山の有力者が出入りする唯一の料理屋だから、客の口から「疎開隊の日本人が出発するらしい」という情報を聞きつけたのだろう。しかし、こんな早朝から弁当をこしらえて冷え込む戸外で待っていてくれるとは……。古川はまったく予期しない出来事に言葉を失った。かたじけなく受け取った折詰から温もりが伝わってきた。幾度となく疎開隊の人々に寄せてくれた厚意が瞬時によみがえり、目頭が熱くなった。

「慈母のような老婆の姿を一生忘れまい」と誓った。

郭山駅に着くと、人々は次々に新幕へ向かう切符を求めた。リュックサックを背負った女性とやせ衰えた子どもばかりの集団は見るからに異様だったし、駅員も事情を察したはずだが、呼び止めたり、乗車を阻止したりする者は現れなかった。

極度の緊張状態にあった人々は、列車のなかでも無言で外を眺めていた。大人たちの様子から事情を察しているのか、子どもたちもみな黙りこくっていた。予想がつかない前途への不安が重くのしかかっていた。

郭山で三人の子どもすべてを失い、虚脱状態にあった井上千代は、夫が生きているらしいという情報を心の支えにして南下第一班に加わった。「どんなことがあっても夫と再会して、子どもたちの最期を伝えねばならない」。それ以外には何も考えることができなかった。

夕暮れの新幕駅前で手配されたトラックの荷台に乗り込み、三八度線に向けた南下がはじまった。千代の目には、初夏の宵闇のなかを三匹の蛍がいつまでもトラックの横を飛んでついてくるのが見えていた。郭山で声も出せないほどに弱りきって逝った三人のわが子の魂が、蛍の姿を借りて別れを告げに来てくれたのに違いない、と感じた。

「あなたたちが最後の日々を過ごした郭山は、つらい毎日だったけれど、お母さんにとって一生涯忘れられない大切なところでした。いつの日か、お父さんといっしょにあなたたちに会いに来ますよ。きっと、約束しましたからね」

声にならない思いを胸に、井上千代はじっと闇のなかを見つめていた。

南下第一班、三八度線を突破

数台のトラックに分乗した郭山疎開隊の南下第一班は、さいわいなことに徒歩の行程を最小限で済ませることができた。翌十一日、一人の落伍者もなく一気に三八度線を突破して夜更けの開城に到達した。米軍のテントで一週間あまり過ごしたのち、十九日早朝、貨物列車に乗せられて京城の外港、仁川(じんせん)港に着き、輸送船の大北丸に乗り込んだ。

日本人の送還に使われた朝鮮南東端の釜山(ふざん)港は、コレラ発生のために前月二十九日から閉鎖されており、代わって仁川港が発着地に割り当てられていた。六月二十一日朝に仁川港を出港した大北丸は八日後の二十九日、博多港に入港した。

ちょうどこの日、夫勇は旧満洲の古都奉天(ほうてん)から無蓋(むがい)貨車に揺られ、内地帰還への集結地となった中国河北省の秦皇島(しんこうとう)に到着していた。引き揚げ船で鹿児島港に上陸した勇が、千代の実家のある小田原に現れ、夫婦が再会を果たしたのは七月十八日のことだった。

徒歩を余儀なくされた第二班

首尾よく事が運んだのは第一班だけだった。

十一日に出発した第二班は、新幕までの行程こそ順調に消化したものの、金川へ運んでくれるはずのトラックの手配者との連絡が取れず、途方に暮れてしまった。しかし、無為に時間をつぶしていれば、この地域のソ連軍や保安隊に見つかって拘束される恐れがある。体調不良者も少なくないため、本来は歩行距離をできるかぎり減らしたいところなのだが、ここで嘆いていても仕方がなかった。班長の西村三郎が決断をくだし、とにかく金川への道のりを徒歩で踏み出した。

松本健次郎は病み上がりの白石ヤス子の体調を案じてこう尋ねた。

「先はまだまだ長いから、牛車を頼んで乗せてもらったほうがいいかもしれない。お金がかかっても、それは仕方ないから……」

「みなさんにはご迷惑をかけるかもしれないけれど、どうか歩かせてください。牛車に乗ったら、御者にどこに連れて行かれるかわからないでしょう。それよりも足が動くかぎり、みなさんの先頭に立たせてください。お願いします」

白石はこう言って水筒を肩にかけ、歩き出した。松本もうなずいて横に立った。田中静枝と娘の陽子も少し離れて歩いていった。実際、白石が心配したように、牛車に乗っている間に仲間の隊列から引き離され、金品などを要求されて置き去りにされる被害は後を絶たなかったらしい。

病み上がりの白石たちが急いだわけではなかったが、そのうち、先頭から後尾の様子がわからないほど、隊列は縦に長く伸びきってしまった。栄養失調の子どもや老人を連れた家族が次第に遅れはじめたのだった。班長の西村は先頭を松本らに任せて隊列の後方に下がり、後尾の状況に気を配りながら歩を進めることになった。

この日の早暁、西村は妻政子とともに、出発前の最後の墓参りに共同墓地を訪れた。隣り合わせに葬った母シマと長男康男の仮葬の塚に手を合わせ、あとから場所がわかるようにシマの形見の数珠を埋めて、せめてもの目印にした。西村夫妻とともに郭山を発つことができたのは長女の素子だけだった。西村の腹巻のなかには、郭山疎開隊の犠牲者約二〇〇人の埋葬場所を示す共同墓地の詳細な見取り図が収められていた。

強盗に襲撃され班が分断

新幕から金川へのほぼ中間地点に南川という小さな町がある。約二〇キロ先の南川を目指して街道をひたすら歩いた。京義線に沿った物資の流通路だけに人目につく恐れはあったが、行き交う車はほとんどなかった。ごくまれにトラックや牛車が通りかかった。

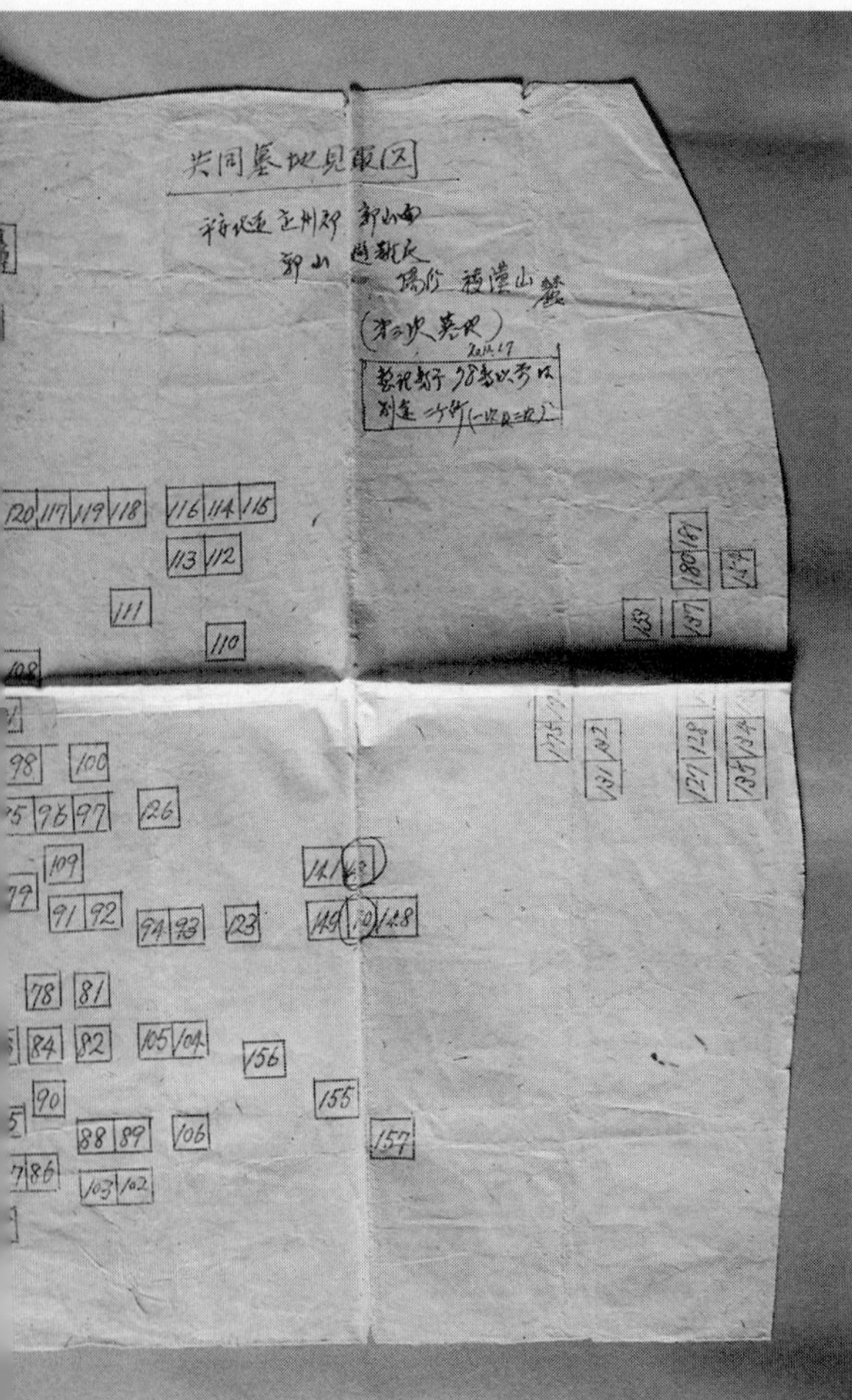

共同墓地見取図
120 117 119 118
116 114 115
113 112
111
110
98 100
96 97
126
109
141
91 92
94 93
123
149 148
78 81
84 82
105 104
156
90
155
88 89
106
157
86
103 102

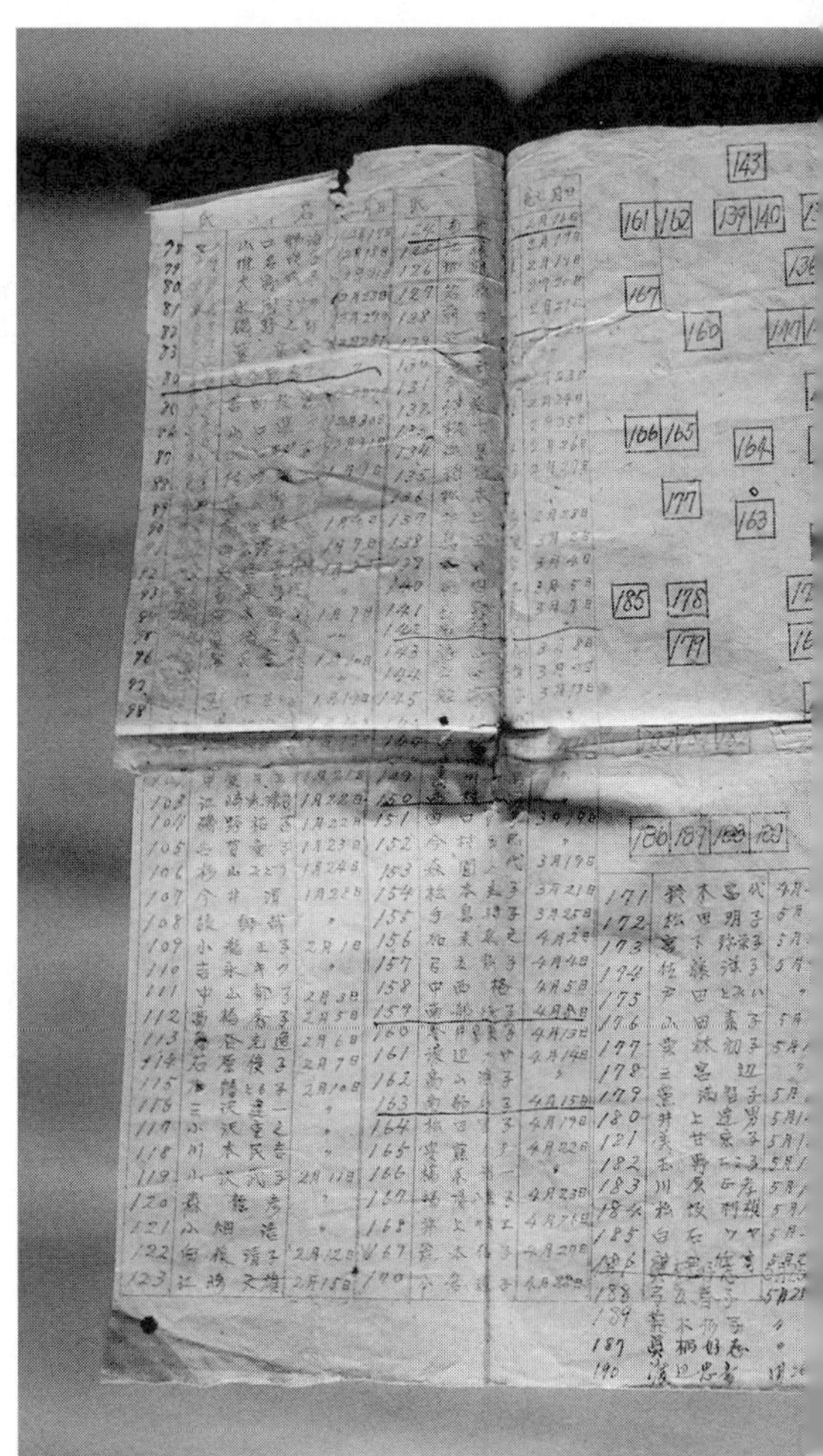

郭山疎開隊共同墓地の見取り図

田中陽子はそのたびに「疎開隊が手配したトラックが遅れて到着したのかもしれない」と期待を込めて運転席を見上げたが、速度を緩める車はなかった。トラックは土ぼこりを上げながら、母子たちの横を無情に走り去った。

ソ連軍や現地保安隊の軍用トラックに見つかれば強制送還される可能性もあったので、日が暮れたほうが逃避行には都合がよかった。夜陰にまぎれて先を急いだ。食事を摂る金も場所も時間もない。大豆をボリボリとかじりながら歩いた。

前年九月末に最初の南下計画が持ち上がり、立ち消えになったことがあった。そのころ、水を加えると重湯にもダンゴにもなるよう豆や米を挽いたり、干し芋や干し飯をつくったりする人が相次いだ。あれから七カ月を経た今でも所持金を残している家族のなかには、同じように非常食を用意したケースがあったと思われる。しかし、ほとんどの人々は日々の糧を得るにも必死の状態でたくわえはなかった。ここでも疎開隊の人々の間に格差が存在していた。

日付が変わった翌十二日未明、暗闇のなかから朝鮮人の一団が現れ、隊列の後方に襲いかかった。街道沿いの住民や保安隊ではなく、数人あるいは一人で南下していく日本人を標的にして味をしめてきたらしい、たちの悪い強盗専門の集団だった。

強盗は何事か日本語らしい叫び声を上げて、班を引率する本部員にこん棒で殴りかかった。

第二班の後尾の隊列は暗闇のなかを逃げ惑いバラバラになった。母子たちは少人数で固まって街道脇の木陰に隠れると、息をひそめて成り行きを見守った。

先頭を歩く白石や松本らは、この騒ぎに巻き込まれることなく距離を稼いでいた。松本と同じく専売総局に勤めていた津田義春（三六）が妻モモエ（三〇）と長男の靫彦（ゆきひこ）（六）を連れてしたがっていた。熊本県上益城（かみましき）郡乙女村（現甲佐町）の出身ということもあって、熊本生まれの白石とも気心の知れた間柄だったが、津田家では前年十一月二十二日、長女の淳子（二）が腸カタルで亡くなっていた。モモエもまた栄養失調の症状がひどくなり、すっかりやつれていた。

この騒ぎで第二班は前後に分断されてしまった。後方で散り散りになり、暗闇のなかで呼び交わして集まった西村ら数十人は道路脇に隠れて夜を明かした。

明け方、街道の脇に固まって暖を取っていると、南川の方角から一台のバスが通りかかり、白い朝鮮服を身に付けた老人が「保安隊の者だ」と言って降りてきた。老人は日本人難民の群れに驚いた様子でこう言った。

「新幕からバスを三台出すように手配するから、ここを動かずに待っていなさい。だれか一人、事情を説明できる者に同行してほしい」

大里正春が乗り込むと、バスは走り去った。

しばらくしてバスが一台ずつ到着した。最初のバスには病人や老人を乗せて出発させた。西村夫妻ら十数人は二台目のバスに乗り込んだ。乗り切れない人々は三台目のバスを待つことになり、引率役として熊本県熊本市出身の本部員、今池又男が後に残った。今池ら第二班の一部は「日本人外出禁止令」のため、保安隊によって新幕まで連行されたらしい。

第二班は、この段階で少なくとも四つの小集団に分裂していた。それぞれの集団がどこでバスから降ろされ、三八度線に向けて歩き出したのかを含め、くわしい足取りを示す記録や手記は残されていない。

バスを降りて再び歩きはじめた西村政子は、夫三郎からこう声をかけられた。

「自分は最後から遅れた人を引っ張って行くから、おまえは前の人にくっついて、はぐれぬようにして行け」

政子は娘の素子を抱え、引き返す夫を見送った。

一九九人目、疎開隊本体最後の葬儀

第二班が出発した十一日の午後、稜漢山山腹の共同墓地では郭山疎開隊の本隊として最後の葬儀が執り行われた。前年八月十三日の郭山到着からもう三〇〇日を超えていた。一九九人目の死者は数え年で六歳の女児、弓立照子だった。死因はやはり栄養失調だったが、すでに身寄りはだれ一人残されていなかったので、翌日の出発を控えた長野富士夫が代わって喪主を務めることになった。長野に同行する扇京一がこれまでどおり、仮葬の塚になきがらをおさめる僧侶の役目を果たし、十カ月に及んだつらい任務をまっとうした。

照子は愛媛県温泉郡出身の弓立春子（二四）の長女だが、母親の春子は肺結核のため、半月ほど前の五月二十五日に娘を残して他界していた。弓立家にはもともと女、男、女の順に三人のきょうだいがいた。しかし、前年十二月九日に長男和夫（三）が栄養失調で亡くなったころから、母子三人がみな体調を崩してしまい、厳寒期にはそろって重篤（じゅうとく）患者用の病室に収容されていた。

四月四日の夜明け前、母親のかたわらに寝かされていた次女郁子（二）が栄養失調で息を引き取り、その日のうちに共同墓地に葬られた。春子自身がもう身動きできないほどの容態になっていた。それからの二カ月、ろうそくの灯を一つずつ消していくように共同墓地に葬られていった母子の無念は如何（いか）ばかりだったろうか。

名簿を託され、第三班出発

翌十二日早朝、長野が率いる第三班の二一七人が郭山を出発した。

後に残る残留班の山谷橘雄医師をはじめ、病人とその付き添いの家族らが仮宿舎の前に出て、手に手にハンカチを振って見送ってくれた。人々の表情には後に取り残される暗さは感じられなかったが、山谷や病人たちの胸中を思い、扇はそっと目頭を押さえた。南下に備えてたくわえた三〇万円の資金のうち、脱出行のために必須と考えられた金額を除き、残りはすべて残留班に託している。しかし、それで内地に戻るまでの費用が足りるのかどうかはまったくわからない。果たして生きて再び、山谷や病人たちと再会できる日は来るのだろうか。

田中友太郎は班長の長野から呼び止められ、表紙に「郭山疎開隊員名簿」と大書された三椏(みつまた)和紙の束を手渡された。

「苦労をともにした疎開隊の記録は、手分けして何としても持ち帰らねばならない。西村君たちもそれぞれに書き写した記録を身に付けて出発した。ソ連軍に捕まったら没収されるかもしれないし、途中で何があるかわからないが、もしも私とはぐれたとしても必ず日本まで持っていってくれ」

初めて目にする名簿だった。表紙をめくると、前年八月の郭山到着当時そのままに人々の名前がびっしりと書き込まれていた。本部員の名前に続いて満洲国経済部の家族、満洲鉱発などの政府関連会社、さらには新京在住の一般市民の順に全一三班、一〇九四人に及ぶ日本人の名前と続柄、出身地や所属がすべて記されている。どのページを開いても、赤鉛筆の線が引かれ「死亡」と書き加えられた名前がいくつも目についた。あれから十カ月の間に起きた言い尽くせぬ出来事の数々が頭のなかを駆けめぐった。田中は長野にうなずき返すと、名簿を二つに折りたたんで小さなリュックサックの底に押し込んだ。

郭山駅から乗車した列車はほぼ順調に走り、平安南道から平壌をへて黄海道に入ると、前の二つの班と同様に夕刻までには無事、新幕に到着した。第二班と同じく移動に使うトラックを待つため、第三班は駅前の倉庫で一夜を過ごすことになった。朝鮮人経営の駅前旅館に寄って、夕食として一人一個の握り飯を注文し、空腹の足しにした。

全体の半数が早くも足止め

日が落ちたころ、表が突然ざわついた。今池又男ら第二班の一部が保安隊に連行されてきたのだった。待機しているはずのトラックが見つからなかったことが、今池から長野に伝えられた。

トラックを手配した先行隊は、第一班といっしょに三八度線を越えてしまったのかもしれなかった。すでにかなりの数の日本人が降り立ち、南へと踏み出したはずの新幕駅周辺には、三八度線に向かう起点としての緊張が漂っていた。時折、ソ連軍の軍用トラックが到着しては出発していく。このあたりにとどまっている日本人は、もうほとんどいないようだった。

郭山疎開隊の人々には伝わっていなかった気がかりな情報が入ってきた。日本人移動禁止令があらためて厳命されたらしい。五月半ばから続いていた平壌や鎮南浦からの大規模な脱出行がソ連軍を刺激したためだろうか。この付近の人民委員会や保安隊には、日本人の南下に関する厳重な指令が行き渡っているらしかった。

南下を控えた人々に不安を抱かせないよう、「翌十三日正午過ぎの出発を期す」ということだけを言い渡して早めの休息をとらせた。出発点に立ったばかりというのに、第二班の一部と第三班を合わせた全体の半数以上が早くも停滞を余儀なくされてしまった。

郭山疎開隊は終戦後に没収されてから、ラジオを持つこともできなかった。夜が明けると、長野らは新幕保安署などを回って移動禁止令の内容を確認した。今さら引き返すわけにはいかなかった。何とか移動を黙認してもらう以外にないのだが、当局との交渉は難航した。夜になっても事態を打開する色よい回答は得られなかった。

三八度線を目指す日本人の一団が駅前の倉庫にいることは、すでにソ連軍の知るところとなっていたらしい。昨夜と同様、握り飯一個が全員に配られたころ、最も恐れていたことが起きてしまった。マンドリンを手にしたソ連兵が現れて「マダム・ダワイ（女を出せ）」と要求してきたのだった。

長野の留守を預かる都甲芳正は立ち上がって拒絶の意志を示そうとしたが、銃の台尻で叩きのめされ、その場に昏倒した。明かりのない倉庫の暗闇のなかで、女性たちはみな身を固くして息をひそめていた。敗戦国民であり、本国にも見捨てられた難民の立場で要求を拒むのは不可能だった。カンテラの明かりを手にして倉庫内を物色するソ連兵の蛮行にも、唇を噛んで耐える以外にどうすることもできない。数人の女性が連れ去られた後には、凍りついたような沈黙が支配した。人々は女性たちの帰りを待って一睡もせずに夜を明かした。

夜を待って再び出発

翌十四日、ソ連軍はようやく移動を黙認した。表向きの日本人移動禁止令があるため、「人目につかないように」と念を押された。ソ連軍との交渉は万事こういう具合だった。昼の間は動くことができず、そのまま倉庫のなかにとどまって出発の時を待った。多人数でまとまって行動することも禁じられていた。

新幕に着いて三度目の夜が更けてくると、人々は町はずれで落ち合うことを言い交わし、忌まわしい倉庫から少人数に分かれて抜け出した。地図もなく、灯をともすこともできない暗闇のなかの移動だった。

午後十一時を回ったころ、ようやく全員が新幕の町を後にした。しかし、行程ははかどらなかった。第二班の一部が第三班からはぐれ、行方がわからなくなっていた。第三班を率いる長野は引率者を失った人々を探して引き返すことになり、田中が長野の次男邦彦（四）をおぶってしたがった。第三班とともに後に残った扇は、翌十五日の明け方まで待機していたが、長野たちは戻ってこなかった。そのまま南へ向かうことを決断せざるを得なかった。

夏至まで間もない季節とあって、空は早くも白々と明けはじめていた。日が昇ってから大人数で町の近くをうろつけば、またソ連軍や保安隊に発見されてしまうだろう。交渉役の長野とはぐれてしまった以上、一刻も早く山中に身を隠さねばならなかった。扇や都甲はとにかくこの場を離れようと第三班を率いて出発した。都甲はまた、体調を崩した姉芳恵（二三）を背負わなければならなかった。

三八度線に向かう手がかりは、居留民が持ってきた方位磁石しかなかった。新幕の町から離れることだけを考えて黙々と歩き、ひたすら距離をかせいだ。このあたりはリンゴの産地として知られていたが、花の季節を過ぎたばかりで実はもちろん見えなかった。空腹を抱えた一行は口々にぼやき合い、街道を外れて山あいへと入っていった。

何度も案内料をむしり取られる

一夜を明かした午前五時ごろ、七、八キロ歩いた大澤里という集落のあたりで通りがかりの朝鮮人に案内を頼んだ。一万円を超える法外な案内料を要求され、やむなく支払って半日ほど歩き続けた。三八度線へ向かうこのあたりは、終戦間もないころから南下を試みる朝鮮人や日本人が毎日のように往き来していた。そのため、案内役を騙って日本人を連れ回すたちの悪い強盗団が集結し、三八度線の北側を東西に移動しながら獲物を狙っていたらしい。班長の長野とはぐれたために十分な資金もなく、カンパを募って案内料を用立てたものの、先が思いやられた。

街道を離れると山道は上り下りをくり返した。日が出ている間は真夏のように暑いうえ、人目につくので歩きやすい街道に出ることはできない。昼下がりには、山間部に点在する農家の納屋の軒下に隠れて三々五々、休息をとった。前夜、ほとんど徹夜した母子たちは疲れきって横たわると、すぐに軽い寝息を立てはじめた。

いくつか山を越えて文武里という集落に出た。ここで「自警団」を名乗る朝鮮人の集団にからまれ、通行料と称してまた金を要求された。道案内を自称する連中にはグループごとに縄張りがあり、その範囲を越えるあたりまで日本人を連れてくると、待ち受けている別のグループに引き渡す段取りになっているようだった。南下する日本人はそのたびに案内料をむしり取られる仕組みだった。それでも三八度線に向かっているのなら我慢もできようが、山中をぐるぐる引き回されるケースもあった。こういうあくどい連中は、山中の適当な場所にさしかかると隙を見て身を隠してしまう。「だまされた」と気付いた時にはもう遅かった。

むしろ、磁石だけを頼りに歩いたほうが賢明かもしれなかった。山道の分岐で道を尋ねるなら、最寄りの民家の戸口を叩いて道案内を依頼するほうがはるかに信用できた。朝鮮で長年暮らしてきた居留民の現地語が役立った。近在の住民は日本人難民に対しても親切だった。子ども連れの母親たちの疲弊した姿に同情し、食糧を分け与えてくれることも少なくなかったのである。

道中で死んでいった人たち

第三班が郭山を発って五日目の十六日、長崎県南高来(たかき)郡安中村(現島原市)出身の荒木杉子(三七)の三男征夫(四)が消耗しきって歩けなくなり、道端で休んでいる間に息を引き取った。五人の子どもを連れて郭山に到着した前年八月、杉子は六人目の子を身ごもっていた。厳寒の一月五日に末子、行子を出産したが、衰弱した母体から生まれた行子はわずか四日後に死亡した。その後、四月二十七日に二女信子(六)を栄養不良で亡くし、杉子自身も出発が近づく五月二十五日、持病のために息を引き取っていた。

長男の勝哉(一〇)を筆頭にした四人のきょうだいが南下班に加わったが、征夫は出発前から栄養失調の症状がひどかった。母子七人の荒木家は、征夫の死によって三人になってしまった。残されたきょうだいは、扇の指示で木切れを拾ってきて穴を掘り、やせ衰えた征夫の遺体をどことも知れない山中に埋葬した。南下に踏み出してから最初の犠牲者は、郭山疎開隊にとって二〇〇人目の死者となった。

この日は正午過ぎから雨になった。あたりに雨宿りできるような木かげは見当たらない。気温は高くても、ずぶ濡れになると急速に体温が奪われ、体全体が冷えきってしまう。栄養失調の子どもたちがそのまま眠り込んでしまったら、それこそ命にかかわることになる。

「休んでいたら身体が動かなくなる。とにかく歩き続けるしかないよ」

濡れながら声をかけ合い、いくらか下りはじめた山道を歩き続けた。

このころ、だいぶ離れた地点にいた白石ヤス子ら第二班の先行者は、細い山道に丸木を渡したような橋にさしかかった。橋は断崖にはさまれた窪地の上を越えていた。田中陽子と母静枝が一列になってよろめきながら渡り終えた後、列の後方から悲鳴が聞こえた。陽子が引き返してみると、十数メートル下の窪地に年配の男性が落ちて倒れ込んでおり、足を傷めたらしく動けなくなっていた。

丸木橋の周りには何人もの母子が集まり、「助けんと。何とかして助けんと……」と言いながら下を覗き込んでいた。しかし、男性のいる場所まで降りていけるような手がかりは見当たらない。女性たちはなすすべもなく立ち尽くした。

男性はこちらを見上げて「行きなさい。私は大丈夫。いいから行きなさい」と声を上げた。もしだれかが降りていったとしても、大人の男性を背負って崖を登るのは無理だったろう。

崖下に横たわった男性はひと目でそれを悟ったようだった。

それでもなお、女性たちが動かないのを見ると、男性は「行け」と命じるように手のひらを振って出発をうながした。自暴自棄な様子はまったくなく、その身振りは淡々としていた。

この男性の名前は明らかではない。しかし、疎開日誌には少なくとも四人の年配者らが三八度線への道半ばで亡くなったことを示す書きつけがはさまれていた。

三八度線北側、最後の無法地帯

扇や都甲らの率いる二百数十人の第三班は、いくつかの街道が交差する漏川という集落にさしかかっていた。海州へと向かう道筋をしばらくたどったのち、担架に病人を乗せて腰までつかる川を苦労して渡り終えた。通りすがりの朝鮮人が声をかけてきた。

「敗戦国に帰っても何もいいことなどないですよ。とくに子どもたちはかわいそうだ。ここで立派に育ててあげるから置いていきなさい」

応じる者はいなかった。

全員に行き渡るだけの握り飯を買う金もないため、本部員が持参した炒り豆や大豆が食事代わりに配られた。幼い弟を亡くしたばかりの荒木家のきょうだいは、再び大豆をかじりながら歩き続けた。麦畑を横切り、川べりを過ぎ、切り通しの細い山道を抜けた。どこをどう歩いているのか、ほかの班やはぐれた仲間がどこにいるのか、まったくわからなかった。

ようやく晴れ渡った十七日の明け方、集落に下りる前に山中で長い休息をとった。歩きはじめてから三日目に入り、人々の地下足袋はすり切れ、ズックの底もパックリと口を開けて足指がのぞいていた。新幕からもう五〇キロ近く歩いてきたはずだった。

「そろそろ三八度線にさしかかってもいいころじゃないのか」

雨や泥で真っ黒に汚れた人々は、みなすがるような思いだった。その様子を横目で見ていた案内人が「今夜、三八度線を突破できますよ」と言った。

夜が更けると出発が宣言された。星空の下、うねうねと続く田んぼのあぜ道をたどり、暗い山道を越えると、眼前に川が見えてきた。十八日の午前一時を回っていた。両岸に河川敷が白く広がっている。案内人が振り返って言った。

「この川までくれば大丈夫。もう三八度線を越えたから、案内料を支払ってください」

三八度線には川が流れている、と人づてに聞いていた者は多かった。しかし、このあたりには黄海へと流れ下る禮成江（れいせいこう）の本流から枝分かれした大小の河川が、朝鮮半島を東西に走る三八度線とからみ合いながら、それこそ無数に流れている。

「ここはまだ北鮮じゃないのか。これは何という川なのだ」

尋ねても返答はなかった。半ばあきらめがちに金を集めて支払うと、案内人は前方の山を指して「もう一つ山を越えれば南鮮の集落がありますよ」と言い残し、足早に去っていった。

腑に落ちない思いで山を登ると、案の定、山賊の集団が現れた。疲れきった人々にはもう抵抗する気力も残されていなかった。ほとんど所持品のない難民の代わりに、居留民の一団が被害にあった。子どもたちは泣くことさえ忘れ、観念したような表情で強奪の様子をじっと見つめていた。三八度線のすぐ北側の山域は、山賊が越境者から身ぐるみを剝ぐための最後の無法地帯と化していた。

出発八日目、ついに三八度線を越える

間もなく街道にぶつかった。民家に尋ね、場所の見当をつけて歩きはじめると、前方からやってくる二人組の朝鮮人とすれ違った。北部に越境する途中の行商人で、一時間ほど前に三八度線を越えてきたという。これまでの案内人と違い、南部の方言を話す男たちは「ソ連軍の警備隊の指揮下にある朝鮮人の歩哨が一時間おきに回ってくるから注意したほうがいい」と注意を与えて歩み去った。この忠告は信用してもよさそうだった。

ぼんやりと明るい方角に向かって歩き続け、警備兵の詰所らしい小屋の横を過ぎると、前方に天地を区切るように果てしなく続く一直線の石垣が見えてきた。三八度線直下の銀川(ぎんせん)面はもうすぐそこだった。中心集落の白川(はくせん)には京義線に接続する支線の駅があり、列車も運行されているはずだ。すでに日は高く、本来は物陰で休息をとる時間帯だったが、重い足を引きずるようにして歩き続けた。保安隊の警備員が現れると、予想に反して白川までの道のりを教えてくれた。どうやら山賊が支配する無法地帯を過ぎたのは間違いなさそうだった。

もう丸一日の間、休まずに歩き続けていた。長い宵がようやく更けた午後八時ごろ街道に出た。長い列をつくってなおも歩いた。三八度線の検問所に到達したのは、日付が変わって十九日の午前三時前になっていた。日本人難民と知ると、徹夜の任務についていた朝鮮人の警備隊責任者がこう言ってゲートを開けてくれた。

「ソ連兵は今、みな寝ている。かまわないから早く行け」

扇は拝むようにしてその場を通り過ぎた。二〇〇人を超える日本人難民の群れは、みな小走りに三八度線という呪縛を突っ切った。郭山の仮宿舎を発ってちょうど一週間が経過していた。

道はさらに続いていたが、もう何も考える必要はなかった。しばらく歩き続けると、あたりはうっすらと明るくなり、前方に米軍のゲートの明かりが見えた。たどりついてみると、まだあちこちで米兵の懐中電灯が揺れていた。

「ジャパニーズ?」

「イエス」

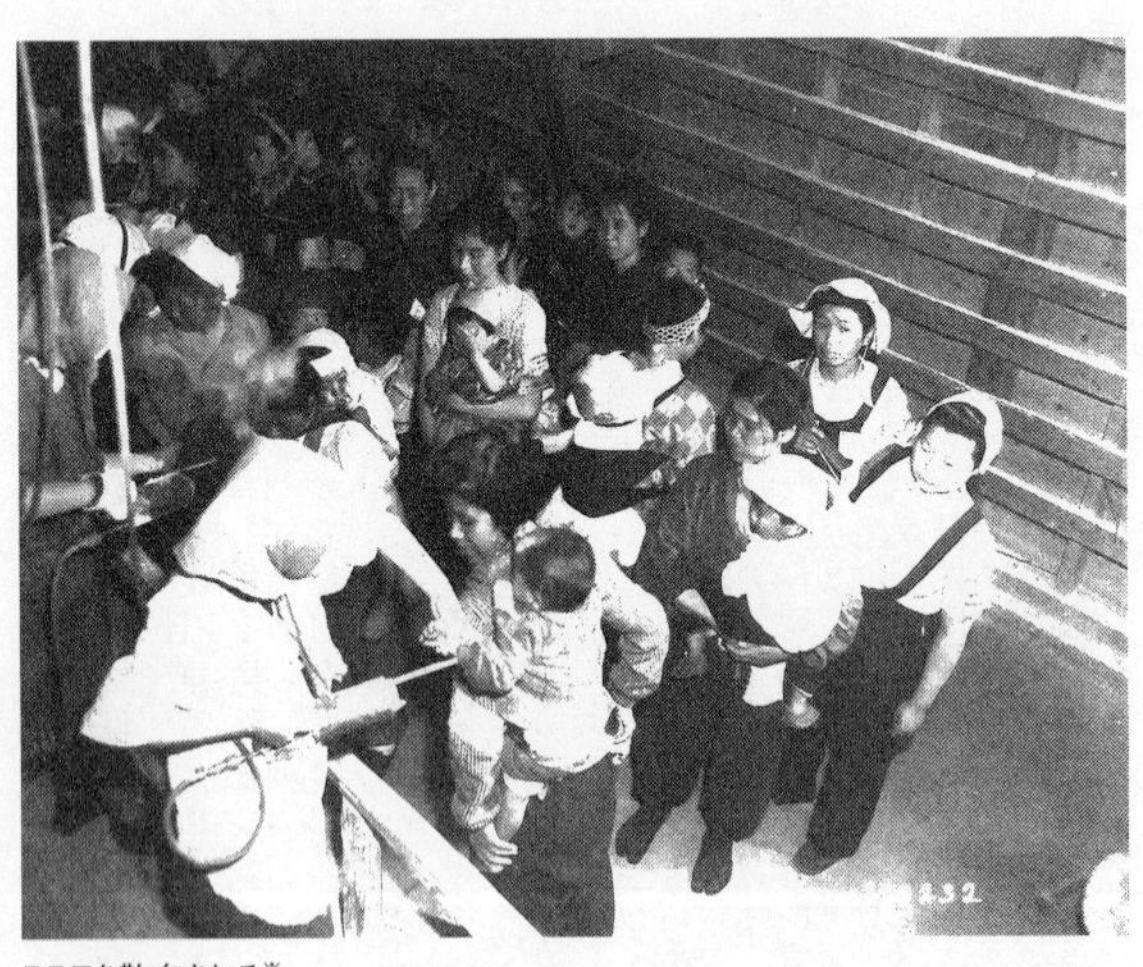

DDTを散布される※

簡単な審問を受けて米軍政庁が管理する朝鮮南部に入った。

白川駅にたどりついたころには、もうすっかり朝の気配だった。終戦前には朝鮮北部の駅と変わらない普通の小駅だったに違いない。しかし、南北分断の最前線となった駅前の雑踏は、なぜか郭山のそれとはまったく違うものに見えた。いくらか所持金を残していた都甲ら居留民は、駅前で売られていた朝鮮餅を買い求めて一口ずつほおばった。

午後、三八度線の南を並行して走る越境者用の特別列車に乗車できた。白川から京義線と合流する土城まではわずか三駅、一五キロの行程に過ぎない。扇ら南下第三班の資金は、この運賃を支払ったところで完全に底をついた。文字どおりぎりぎりの三八度線越えだった。

黄海道と京畿道の境界をなす禮成江本流の鉄橋を渡ると、間もなく左手から京義線の鉄路が寄り添い、列車は土城駅のホームにすべり込んだ。人々はここで初めてシラミを駆除するDDTの白い粉を浴びた。土城には京城日本人世話会の担当者が詰めており、所持金の尽きた疎開隊のために一〇キロほど先の開城までの鉄道運賃を立て替えてくれた。

夜になって開城の米軍キャンプに到着した扇京一は、第二班の先行隊を率いて南下した松本健次郎らと再会した。防疫のために規定の七日間をキャンプで過ごした第一班の一五〇人余がこの日の早朝、仁川に向けて特別列車で出発したことを、扇は松本から聞かされた。

苦難の脱出行からの解放

開城は三八度線のわずかに南に位置しており、四六年当時は米軍が進駐していたが、五〇年六月に朝鮮戦争が勃発すると真っ先に朝鮮人民軍に占領された。その後、米軍の仁川上陸作戦、成立したばかりの中華人民共和国の軍事介入などによって南北の境界線が幾度も大きく動いた結果、開城は北朝鮮の直轄市となって現在に至っている。

五一年七月に開始された休戦会談の舞台も開城だった。五三年七月、朝鮮人民軍と国連軍（米軍）の軍事境界線上にある板門店で停戦協定が調印されて以降、南北分断の象徴として

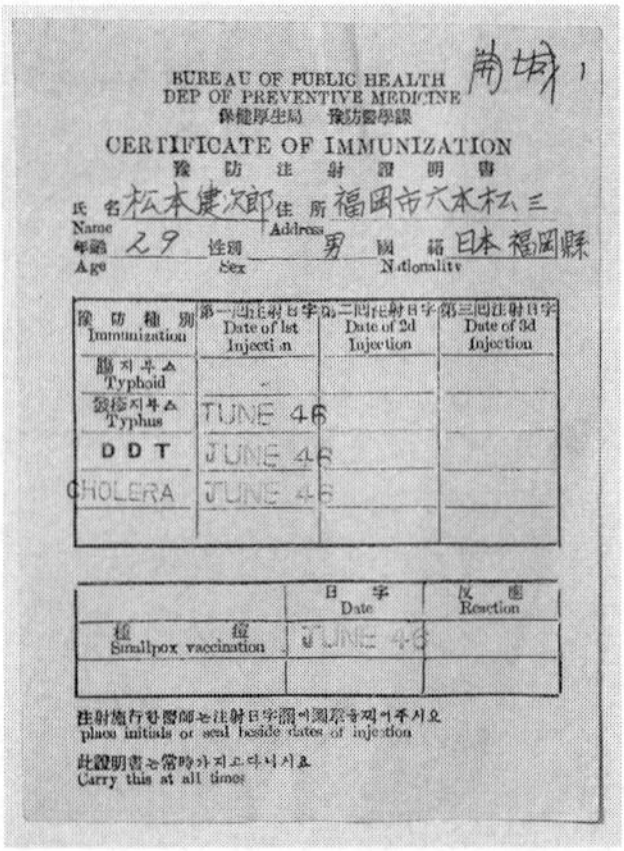
開城 1

BUREAU OF PUBLIC HEALTH
DEP OF PREVENTIVE MEDICINE
保健厚生局　豫防醫學課

CERTIFICATE OF IMMUNIZATION
豫防注射證明書

氏名 Name 松本建次郎　住所 Address 福岡市六本松三
年齢 Age 29　性別 Sex 男　國籍 Nationality 日本福岡縣

豫防種別 Immunization	第一回注射日字 Date of 1st Injection	第二回注射日字 Date of 2d Injection	第三回注射日字 Date of 3d Injection
腸지푸스 Typhoid	-		
發疹지푸스 Typhus	JUNE 46		
DDT	JUNE 46		
CHOLERA	JUNE 46		

	日字 Date	反應 Reaction
種痘 Smallpox vaccination	JUNE 46	

注射施行한醫師는注射日字欄에調印을찍어주시오
place initials or seal beside dates of injection

此證明書는常時가지고다니시오
Carry this at all times

開城・米軍収容所での予防注射証明書
（松本幸子氏所蔵）

の役割こそ板門店に譲ったものの、第二次世界大戦後の歴史を振り返るならば、北朝鮮と韓国の最大の係争の地と言うべきだろう。

　松本に引率された白石ヤス子と田中陽子ら第二班の先行者は、その二日前の十七日に白川より東の開城に近い地点で三八度線を越えた。水量の少ない川の向こうに米軍の検問所が見えていた。増水したら水面下に隠れてしまいそうな飛び石が向こう岸まで等間隔で並んでいた。母静枝の後を追い、陽子は裸足で飛び石を渡った。身に付けているのはランニングとパンツぐらいで、上着やもんぺもどこかになくしてしまっていた。

　陽子はふと気付いて飛び石の上に立ち止まり、しゃがみ込んで川の水をすくうと真っ黒に汚れた顔を洗った。透きとおった水は思ったよりも冷たく心地よかった。ひたすら歩き続けたこの数日間、顔を洗うことさえ忘れていた。

「ここまで来たからには絶対に死んじゃならん。両親のいる郷里の熊本に帰って、大好きなさといものみそ汁を飲むまでは死なれん」とくり返しながら歩き続けた白石が後に続いた。破れたズックを引っかけた足首は折れそうなほどにやせ細り、ほとんど手首ほどの太さしかなかった。弁当箱代わりのパカチと水筒以外の所持品もすっかりなくなっていた。

川を渡りきった子どもたちは米兵からチョコレートを手渡され、何カ月も洗っていないごわごわした頭を手荒くなでられると、すぐに別室でＤＤＴを振りかけられ、全身真っ白になった。

翌二十日、長野富士夫と田中友太郎ら本隊から分かれて遅れた一団が到着した。さらに二十一日、行方がわからなくなっていた西村三郎がようやく姿を見せ、妻政子、娘素子と再会した。長い道中、西村の一行のなかでは、熊本県天草郡下浦村（現天草市）生まれで本渡高等女学校卒の金子五月（三〇）が亡くなり、山中に埋葬された。熊本県飽託郡（現熊本市）出身の成本かほる（二四）が、残された長女の勝美（三）をおぶって歩き続けた。三日後、途上の文武里でいったん離脱した居留民の一家が開城にたどりつき、郭山を発った四〇〇人余の満洲難民と居留民は、ようやく苦難の脱出行から解放された。

「今日の引き揚げ者は乞食みたいだ」

日本人難民は防疫のために一週間、開城の米軍収容所に留め置かれることになっていた。

しかし、梅雨前線が平年より早く北上したため、朝鮮半島にはかなりの雨が降り続き、出発は五日ほど延期されて七月にずれ込んでしまった。平壌近郊の大同江(だいどうこう)では、増水のために渡船が着岸できなくなり、各地の河川を横切る交通路も途絶した。山中を歩き続けた一週間、雨で野宿を強いられたのがわずか一日だったことは、郭山疎開隊の人々にとって幸運だったと言うべきだろう。

七月一日午後、田中や扇をはじめとする第二、第三班の一行は開城の収容所を後にすると、京城を経由して仁川港まで直通する特別列車に乗り込んだ。扇にとっては一九三八年から三年間、学生として過ごしたなつかしい京城市街を車窓に映しながら、満員の列車は一路、仁川へ向かった。京城はすでにソウルと呼ばれるようになっていた。

漢江(かんこう)を渡り、仁川港に横づけされた米軍の戦車揚陸艦(ようりくかん)、ＬＳＴ　Ｑ０９９号への乗船許可が下りたのは午後七時を回ったころだった。

「今日の引き揚げ者はまるで乞食みたいだな」

日本人の船員が小声で話していた。扇は苦笑するしかなかった。

咸鏡南道の悲惨な難民生活

ＬＳＴには咸鏡南道(かんきょうなんどう)で難民生活を送った人々も乗船していた。互いの抑留体験を語り合いながら、見捨てられた三八度線以北の日本人の苦難があらためて思われた。「咸北」と呼ばれた咸鏡北道の雄基（ゆうき）、羅津（らしん）、清津（せいしん）などの日本人は一九四五年八月十一日から十三日にかけてソ連軍の空襲と侵攻にさらされた。頼みの日本陸軍は緒戦の激戦ののち後退を重ねるばかりになった。満ソ国境地帯からいち早く兵を引いた関東軍によって置き去りにされた満蒙（まんもう）開拓移民と変わらない境遇に置かれたのだった。

女性や子どもだけでなく、男たちも徒歩で咸鏡南道を目指す以外になかった。一大重化学工業地帯であった「咸南」の道都咸興（かんこう）には咸北からの難民が着のみ着のままの状態で殺到し、九月下旬には居留民の二倍を超える二万五〇〇〇人に達した。厳寒期の越冬に備え、現地の人民委員会の指示で計七八〇〇人が五老（ごろう）、富坪（ふひょう）、興南（こうなん）などに移送されることになったが、閉所に詰め込まれた生活のなかで発疹チフスや再帰熱などの伝染病が猖獗（しょうけつ）をきわめた。とくに富坪に強制移送された三二八二人は収容所と呼ぶ以外にないような悲惨な環境に隔離され、全体の四割を超える一四〇〇人余がなすすべもなく、栄養失調と発疹チフスの蔓延（まんえん）で次々と絶命した。朝鮮北部の日本人難民のなかでも最悪の地獄絵がくり広げられていた。

郭山では稜漢山に割り当てられた共同墓地が、三角山と呼ばれる場所に設けられ、実に三〇〇〇人が埋葬された。一日に数十の遺体が運び込まれるなか、一体あたり五〇円の運搬、埋葬費用を求められたことから、道端に放置されたままの遺体も少なくなかったという。

「不幸なる御婦人方へ」

ＬＳＴには乗船した人々に向けてこんな紙片が提示されていた。

不幸なる御婦人方へ至急御注意!!

皆さんここまで御引揚になれば、この船は懐しき母国の船でありますから先づ御安心下さい。

さて、今日まで数々の厭な思ひ出も御ありでせうがここで一度顧みられて、万一これまでに「生きんが為に」又は「故国へ還らんが為に」心ならずも不法な暴力と脅迫により身を傷けられたり、又はその為身体に異常を感じつつある方には再生の祖国日本上陸の後、速かにその憂悶に終止符を打ち、希望の出発点を立てられる為に乗船の船医へこれまでの経過を内密に忌憚なく打開けられて相談して下さい。

本会はかかる不幸なる方々の為に船医を乗船させ、上陸後は知己にも故郷へも知れない様に博多の近く二日市の武蔵温泉に設備した診療所へ収容し健全なる身体として故郷へ御送還する様にして居りますから、臆せず、惧れず、御心配なく直ちに船医の許まで御申出下さい。

財団法人　在外同胞援護会救療部派遣船医

ソ連兵などから暴行被害を受けた女性たちに、婉曲的な表現で呼びかけられた受診の勧めだった。朝鮮北部や旧満洲からの最大の引き揚げ港となった博多港から数時間の福岡県筑紫郡二日市町（現筑紫野市）には四六年春、厚生省引揚援護庁の二日市保養所が設けられ、意志に反して妊娠させられた女性に対する堕胎手術や性病の治療が行われるようになっていた。

場合によっては法に触れる医療行為だったが、暴行や妊娠を苦にして自ら命を絶とうとする女性が多く、超法規的措置として黙認された。翌年秋に保養所を閉鎖するまでに約一〇〇〇件の手術、治療が施されたとされるが、保養所の存在は公式には秘匿されていた。

不幸なる御婦人方へ至急御注意!!

皆さんこゝまで御引揚になれば、この船は懐しき母國の船でありますから先づ御安心下さい。

さて、今日まで數々の厭な思ひ出も御ありでせうが茲で一度顧みられて、万一これまでに「生きんが爲に」又は「故國へ還らんが爲に」心ならずも不法な暴力と脅迫に依り身を傷けられたり、又はその爲身體に異常を感じつゝある方には再生の祖國日本上陸の後、速かにその憂悶に終止符を打ち、希望の出發點を立てられる爲に乘船の船醫へこれまでの經過を内密に忌憚なく打開けられて御相談して下さい。

本會はかゝる不幸なる方々の爲に船醫を乘船させ、上陸後は知己にも故郷へも知れない樣に博多の近く二日市の武藏温泉に設備した診療所へ収容し健全なる身體として故郷へ御送還する樣にして居りますから、臆せず、懼れず、御心配なく直ちに船醫の許まで御申出下さい。

財團法人　在外同胞援護會救療部派遣船醫

LSTの船内に掲示されていた紙片※

ボロボロの恰好で博多上陸

郭山疎開隊員らを乗せたＬＳＴ　Ｑ０９

9号は翌七月二日の夕刻、仁川を出港し、四日には博多港に入港した。しかし、船内でコレラの感染者、保菌者が出たために接岸禁止の措置がとられ、沖あいに碇泊したまま何日も待たされた。甲板に立った福岡市出身の松本健次郎は、博多港の方角を指差して白石ヤス子に言った。

「実家のある六本松はすぐそこなんだが、また、ずいぶん待たされるものだね」

そうしている間にも息を引き取る人が相次いだ。田中陽子は出港の翌三日、開城のキャンプで知り合った同じ年ごろの少女の母親の水葬に立ち会った。むしろにくるまれた母親の遺体はロープで吊るされて甲板から降ろされ、黄海の波のなかに消えていった。船は汽笛を鳴らしながら、その周りを三回旋回した。水葬は幾度もくり返されたが、人々にできたのは甲板から黙禱(もくとう)を捧げて見守ることだけだった。

日本人の船員が甲板での作業の合間に、並木路子の「リンゴの唄」を口ずさんでいた。その歌詞を聞いた白石は「内地では、ずいぶん軟弱な歌が流行(はや)っているのだな」と感じた。戦後最初のヒット曲をそのまま受け入れる気にはなれなかった。飢えと病気にさいなまれ、身を切り刻まれるような日々を過ごした郭山での難民生活、三八度線を目指す脱出行を経験し、苦汁を嘗(な)め尽くした者には無理のない感情かもしれなかった。

六日後の十日、ようやく上陸が認められた。

朝鮮北部からの引き揚げ者※

「こんなにひどい引き揚げ者は初めて見ました。さぞやご苦労なさったんでしょうね」

検疫の係官が松本にこう声をかけてきた。食事は与えられても衣類の支給はなく、三八度線を越えて米軍キャンプに収容された時のボロボロの恰好のままだった。

帰国後の長い病床生活

福岡県南部の水害で鹿児島本線が不通になっていた。熊本県玉名郡長洲町出身の郭山疎開隊副隊長、西村三郎をはじめ、白石や田中陽子ら熊本方面に向かう人々は、いったん北九州の門司まで北上し、日豊本線で大分まで南下した後、阿蘇山麓を越える豊肥本線に乗り換えて故郷を目指した。郭山居留民の都甲芳正の姉芳恵はその車中で息を引き取った。熊本県上益城郡竜野村（現甲佐町）の身寄りのもとまで、もうわずかで到達できるという折のことだった。離島への連絡船も欠航していた。扇京一は壱岐、対馬出身の三家族とともに福岡市内の寺で数日待たされたのち、十六日に対馬に向かう漁船に便乗して玄界灘を渡り、翌十七日に厳原港を経て北西部の入江にある実家へとたどりついた。

鹿児島県日置郡永吉村（現日置市）出身の郭山疎開隊長、長野富士夫の一家とともに故郷へ向かった田中友太郎は、やはり門司駅前で一夜を明かした後、日豊本線回りの鈍行列車で一路南下した。鹿児島で長野らと別れて帰り着いた川内駅の周辺は空襲後の焼け野原のままだった。しかし、焦土の向こうに家業の自動車運送業を営む、見覚えのある社屋が焼け残っているのが見えた。小走りに社屋に向かうと、父が「帰ってきたか」と叫ぶようにして出迎えてくれた。三年ぶりの再会だった。

田中は翌四七年に結婚して家業を継いだ。しかし、その後間もなく喀血し、五年に及ぶ病床生活を送ることになった。郭山への疎開から三八度線突破に至るまで、疎開隊本部員としての心労と過労を意志の力で抑え込んできたが、長身で頑健な身体の奥底に結核の病巣が潜んでいたのだった。京都大学医学部附属病院の胸部成形の権威による執刀で、五三年に肋骨切除の大手術を受けた。ようやく普通の生活を送れる状態まで回復したのは、終戦からほぼ十年が経過したころだった。

第九章　国共内戦の荒波――一九四六、長春

髙見澤家、旧新京に降り立つ

髙見澤あきと三人の兄弟は二月末、長春駅と改称された旧新京駅に降り立った。春のきざしも見えはじめていた朝鮮半島と比べると、広大な中国東北部の中央に位置する旧満洲国首都の大気は冷たく、厳寒の季節は終わっていなかった。十分な防寒着もない母子は身を寄せ合うようにして豊楽路（ほうらくろ）の自宅へと向かった。

終戦前、関東軍主力部隊が置き去りにした新京特別市の広大な街路は、心配していたほどには破壊されていなかった。むしろ壮麗な関東軍司令部や満洲中央銀行本店をはじめ、進駐したソ連軍によって無傷のまま接収された建造物のほうが多いように思われた。一九三二年の建国前から日本人がつくり上げてきた首都は、そのままソ連軍や現地人の所有する長春へ

と変わっていた。道行く人々の様子も様変わりしていた。関東軍に代わってソ連軍のトラックが大通りを往き来し、かつては長春城と呼ばれる旧市街に集まっていた満洲人や中国人が中心部へと進出していた。

これまで冬の新京では、国民学校の校庭に水を張って凍らせたリンクが整備され、子どもたちがアイススケートを楽しんだものだったが、終戦後のすさんだ長春市内でそんな光景は見られなかった。主役の座を降りた日本人は肩をすくめるようにして過ごしていた。

前年十一月、郭山（かくさん）駅裏の農業倉庫で短い生涯を終えた末子の淑子は、二年前の四四年三月に新京で生まれた。ソ連軍の侵攻と朝鮮への疎開がなければ、ちょうど満二歳、数えで三歳の誕生日を前にしたお祝いの準備が進められていたことだろう。

駅前から大同大街を南下し、旧関東軍司令部を過ぎて大同広場の手前で交差する通りが豊楽路だった。旧三中井（みなかい）百貨店に連なる繁華な一角も、日本人所有の建物の多くが接収されたり、現地人に占拠されたりしており、高見澤家の旧宅も敗戦前のままではなくなっていた。

軒をいくつか隔てた場所に鷹野種苗（しゅびょう）新京支店の建物があった。応召したまま行方が知れない夫の勇が責任者を務めていた店の看板はすでになくなっていた。しかし、さいわいなことに終戦前、支店で働いていた中国人の従業員が一家を迎えてくれた。

まさに天の助けと言ってよかった。

母子が疎開列車で出発した後、この従業員は略奪の被害を見越して、主だった家財道具を近くの地下室に運んで保管してくれていた。鷹野種苗の従業員は勇以外、みな現地人だった。家族同様の付き合いをした人たちが、かつての恩義に誠意を尽くし、母子の帰りを待っていてくれたのだった。

この厚意がなければ、四人は路頭に迷う以外になかったかもしれない。近くの二階家の一室に仮住まいすることになり、家財道具を少しずつ売って食いつないでいった。医師の診療を受けて、深刻な栄養失調になりかけていた隆の病状も落ち着きはじめた。

八路軍が熊岳城を実効支配

満ソ国境地帯から逃げてきた満蒙開拓移民の家族が住み込んだ家屋も多かった。暖房もなく冷えきった家のなかで疲弊した家族が横たわっていた。全財産を失った人々は、着のみ着のまま曠野を何百キロも歩いて長春にたどりつくと、そのままの状態で冬を越していた。

二カ月ほどしてようやく暖かくなってきたころ、遼東湾に面した熊岳城の鷹野種苗本社に戻ることになった。高見澤家の四人は長春に別れを告げ、かつて四年余を過ごした果樹園のある町へと転居していった。熊岳城には広い農園がソ連軍や八路軍に接収されずに残っており、鷹野家の人々が切り盛りしていた。四人はそのなかの作業小屋に起居することになった。

鷹野種苗本社事務所の一角は、日本人の子どもたちのための教室として提供されていた。

　この地域にも、終戦直前の四五年八月中旬から新京や奉天などの都市部を逃れた約三五〇〇人の日本人難民が押し寄せていた。難民は公立の学校校舎や満鉄訓練所、興農合作社訓練所などの建物に分かれて収容された。熊岳城は満洲の南端に位置するため、ソ連軍の進駐は八月下旬になり、やや時間がかかった。それまでの間に官民の代表者が協議を重ねて「熊岳城日本人会」を結成し、ソ連進駐軍との交渉の窓口を調えた。ソ連兵の略奪や暴行を防ぐことはできなかったものの、準備の甲斐あって、日本人自身による自給体制は一冬を越しても維持されていた。

　一方、中国との境界に近いこのあたりでは、国府軍と八路軍の激しい主導権争いがくり返されていた。八路軍が優勢になると、日本人会幹部のなかから逮捕され、銃殺される者が出た。連行されて八路軍の捕虜部隊に編入され、国府軍との戦闘の前線に送られた日本人も少なくなかった。

　終戦から一年を経た四六年夏、八路軍が熊岳城の実効支配体制を確立した。米軍と協力関係にあった蔣介石率いる国府軍が日本人の全面帰還を進めようとしていたのに対し、ソ連軍の支援を受けた八路軍には、日本人を抑留して軍務や労役に徴用しようとする傾向が強く、人々が待ち望む帰還にはそれほど関心を払っていなかった。

熊岳城日本人会に対し、八路軍幹部から「早期の日本帰還はない。再び越冬の準備を進めよ」との指示が出された。人々は落胆を隠せなかった。

井上家、家族五人の再会

髙見澤家から一日遅れて郭山を発った井上家の人々は、旧満洲の安東（あんとう）駅頭で夜を明かした翌朝、長春から何日もかけて駆けつけた寅吉と再会した。

終戦間際の八月十二日、無蓋（むがい）貨車で新京駅を発った喜代と四人きょうだいを見送った寅吉は、召集列車で通化への途上の町、梅河口（ばいかこう）に向かった。すでにこの時期、関東軍の各部隊は越境するソ連軍と正面から対峙することなく、退却を重ねるばかりだった。なかには自主的に解散する部隊もあり、ほとんど総崩れの状態に陥っていた。

そうしたなかでもソ連軍の捕虜になれば、シベリアへの連行と抑留、強制労働が待っていた。寅吉がシベリアに送られていたら、井上家の母子が北上者に加わることはなかっただろう。さいわい捕虜になるのをまぬがれて長春に帰り着いた寅吉は、敗戦の混乱が収まるのを待って、疎開列車に乗り込んだ日本人の情報を集めようと八方手を尽くした。

長春では四五年秋から冬にかけて、日本人居留民（きょりゅうみん）の互助組織「長春（新京）日本人会」が窓口となり、朝鮮半島の京城（けいじょう）や平壌の日本人世話会と連絡を取り合って情報を集めていた。

朝鮮北部に疎開した日本人が直面した疫病や飢餓についても、長春日本人会の係員からおおよその状況を聞かされていたという。

冷え込んだ安東駅頭に白い息がはずみ、いくつかの家族が固まっていた。

「よく元気でいてくれたなあ。まさか五人とも無事で会えるとは思わなかったよ」

よれよれの軍服を着て、手に履物袋を一つ下げただけの寅吉はそうつぶやくと、駆け寄ってきた子どもたちを両腕で束にして抱いた。

その様子を喜代は後ろから見守った。七カ月ぶりに再会した夫の白髪混じりの頭には、苦労の跡をしのばせるはげが目立っていた。

行友春江と満智子が進み出て頭を下げた。喜代は二人と同行してきた事情や郭山での疎開の日々をかいつまんで話した。寅吉は長女の泰子のほうに向き直り「よく頑張ってお母さんを支えてくれたな。ありがとう」とねぎらった。家族そろって再会できたのは、たしかに奇跡に近いことだった。泰子は父の言葉を噛みしめていた。

しかし、良いことばかりではなかった。出発前から栄養失調状態にあった末子の洋一は列車のなかで下痢を起こした。症状の進行を示す気がかりな兆候だった。

八路軍が用意した長春行きの列車がホームに入線してきた。一行は七カ月前に疎開列車で南下した旧満鉄の安奉（あんぽう）線と連京（れんきょう）本線を、今度は長春に向かって逆方向に北上した。寅吉は道中、やつれた洋一から片時も目を離さず、か細くなった末子の身体をしっかり抱きかかえていた。

長春の日本人も難民状態

終戦前の井上家は、新京北東部の長春大街に沿った日本人街区の外れに建つ煉瓦づくりの集合住宅に住んでいた。近くには新京市立病院があり、大通りを路面電車が走っていた。家は日満合弁の食品商社「裕昌源（ゆうしょうげん）」の準社宅の扱いで、真向かいにある同社所有工場の敷地が、満洲人の集住する長春旧市街との境界となっていた。

それだけに疎開者の空き家を狙った現地人の略奪が横行し、戦後もほとんど無法地帯のままに放置されていた。無残に荒れ果てた家の状態はすでに確認済みだった。

井上家の人々は当面の間、旧新京の中心、大同広場から西側に広がる日本人住宅地のなかの船山家に身を寄せることになった。喜代の長姉夫妻は困難に耐えて暮らしており、朝鮮北部から戻った妹とその子どもたちを温かく迎えてくれた。行くあてのない行友家の母子も含めて七人が一挙に押しかけることになった。

この一帯は旧満洲国の首都となってから開発された日本人地区のため、現地人による略奪被害が相対的に少なく、召集部隊から戻った寅吉も船山家の世話になっていた。家人はさっそく、冷え込む屋外からやせ細ったきょうだいを招き入れると風呂を沸かしてくれた。郭山での七カ月弱の間、たった一度しか入ることのできなかった風呂に浸かりながら、泰子は悪夢から覚めて心の垢を流しているような気分にとらわれた。

終戦後の長春在留の日本人は、医師をはじめとする特殊な技術者でなければ、ほとんどが失職状態にあった。家族の生計をまかなうのは容易でなく、朝鮮北部と同様、難民状態に身を落とす人々が相次いだ。郭山疎開隊にもうわさが伝わっていたように、大部分の日本人は「日本人市」と呼ばれる露店街に集まり、略奪をまぬがれた家財道具を売り払って日々の糊口(ここう)をしのいでいた。

長春でも旧満洲国や日本の紙幣の暴落はいちじるしく、銀行の預金口座は閉鎖され、旧満洲国政府や日系企業にかかわる証券や債券は紙くずに変わりはてていた。ソ連軍が進駐した一帯では赤刷りの軍票(ぐんぴょう)がばらまかれて本来の通貨より幅を利かせたが、撤退後はこれもまた反古(ほご)と化してしまうのである。

かつての部下の世話で仕事を得る

のちに長春の支配をめぐって激しい攻防をくり広げた国府軍と八路軍は、ソ連軍のやり方をまねたかのように軍票を乱発し合った。外から持ち込まれた「通貨」が好き勝手にばらまかれたことは生活必需品価格の異常な高騰を招き、国共両軍の戦闘と消長がくり返されるたびに市民生活は大混乱に陥った。注意深く情報を見きわめて情勢の変化に素早く対応しなければ、一夜にして路頭に迷うことにもなりかねなかった。

『満洲国史　総論』には、長春（旧新京）市内の主食の穀類価格の推移が記載されている。旧満洲国時代の一九三七年を一〇〇とした場合、四五年八月の終戦時にすでに九六五〇と九〇倍以上の暴騰を見せ、ソ連軍が撤収した四六年四月に再び急騰して二万四二七三となった。さらには一カ月後の八路軍進駐（国府軍撤退）時には終戦時の四倍を超える四万一一〇九の最高水準に達した。四六年二月末から三月にかけて長春に帰り着いた郭山疎開隊からの北上者は、郭山で経験した日満紙幣の暴落を上回る「超インフレ」の荒波に揉まれることになった。

仕事探しも難題だった。寅吉が終戦前に業務課長を務めた日満合弁会社は中国人の経営に変わっており、さすがに復職は期待できなかった。家や家財をすべて失った井上家には「日本人市」で売りに出すものとてない。しかし、かつて寅吉の下で働いていた中国人の部下たちが集まって相談し、「裕昌源」の主製品の一つだった白酒（パイチュウ）を格安の値段でおろしてくれることになった。白酒とは主にこうりゃんを原料にしてつくられる、焼酎にも似た香り高い蒸留酒のことである。

戦前の日本人管理職は日本人と満洲人、漢人（中国人）を別扱いするのが当たり前だった。骨を埋めるつもりで満洲に渡った寅吉は、しかし、課内の部下すべてを対等に扱っていた。何か見返りを期待したわけではなく、満洲国の理念「民族協和」に賛同するがゆえの態度だったが、かつての部下たちはそのことをよく覚えていてくれた。

「我的朋友、在㖿吃飯把」（私たちは友だちです。いっしょに食事をしましょう）

井上家が身を寄せる船山家には「朋友」がこう言って訪ねてきた。軒先で白酒を売るための屋台を手ずからつくってくれる者もいた。寅吉はしばらくすると、仕入れた白酒を荷車に積んで得意先に売り歩くようになった。喜代や泰子も手分けして手伝ったが、終戦前には御者付きの馬車で送迎されていた会社の商品を、自ら重い荷車を引いて行商するのは惨めでつらい仕事であったに違いない。しかし、その甲斐あって、一家は混乱の長春で何とか生き延びることができたのだった。

ソ連軍が産業施設を破壊、略奪

ソ連軍は一九四五年八月十九日、先遣隊約二〇〇人が輸送機で長春郊外に到着し、大同大街の行政機関に乗り込んで占拠した。翌二十日には地上部隊約三万人が続々と進駐し、すでに人影のない関東軍司令部に隣接する軍人会館に司令部を設置した。長く厳しい対独戦を重ねてきた兵士の服装は汚れきっていたが、朝鮮北部に現れた落武者のような部隊と比べれば、少なくとも装備は格段に優秀なものだった。

長春市街を移動するジープから兵士が携帯する自動小銃に至るまで、実は米国製の支援物資が使われていたとの見方もある。連合国の米英ソ三首脳が黒海北部のクリミア半島に集まった四五年二月のヤルタ会談では、第二次世界大戦後の国際秩序をめぐる意見が交わされ、ソ連の対日参戦を含む秘密の取り決めが行われたとされる。欧州戦線の激しい対独戦に続いて極東の対日戦におもむくソ連軍将兵に対し、米国がこの段階で手厚い援助を与えていたとしても不思議はないだろう。

これら旧首都へのソ連軍進駐部隊の大きな目的の一つは、その指揮官が旧満洲国総務庁次長の古海(ふるみ)忠之らを呼びつけて日系在満主要会社の工場設備についての資料を作成し、提出するよう求めたことからもわかるように、日本製の機械設備類をソ連領に向けて計画的に搬出することにあった。ソ連参戦後、日本が一週間と置かずにポツダム宣言を受諾したために日程が早まり、目的達成にはまだかなりの時間が必要だった。

こうしてソ連軍は十一月半ばに設定された本来の撤退期限を大幅に延長し、翌四六年春まで長春にとどまった。この間、組織的な撤去の対象となって破壊された産業施設は長春近郊にかぎらず、瀋陽（旧奉天）の満洲住友金属、満洲電線、満洲日立、満洲車輛、満洲飛行機など五〇カ所をはじめ、東洋有数の規模を誇った撫順炭鉱や吉林の大豊満ダムなどの発電所施設、鞍山の満洲製鉄関連施設、関東州（大連）の満鉄工場や大連船渠など広範囲に及んだ。

旧満洲国政府や特殊会社の関係者は、これらの施設を中国国民党政府に譲渡することを想定していた。国民党政府側は米国を通じて強硬にソ連軍に抗議したが、略奪の動きは止まらなかった。満洲中央銀行本店や横浜正金銀行支店、満洲興業銀行などに保管されていた資金類もあらかた持ち去られた。同時に日本人の戦犯容疑者をはじめ、日系企業幹部らの逮捕と抑留が徹底して行われた。強制労働に従事させるために連行された旧関東軍将兵、旧満洲国幹部らシベリア抑留者は約六〇万人にのぼり、約一割の六万人が死亡した。

満洲各地で数万単位の日本人が犠牲に

一方、終戦前の疎開に加わることなく首都新京に残った日本人は、まず中国人による略奪の被害にさらされた。ソ連軍の進駐後は加害者がソ連兵に代わったに過ぎなかった。さらに、女性に対する暴行被害は以前と比べものにならないほどに増加した。旧新京市立病院長を会長とする「日本人居留民会」がソ連軍司令部に厳重な抗議を行ってからも、憲兵による取り締まりは徹底されず、被害はなお日常的に続いていた。

満ソ国境地帯を含む満洲国の奥地に分散していた満蒙開拓移民の犠牲もいちじるしかった。

哈爾浜（ハルビン）や長春など都市部にたどりつけず、方正（ほうまさ）や海林、拉古（らこ）（ともに現在の黒竜江省（こくりゅうこう））、延吉（えんきつ）（同吉林省）などの収容所で命を落とした人々も多く、満洲での日本人死亡者約一七万六〇〇〇人のうち、開拓移民の犠牲者は七万八五〇〇人に達した。全死亡者数のなかには朝鮮北部に疎開した人々は含まれていない。

満洲各都市における一九四九年までの日本人死者数は、終戦前に四八万人余の最大の日本人を抱えた奉天が三万人余で最も多かった。一方、新京特別市は一五万人余の日本人人口を抱えていたが、疎開による減少分を補って余りある開拓移民の避難者を加え、翌年五月には二〇万人を超えた。うち二万七〇〇〇人余の人命が失われたとされる。

「僕を穴のなかに埋めないでね」

井上寅吉は間もなく、船山家の近くに新たな住まいを見つけてきた。いつまでも大人数で居候を続けるわけにはいかなかった。赤煉瓦造りでペチカを備えた二階建て集合住宅の一角がさいわい空いていた。旧満洲国の官吏用官舎として使われてきた建物らしかった。通りをはさんで錦ヶ丘高等女学校の大きなグラウンドが広がっている。終戦とともに廃校となってはいたが、グラウンドを隔てて遠く校舎を眺めることもできた。グラウンドの隅に接して、鉄骨の土台の上に巨大なタンクを載せた給水塔がそびえ立ち、周囲を見下ろしていた。

旧満洲国の首都を選定するにあたって、市街地をつらぬく大きな河川のないことが長春の難点とされたという。市の東部には伊通河という中規模の河川が北に向かって流れていたが、近代都市にふさわしい上水道の設備を整えるには不十分だった。満洲国政府は郊外の貯水池「浄月潭」のほか市内に多数の井戸を掘り、そこから水を汲み上げて貯水する給水塔を設けることで対処したという。メーンストリートの大同大街をはじめ、さまざまなかたちをした給水塔が市内のいたるところに設置されたため、給水塔のある風景は旧新京のシンボルにもなっていた。

井上泰子にとっては、「戦時」を理由に脚絆を巻き、木刀を背負って通った女学校の校舎がそこにあった。英語や音楽の授業は以前から休止されていた。戦争末期には勤労動員のために授業自体がなくなり、結局はくり上げ卒業の扱いとなった。何よりもつらく思われたのは、長春に戻って半年の間、かつて五クラスに分かれて学んだ級友たちをだれ一人として見かけないことだった。何度か訪ねたことのある関東軍大尉の娘の家も、もぬけの殻になっていた。

長春にとどまった人に尋ねても「錦ヶ丘の女学生はみな髪を刈って男装していた。ソ連兵に襲われた時に備え、いつも毒薬を隠し持って暮らしていたらしい」と語るだけだった。

井上家の暮らしはこうして一応安定したが、末子洋一の容態は好転しなかった。日本人医師による診療も含めてできるかぎりの処置を施したものの、おもわしい効果は表れなかった。奉天で生まれた「満洲っ子」の洋一は、衰弱して床から起き上がれなくなると、幼いころから聞かされてきた軍歌「戦友」をしきりにせがんだ。寅吉はそのたび、請われるままに声を湿らせながら歌い聞かせた。

　此処は御国を何百里／離れて遠き満洲の／赤い夕陽に照らされて／友は野末の石の下
　思へば悲し昨日まで／真っ先駆けて突進し／敵を散々懲らしたる／勇士は此処に眠れるか

満洲を舞台にした真下飛泉（ましもひせん）作詞、三善和気（わけ）作曲の著名な軍歌は、冒頭にも歌われた「赤い夕陽」を浴びながら、戦友の塚穴を掘るシーンへと続く。

　肩を抱いては口癖に／どうせ命はないものよ／死んだら骨を頼むぞと／言ひ交はしたる二人仲
　思ひもよらず我一人／不思議に命永らへて／赤い夕陽の満洲に／友の塚穴掘らうとは

やせ衰えていても意識は混濁していなかった。旧新京に戻って一カ月にもならない三月二十九日、洋一は「僕を穴のなかに埋めないでね」と言い残して息を引き取った。その姿は、栄養失調からくる小児結核で倒れていった郭山の子どもたちの最期と変わらなかった。

洋一は郭山の仮宿舎から稜漢山中に入った共同墓地の様子を見たことがあったのだろうか。あるいは、その寒々とした情景を語り合う人々の口調を軍歌の歌詞に重ね合わせて、子どもなりに思い描いたことだったのかもしれない。凍てついた斜面に並ぶ土まんじゅうの群れが、何よりもつらく寂しいものとして脳裏に刻まれていたのだろう。

自分たちの手で荼毘に付す

朝鮮北部と同様、長春市内でも寒さと窮乏生活が続いていた。疎開者が出発したあとの空き家に住み込んだ満蒙開拓移民は、春が訪れてからも次々に亡くなり、市街地のあちこちに引き取り手のない遺体が転がっていた。「新京日本人会」を改称した「長春日本人会」は保健所八カ所、養護所四〇カ所を用意し、五〇〇〇人態勢で懸命の医療、防疫活動を行ったが、終戦から翌年三月までの間に約二万五〇〇〇人の死者が集中した。旧満鉄本線を越えた郊外にあった賽馬場（競馬場）跡に三万人分の日本人共同墓地が設けられたものの、相次いで運び込まれる遺体の数は火葬場の能力を大きく超えてしまい、燃料を十分に準備したうえで礼金を弾まないかぎり、幼児の火葬は受け付けてさえもらえなかった。火葬の順番も数週間先まで回ってこないという。

臨終の言葉にあったとおり、暗く冷たい土のなかに埋めて異国に残していくことは絶対にできない。通夜を終えると、寅吉と喜代は自分たちの手でなきがらを荼毘(だび)に付すことにした。泰子や昌平らきょうだいも両親にしたがった。

官舎の周囲は、大同広場の西に位置する帝宮造営予定地と旧南新京駅にはさまれ、満洲国の官庁街、順天大街にも近い整然と区画された一角の外縁部に位置していた。西側の鉄道線路のほうへ向かって少し歩くと、南新京駅の駅前広場を建設するために確保された用地が草ぼうぼうの原っぱのままの状態で広がり、放置されていた。

手分けして冬枯れの原っぱで枯れ草を刈り集め、洋一のなきがらを横たえると、枯れ草を積み上げ、その上にわずかの薪(まき)を並べて火をつけた。枯れ草は勢いよく燃えさかり、やせこけた洋一のなきがらは、やがて小さな白い骨になってしまった。

家族全員で遺骨を一つずつ拾い上げ、用意してきた白木の小箱に納めると、春先の冷たい風の吹くなかを給水塔が見える家の方角へと急いだ。

熾烈な長春攻防戦

ソ連進駐軍はかなりの時間をかけて、長春周辺の主だった工業施設の機械類を鉄路で根こそぎ運び去ったのち撤収していった。四六年四月に入ると、国府軍と八路軍による熾烈な長春攻防戦の火ぶたが切って落とされた。

八路軍は四月の半ば、米軍に支援された主力部隊の到着を待つ国府軍に対して攻勢を強め、長春市内に進駐してきた。市街地には戒厳令が発せられ、人々は屋内に身を潜め、戦闘の成り行きをじっと見守った。八路軍は中心部の大同広場に向けて西側から進攻し、国府軍は次第に防戦一方となって市外へと退却した。

八路軍は軍服こそ薄汚れていたものの軍規は厳格で、ソ連軍とは対照的に市民からの略奪や女性に対する暴行はいっさいなく、現地人の評判は高かった。これをのちの中国全土制圧の大きな要因とする見方もあるほどだが、日中戦争以来の戦争犯罪人に対する追及の手は厳しく、旧満洲国政府が出資した特殊会社の日本人幹部らも相次いで連行された。関係者のなかには身分を隠して潜伏した者も少なくなかった。

祖国への帰還を待ちわびる人々にしてみれば、日本人の全面帰還を求める米軍の後押しを受けた国府軍の勝利が最も望ましかった。米軍から支給された最新装備を身に付けた国府軍は見るからにスマートだったが、軍隊の統制、熟練などの点で歴戦の八路軍に遠く及ばず、旧首都攻防戦でも苦戦を強いられていた。

その国府軍が主力部隊の到着を待って反転攻勢に出たのは、それから一カ月余を経過した五月半ばのことだった。東から進攻した国府軍は順天大街の北にある旧国務院を拠点とし、対する八路軍のほうは、西に一キロほど離れた錦ヶ丘高等女学校の旧校舎を拠点としていた。井上家の人々が暮らす旧官舎の周辺は、上空を砲弾が飛び交う最前線になっていた。

迫撃砲が東西からヒュルヒュルと打ち上げられ、互いの標的の建物に着弾し、バリバリという轟音を立てて炸裂した。集合住宅の住民たちは流れ弾が飛び込む窓に近づくのを避け、硬い壁の陰に隠れて戦闘が終わるのをじっと待った。小銃の銃弾が飛び込んで窓ガラスが割れることもあったが、煉瓦づくりの外壁を貫通するほどではなかった。

一昼夜にわたって続いた戦闘が終わり、人々はおずおずと屋外に出てあたりの様子をうかがった。国府軍の砲撃を受けた高等女学校の校舎は見る影もなく焼け焦げ、一部は崩れ去っていた。

戦闘が終わると八路軍は中心部から撤退し、国府軍がようやく長春のほぼ全域を支配下に収めることになった。目に入る建物の壁にはいたるところに弾痕が刻まれていたが、近くにそびえる給水塔はほとんど無傷のままだった。国府、八路の両軍とも、長春の生活に欠かせない給水塔を標的にするのを意識的に避けていたのかもしれない。そのためもあってか、旧官舎への被害は思いがけず少なかった。給水塔の下には番人の中国人夫婦の家があったが、砲撃が収まると番人と纏足した主婦が連れ立って姿を見せ、あたりを片づけはじめた。

国府軍・米軍の支援ではじまった「日僑遺送」

敗戦後の長春（旧新京）には、先述した長春日本人会と日本人居留民会に加え、公的機関の関係者による「（中国）東北地方日本人居留民救済総会」が設立されていた。居留民会は一九四五年八月二十三日に接収間際の満洲中央銀行から二〇〇〇万円を借り受け、満ソ国境方面から逃げてくる日本人の支援活動にあたった。救済総会は権力基盤を失った日本人を代表して、日本人の内地帰還促進についてソ連軍当局と折衝を試みた。

しかし、シベリアでの強制労働や技師の徴用の対象として日本人を見ていたソ連軍当局の態度は冷淡で、年内帰還の見込みは立たなくなった。零下三〇度にもなる大陸の冬を越すための準備に取りかかるべき時期にもかかわらず、居留民会が借り入れた資金は十一月に底をつき、多くの難民を抱えた日本人社会は苦境に陥った。日本政府に対しても表裏のルートをたぐって再三支援を要請したが、応答はなかったという。

膨大な犠牲者を出した越冬ののち、長春日本人会は米軍と国府軍の支援を得ながら、残留日本人の内地帰還の実現に全力を挙げることになった。郭山疎開隊の人々の長春帰還に際しても助力を惜しまなかった日本人会は、民間の有志によって構成された団体だった。在留邦人の帰還に取り組もうとしない日本政府をあてにせず、国民党政府の代表とも独自に連絡を取りながら組織的な帰還実現への準備を進めていた。

国府軍が八路軍を撤退させたことで、一時的にせよ、長春の日本人を帰還させる前提条件が調った。国府側は軍人や軍属ではない一般の民間人の内地送還を「日僑遺送」と呼んでいた。「日本人に対し暴に報いるに暴をもってせず」として知られる蔣介石総統の方針にしたがい、中国の中心部や南部ではすでに完了した「遺送」が、国共内戦の戦場となった旧満洲でもようやく動き出そうとしていた。

これに先立つ四月中旬、国府軍の「遺送」に対応する米軍司令部の日本人送還チームが遼寧省の葫蘆島に設置された。葫蘆島は万里の長城が黄海に達する山海関からわずかの距離にある港湾都市だが、終戦時に約一五五万人とされた満洲在住日本人のうち約一〇五万人が、ここから米軍が調達した貨物船に乗って博多港などに帰還することになった。

一九四六・九月、井上家博多港に上陸

旧満洲に在留する日本人の「遺送」は五月七日に開始され、まず国府軍占領地区の瀋陽（旧奉天）を中心に進められ、少しずつ北上していった。長春では七月八日、自活できる可

能性のない約二五〇〇人の難民が第一陣に指定された。「組織的な内地への帰還がはじまったらしい」という情報は日本人社会にも瞬く間に伝わった。

井上家の五人家族に順番が回ってきたのは、ちょうど終戦一年を迎える八月半ばになっていた。「帰れるぞ。やっと帰れる」と通知を家族に示した寅吉は、朝鮮国境の安東駅頭で再会したころと比べても、一段と老け込んだように見えた。自ら決断した渡満の結果、末子を失ったことが何よりもこたえていたのだろう。

特別列車の発着駅には、長春市街地の北西に位置する旧南新京駅が指定された。井上家が入居する旧官舎から遠くない駅のホームには、前年八月に疎開先も知らされずに詰め込まれた無蓋貨車が三〇輛近く長々と横付けされていた。昌平の脳裏には一年前の逃避行の不安がまざまざとよみがえってきた。

しかし、少なくとも今回の目的地は葫蘆島、そしてその先の日本であることがわかっていた。帰還を待ちわびた人々の表情は明るかった。貨車のなかでは、熱に浮かされたように故郷の自慢話がくり返された。その故郷に飽きたらずに大陸を目指してきた人も少なくなかったはずなのに、だれもが恋い焦がれたような口ぶりで望郷の思いを語り合った。

井上家の人々とともに、行友春江と娘の満智子も貨車に乗り込んでいた。喜代と春江は疎開列車のことを思い出して言葉を交わした。

「郭山に残った人たちは、あれからどうなったのかしら」

「何とか無事に内地に帰ることができたらいいのだけれど……」

「日本人会でも連絡が取れなくなってしまったらしいから」

長春に戻ったのち、朝鮮北部との連絡はすっかり途絶えていた。郭山疎開隊の人々が三八度線の強行突破を決行し、その多くがすでに日本に帰り着いたこともちろん、知る由もなかった。無蓋貨車のなかに腰を落ち着けた人々の姿を、子どもの背よりも高い側壁の上から給水塔が見守っていた。

国府軍はこの時期、長春や瀋陽などの主要都市と鉄道路線、つまり「点」と「線」をようやく確保していたに過ぎず、国共内戦の戦闘は各地で継続されていた。列車は時折、砲撃の音が響くなかを縫って走り、葫蘆島のホームにすべり込んだ。

七年ぶりに日本の地を踏んだのは九月十日ごろだった。博多駅の雑踏のなかで行友家の二人と別れ、すし詰めの引き揚げ列車に乗車した。原爆投下のつめあとも生々しい広島を過ぎ、二度の空襲を受けながら奇跡的に無傷のまま残った姫路城の白亜の天守閣を眺めながら東へ向かった。山形県南村山郡東村（現上山市）にある寅吉の実家にたどりついたのは、九月半ばのことだった。

中国共産党もようやく「遺送」に合意

九月に入ると、髙見澤家の人々が身を寄せる熊岳城の状況も一変した。

ソ連軍が旧満洲国の領域から本格的な撤収を開始して以来、ソ連軍票の流通禁止措置がとられるとともに、八路軍による支配体制が一層強化されていた。一方、米軍幹部の仲介で八月に行われた蔣介石と毛沢東の会談によって、八路軍支配下の地域でも「日僑遺送」をめぐる環境が整えられつつあった。日本人の全面帰還に消極的な態度を示し続けたソ連の影響力が消えたことも手伝って、毛沢東の中国共産党もようやく「日僑遺送」への協力に合意したのだった。

三者間で交わされた協定により、国共両軍の勢力圏の境界にあたる地域に「転運指揮所」を設置し、八路軍占領地域に在留する日本人を国府軍地域に引き渡すことになった。八月二十日からの一カ月間が「遺送」の集中期間に指定された。これにより、困難と考えられてきた中国共産党の支配地域にいる日本人難民の送還が一気に加速した。

熊岳城では九月十五日の遺送先発隊を皮切りに、それぞれ一五〇〇人程度の遺送大隊が三隊編成され、相次いで出発した。髙見澤家を含む鷹野種苗の関係者は、二十日に熊岳城を発つ第二大隊に加わった。

遼東湾を隔てた対岸の葫蘆島に直行することはできない。遼東半島のつけ根にあたる大石

博多港に着いた満洲からの引き揚げ者※

橋方面に向かって牛車に分乗し、北上を開始した。高見澤隆は荷物にまぎれて荷台にしがみついていた。橋のない川にさしかかるたびにせっかく積み込んだ荷物を少しずつ捨てざるを得なくなった。隆自身も牛車から降り、胸まで水に浸かりながら流れを渡った。

国共両軍が対峙する前線地帯にさしかかり、あたりに砲弾の炸裂する音が響きはじめると、熊岳城から護衛役を務めてきた八路軍兵士は「この先は戦闘地域になる。非常に危険だから、これ以上護衛することはできない」と、大隊の代表者に告げて引き返していった。

一九四六・十月、高見澤家博多港に上陸

ここから先は白旗を掲げた丸腰の逃避行になった。

女性や子どもを含む日本人難民が戦意の不在を示す白旗を立てるのは、国府軍と八路軍の双方からの砲撃を避けるためにやむをえない措置だった。しかし、それはまた、無抵抗の集団が移動していることを現地の盗賊団に知らせる効果も併せ持っていた。戦火にさらされた貧しい集落の横を通り過ぎ、沼沢地にさしかかったころ、馬に乗った盗賊団が槍の穂先を光らせて近づいてきた。

屈強な男たちは、荷台の人々の存在を無視するかのように平然と荷物を運び去った。逆らえば躊躇なく刺し殺されるので、声を立てる者もいない。丸腰の難民は略奪を横目にしながら耐えるほかなかった。それぞれの荷物はほとんど残らなかったが、戦闘の巻き添えにならずに済んだことをせめてもの幸運と考えるしかなかった。

身ぐるみを剝がれた人々は、大石橋から新たな「日僑遺送」の拠点「東北日僑善後連絡総処」のある瀋陽に運ばれた後、再び南下して目指す葫蘆島にたどりついた。

葫蘆島から乗船した米軍の輸送船は、博多港が見えてから一週間近く足止めされた。一時は栄養失調で危険な状態に陥った髙見澤隆は、甲板から緑の松林を眺めて「日本は本当に緑色の国なのだ」と納得していた。新京の国民学校で使われていた日本地図は内地を緑に、満洲国を茶色に塗り分けてあったことが不意に思い起こされた。髙見澤家の人々が博多港に上陸したのは十月二十五日だった。母あきに連れられて故郷の信州・佐久に戻った三人の兄弟は、翌二十二年六月、シベリア抑留の末に帰り着いた父勇と再会を果たした。

一〇〇万人を超える旧満洲の日本人の帰還は、米軍の組織的な支援を得たことにより、当初の停滞からは想像もつかないペースで進捗(しんちょく)していった。

これから一年半後の四八年五月、半年余にわたる長春包囲戦がはじまった。国府軍が立てこもる市街地を遠巻きに取り囲んだ八路軍の兵糧攻めにより、旧満洲国の首都は中国人の餓死者を出すまでに荒廃していった。

旧満洲全体を支配下に収めた中国共産党は中国全土の統一を果たし、翌四九年十月に中華人民共和国が成立した。これにより国共内戦に終止符が打たれ、国民党政府は台湾に逃れた。

第十章　最後の脱出行——一九四六・九

患者とともに残った医師

一九四六年六月十二日、重篤患者と付き添いの家族ら二五人とともに郭山への残留を決めた医師の山谷橘雄は、先行きへの不安を抱えながら二〇〇人余の南下第三班の出発を見送った。

前年の八月後半に郭山疎開隊に合流して以来、山谷は数え切れないほどの隊員の母子を診察し、与えうるかぎりの医薬品を処方した。どうにも打つ手がない場合でも、とにかく一言でも励ましの言葉をかけながら患者の様子を見守ってきた。新京医科大学の課程を終え、軍医の任務に就いて一年半にも満たないのに、山谷はすでに二〇〇件近い死亡診断書を作成していた。医師という存在が戦争という異常事態のなかでいかに無力かということを、いきなり喉もとに突きつけられたような日々だった。

関東軍衛生隊に所属していた下級生のほとんどは、元軍人というだけで刑務所に収監され、ソ連軍の捕虜としてシベリアに抑留されているらしかった。しばらく郭山に滞在した岩手県胆沢郡姉体村（現奥州市）出身の歯科医師、佐藤安人はバイカル湖畔まで連行されていた。郭山疎開隊長の長野富士夫がソ連軍幹部を説得してくれたおかげで、医師としてただ一人、疎開隊に戻ることになった山谷は、三八度線を徒歩で越えられそうにない十数人の患者の存在を確認した時、迷うことなく患者とともに残ろうと決めた。

当初は一畳に二人ほどが詰め込まれていた稜漢山山腹の仮宿舎も、今は嘘のように静かになってしまった。ほとんど空き家になった十数棟のうち、どの建物を病室にすべきかを見きわめるため、山谷は各棟の見回りをはじめた。北上者が出発した後と状況は変わらなかった。入口の戸板を開けるたび、跳ね回るノミの大群に襲われて閉口した。結局、人の寝起きが少なかった疎開隊本部の一室にベッド代わりの机を並べ、病人を収容することになった。

獲物を失ったノミの大群の一部は、どういうわけか稜漢山の山裾に広がる朝鮮人の家屋に移動したらしく、しばらくして人民委員会の使いが苦情を言いにやってきた。駆除を試みたわけでもないので謝罪のしようもなかったが、折からの雨漏りで、雨水とともに空き家からふもとへと流れ下った一群がいたのかもしれなかった。

六月二十二日、栄養失調による衰弱で残留を余儀なくされた鳥取県米子市出身の会社員、長田栄四郎（五七）が、付き添っていた妻と娘に看取られて永眠した。

七月にかけて予想を上回る雨が降り続いた。藁葺き屋根の傷みはさらに広がり、いたるところで激しい雨漏りを引き起こした。雨だれが降りかからない場所を選んで机を移動させ、それぞれの場所で傘をさしながら幾日か過ごした。降り続く雨音と雨漏りのしぶきのなか、バラバラに分かれて床についている患者たちには、大声を張り上げなければ何も聞こえない。むなしい思いを込めてこんなことを言い合った。

「一つ屋根の下でこんなに近くにいるのに往来もままならないのは、まるで朝鮮半島と日本みたいなものだなあ」

少しずつ体調を回復させていれば、一カ月ほどで「正式帰還」が実現すると信じてきた病人たちも、雨に降り込められる日々が続くと沈みがちになった。床下のオンドルの通気孔はすっかり水たまりに変わってしまい、ひどい湿気にも悩まされた。

つのる望郷の思い

梅雨が明けると、動けない病人と付き添いになり代わって近隣の農家の手伝いに出かけ、野菜類をもらってくるのが、山谷の大事な仕事になった。褞袍姿で農作業に精を出した後、お茶をいれてくれる朝鮮人の老婆と向き合い、互いに片言でぽつりぽつりと話をしていると、故郷の南樺太に残してきた母親のことが思われた。両親はあの戦争を無事に切り抜けることができたのだろうか。

望郷の思いはつのるばかりだった。農作業の帰り道、天気が良い時は航空灯台を遠巻きにして稜漢山に登ってみた。一〇〇〇人近くで難民生活を送っていた冬の間、日本人の外出は常に保安隊の監視対象になっていたし、厳寒のなかでの山登りなど考えたこともなかった。山頂は平坦な岩を敷きつめたようになっており、樹木が少ない分、眺めは素晴らしかった。

黄海を望む南方には大小の島々が連なっていたが、山谷の目はどうしても故郷のある北東の方角に向けられた。南樺太は終戦後もソ連軍の侵攻にさらされ、日本人の帰還はやはり苦難と犠牲を伴っていたのだった。

うっかり長い時間を過ごしてしまい、急いで仮宿舎への道を下ると、その日の収穫を待ちかねた残留班の人々が餌をねだるひな鳥のように出迎えてくれた。白菜一つぐらいしか持ち帰れなかった日には、稼ぎの少ない親鳥になったような気がした。

七月も押し詰まったころ、疎開隊本部員の大里正春が突然、仮宿舎に戻ってきた。南下第二班の引率役として六月十一日に郭山を発った大里は、新幕（しんまく）から南川に向かう途中、保安隊を名乗る老人に同行したまま、疎開隊の人々とはぐれてしまったという。

大里は通りがかりの朝鮮人から「数百人の日本人が三八度線を越えて南部に入ったらしい」と聞かされ、「疎開隊の人たちは何とか無事に越境できたに違いない」と考えて、とにかく残留者のいる郭山を目指して戻ってきたという。

病人と付き添いの人々は大里の周りに集まり、三八度線付近の様子をむさぼるように聞いていたが、困難な行程に落胆したようだった。とはいえ、山谷と石川県鹿島郡能登部町（現中能登町）出身の日満商事社員、吉田幸久（二四）のほかに引率役を務められる若い男性のいない残留班にとって、大里が戻ってきたことは朗報だった。

残留班では、病人の体力回復を最優先に考えて主食に高値の米を購入していたため、疎開隊本部から渡された現金も残り少なくなっていた。大里が報告した南下に必要な金額からいっても、もはや一刻の猶予も許されない状況だった。日本人難民の正式帰還の実現には半島を分断する米ソ間の合意が欠かせない。しかし、進展を示す情報はいまだに伝わってこなかった。

定州への移動、南下の決意

残留者のほとんどが無蓋貨車で郭山に到着した八月十三日が再びめぐってきた。あの日と同じくトンボが群れ飛ぶ空を見上げながら、一年の時の流れを噛みしめた。資金上の懸念から、郭山に続いて数度にわたる南下を実施してきた定州日本人世話会を頼り、全員そろって移動することにした。

保安隊に移動報告を済ませた十九日、稜漢山の共同墓地に最後の墓参りに出かけた。厳寒の時期に寒々と並んでいた土まんじゅうの群れは、長雨の影響もあるのか、今ではどれも逆にへこんでしまっていた。いくつも立ててあった墓標もすっかり見えなくなり、盛夏というのに胸が痛むようなうら寂しい光景が広がっていた。山谷は自ら看取ってきた母子たちに別れを告げて定州へと向かった。

合流した定州の世話会内部では意見の対立が深まっていた。世話会の判断で南下を決行すべきか、あくまで正式帰還を待つべきかの二派に分かれ、幹部の思惑が定まらない。ソ連軍による日本人難民の帰還方針が猫の目のように変わることが一因だった。同行する予定が固まっていた定州疎開隊南下班の出発も、いくつかの理由から決行直前に中止され、先送りされてしまった。

八月も終わりに近づくと、周囲の田んぼでは色づいた稲が穂先を垂らすようになった。こんな状態ではもう一度、越冬させられるのではないだろうか。重苦しい不安がつのりはじめたころ、日本人世話会から朝鮮人家庭への住み込み者の割り当て要請が回ってきた。南下の準備を整えて待つ残留班の人々の思いを知る山谷の焦燥は頂点に達した。ぐずぐずしていると、日々の生活の糧を得るのに忙殺される状態に逆戻りしてしまう。

いたずらに正式帰還を待って時間と資金を食いつぶせば、単独行動の機会をみすみす失うことになりかねない。内地帰還の希望にすがってきた回復期の病人たちをこれ以上、失望させるわけにはいかなかった。定州には、日本人世話会とは別に人民委員会とのパイプを持つ日本人がおり、山谷へのアドバイスを惜しまなかった。相談を重ねた山谷は単独で南下を決行する意志を固めた。

九月に入るとすぐ、世話会に提出した住み込み希望者の名簿を取り戻し、残留班の人々に「我々だけで南下する」と宣言した。元気を失いかけていた人々の顔つきがとたんに変わった。出発前の三日夜、もしもの場合に備えて残留資金の残金を各自二〇〇円ずつ分配した。

息をひそめての出発

九月四日午前二時、息をひそめて定州の宿舎を抜け出し、駅の裏手に潜んで夜明けを待った。正式帰還を待つ世話会の方針もあって、この段階でも日本人難民が定州駅から列車に乗車することは原則として禁じられていた。しかし、二十数人の残留班なら、そしらぬ顔でバラバラに改札を通り抜ければ、まず呼び止められることはないだろう。そのとおり一番列車に乗り込むのに成功すると、約一五〇キロ先にある平壌近郊の西浦駅まで一気に南下した。

この日は駅裏の山に隠れて野宿し、平壌へと流れ込む大河、大同江の本流を、河原で野宿しながら二日がかりで越えた。しばらく前まで立ち上がることさえやっとだった病人たちも、内地帰還への希望を取り戻して弱音を吐かずに歩き続けた。

平壌近郊の山間部を行くうち、らちの明かない米ソ共同委員会にしびれを切らして動きはじめた日本人難民の集団とあちこちで出会った。道路脇の学校や倉庫の軒先で夜を明かす際にも、ほかの日本人といっしょになることが多かった。こうした南下の拠点は、日本人難民を狙う強盗団の標的になりやすかったが、一〇〇人を超える難民が集まっていたため、集団にまぎれて身を守ることができた。

大里正春は三八度線に近い黄海道の主な町を往復していたので、越境者の集結地をよく心得ていた。三班に分かれた本隊が起点とした新幕から白川、土城などを経て開城に至るルートはあまりに知れわたってしまい、検問所などが設けられている可能性があった。大同江から山間部に入ると、平壌周辺の日本人が使っていた徒歩のルートをたどり、黄海道北端の町、栗里を目指した。栗里は新幕の北五〇キロほどに位置する山あいの町で、ここでトラックを調達できるという情報があった。山中で集中豪雨に見舞われると、民家の軒先に逃げ込んで雨をしのいだ。

もうだれも足を止めない

十日、平安北道と黄海道の境界となる峠を越えて栗里の町に入った。小さな町にはトラックを雇おうとする日本人難民があふれ返っていた。一行は一個一〇円の水蜜桃を買い求めて空腹を満たし、一夜を明かした。

翌日にはトラックに乗り込むことができた。一台あたり一五〇〇円ほど支払わねばならなかったが、ほかの難民たちと費用を按分できるのがありがたかった。日本人難民を満載したトラックは、新幕の南西にある市辺里の手前までの数十キロの街道を土ぼこりを上げて走った。このルートの拠点となる新渓も素通りして、一気に距離を稼いだ。

市辺里から山越えの道に踏み出した。山や川を越えるたびにほかの日本人の集団と出会い、最終的には二〇〇人近い集団のなかに入って南を目指した。日本人難民の群れは、朝鮮北部のあらゆる場所から湧き出した無数の支流を集める大河の奔流のように、三八度線に向かって合流を重ねていった。

山越えのけもの道や河原のあちこちに、このルートをたどった人々の炊事や野宿の痕跡が残っていた。そうした人々の足跡を見つけるたび、三八度線は間違いなくこの先にあることが確信された。そのためか、つらい山道をたどりながらも残留班の女性たちはすっかり元気を取り戻していた。鳥取県岩美郡福部村（現鳥取市）出身の井出野ツヤ（二九）は毎日のよ

同型の米軍戦車揚陸艦　LST Q036号※

うに発熱に苦しんだが、それでも足を止めようとはしなかった。もう道に迷う心配もなかった。

「これで日本に帰ることができる」

丸二日間歩き続けた一行は十四日午後六時、三八度線のゲートを越えた。

ソ連兵の歩哨が一人立っているだけで、妨害を加えられることもなかった。ゲートの周りには写真や手紙、国債などの切れはしが夕暮れの風に吹かれて散乱し、この場所でも何度となく厳しい取り締まりが行われてきたことを示していた。ここまで大切に身に付けてきた満洲や朝鮮の思い出の品々を、手放さねばならなかった人々の無念がしのばれた。

あとは南部へと下るだけになった最後の峠のあたりで、朝鮮人の道案内が追加の礼金を強要する場面に出くわした。所持品のない郭山残留班は被害に遭わなかった。何も持たない者の強みだった。

釜山・患者収容所での朝鮮北部からの引き揚げ者※

ホッと胸をなで下ろした人々にとって、ここから開城の米軍キャンプまでの道のりは長かった。暗い空の下、冷たい夜風に吹かれながら五時間近く歩き続けた。

この時期、開城に設置された軍用テントは一〇〇を超えていた。落伍者もなく全員がここまでたどりついたことに安堵したとたん、山谷は道中で感染したらしいマラリアの発作に襲われ、四〇度の熱で寝込んでしまった。さいわいなことに、医務室のテントには特効薬のキニーネが常備されていた。治療にあたった医師は新京医科大学時代の山谷の同期生だった。

「もう大丈夫だ。これで日本に帰ることができる」

頭のなかでそうくり返しながら、山谷は深い眠りのなかに落ちていった。

いくつもの班に分かれて決行された郭山疎開隊の三八度線突破行がようやく終わった。

大里はここで米軍政庁の職員に採用され、京城日本人世話会の手伝いをすることになった。日本人難民への送還日時の指令や食糧の配給が主な仕事だった。二十二日に出発が決まった郭山残留班の人々にも缶詰を配って回った。

　大里に見送られた山谷ら一行は、開城駅から半島南端の釜山まで運行される特別列車に乗り込んだ。釜山港は新京医科大学進学のため、六年前の四〇年十月に初めて大陸の土を踏んだ場所でもあった。九月二十四日、LST Q093号で激動の六年を過ごした大陸を後にした。艦内で疑似赤痢患者が発生し、佐世保港への上陸許可が下りたのは翌十月の十七日だった。

　二日後の十九日、ソ連軍司令部が何度となくくり返してきた「正式帰還」が公式に発表された。多くの犠牲者を伴う三八度線突破の脱出行によって、すでに朝鮮北部の在留邦人の九七％にあたる約二〇万人が日本に帰り着いた後だった。

釜山港で乗船する朝鮮北部からの引き揚げ者※

引き揚げ船甲板から船倉に向かう朝鮮北部からの引き揚げ者※

終章　日本人難民——戦後史の闇

『朝鮮終戦の記録』より

今からちょうど七十年前の終戦前後、朝鮮半島にいた日本人は北緯三八度線以南が五〇万〜六〇万人、以北が三〇万〜四〇万人とされている。終戦の二日前、平安北道定州郡郭山面に避難した郭山疎開隊は一〇九四人。ソ連軍の侵攻を受けて崩壊の危機に瀕した満洲国から朝鮮北部に逃れた約五万九〇〇〇人に及ぶ日本人の二パーセントに満たない。また、北部の平安北道、南道と咸鏡北道、南道に居住していた日本人居留民約二四万六〇〇〇人を含んだ残留邦人の全体からみれば、ほんのわずかに過ぎない。

しかし、翌年秋までに日本に帰り着いた疎開隊の人々の体験には、戦後七十年の間、語られてこなかった先の大戦の本質を知るための手がかりが示されているように思われてならない。

『朝鮮終戦の記録』には、満洲国（おもに新京、奉天）から逃れた人々が、いかなる組織に属する出征者の家族であったのか、朝鮮半島のどの場所にどれだけの数で疎開したのかをまとめた詳細な記録が収録されている。ソ連軍の侵攻を避けて朝鮮半島へ向かう疎開列車を運行するとしたら、可能なのは新義州で鴨緑江を越える満鉄安奉線、通化方面から北方の満浦で越境する満洲国鉄線の二つのルートのみであったから、疎開者は必然的に平安北道から平安南道へと南下し、行き着いた地点で指定の施設に収容されることとなった。

南に軍人・軍属の親族が目立つことの意味

ここでは、満洲から比較的距離のある平安南道の平壌と鎮南浦、つまり南側から見てみたい。満洲から遠いということは、逆に言えば日本に近いことを示している。疎開のための列車を運行できる鉄道路線がかぎられていた以上、南に到達した疎開者ほど、早い段階で新京を発ってきたことになる。こうしてみると、平壌近郊に軍人・軍属の親族が目立つことに気づくだろう。一般市民にポツダム宣言の内容やソ連軍越境の情報が伝わらないうちに、疎開のための列車を用意して新京を出発した関東軍関係の家族らが、北部の中心都市の平壌やその外港の鎮南浦までたどりついていた。

朝鮮北部の疎開地
朔州
安東
新義州
大安
平安北道
亀城
内中
南市
外下
方峴
東林
西林
宣川
車輦館
路下
博川
郭山
定州
嶺美
孟中里
价川
古邑
泉洞
雲田
新安州
龍源里
粛川
漁波
永柔
石巌
平安南道
順安
西浦
平壌
勝湖里
降仙
岐陽
龍岡
大安里
鎮南浦

『朝鮮終戦の記録』より

受入地	人員	団体及び人員
平安北道	19,607	
新義州	1,000	
孟中里	509	満洲制動機、新京市民（順天・敷島区）
博　川	1,097	交通部・満洲制動機・満洲製鋼、新京市民（吉野分会・寛城子区・安民区）
嶺　美	1,092	興農部・司法部・文教部・奉天国際・奉天ガス
雲　田	380	新京市公署・新京市民
古　邑	1,264	赤峰市民（北区160）、奉天酪農・奉天郵政局・満洲工作機
定　州	1,031	興農部・審計局・官需局・首都警察・満洲重工業、新京市民（朝日分会・大同区・長春区）、労務報国会・満洲葉煙草
郭　山	1,094	経済部・鉱業開発・新京市民
路　下	345	満鉄・満業
宣　川	5,600	満洲航空1236、建国大学124、熱河赤峰（東区）119、満洲重工業277、観象台49、軍関係（康隆）69、軍関係（坂本）365、軍関係（渡辺）108、満鉄1500、興農金庫450、軍酒保100、その他軍関係
東　林	709	新京市民（千早区）
車輦館	1,600	満鉄新京本部・奉天機関区
西　林	118	
南　市	709	熱河赤峰市民（東区100）、満鉄新京本部、公主嶺農学校・公主嶺農事試験所・公主嶺市役署、新京市民
外　下	593	公主嶺農事試験所・軍関係
内　中	648	公主嶺軍部隊関係200、軍酒保50、軍郵政60、野戦兵器廠通化支廠300
方　峴	890	総務庁・郵政総局・開拓総局・開拓研究所・義勇軍訓練本部・大陸科学院・日本火災・新京市民
亀　城	644	赤峰市民（南区350）、新京市民・農産物検査所
大　安	172	赤峰市民（西区172）
朔　州	112	

『朝鮮終戦の記録』より

北朝鮮における満洲避難民の受入れ(昭和20年8月)

受入地	人員	団体及び人員
平安南道	39,278	
平　壌	21,585	軍関係・関東局・日本大使館・在満教務部・新京市民・奉天市民、牡丹江・公主嶺軍関係
鎮南浦 龍　岡	7,515 1,450	第二航空軍司令部909、第19部隊629、関東軍建設団司令部390、関東軍経理部356、野戦兵器廠312、関東軍貨物廠248、関東軍副官部164、関東軍司令部134、経理学校72、第一陸軍病院64、自動車隊63、兵事部52、軍楽隊31、軍酒保30、その他軍関係家族451、在満教務部682、満洲農産公社577、興業銀行269、林産公社240、満洲拓殖公社237、満洲映画協会192、満洲通信社127、繊維公社125、協和会116、交通公社78、観象台54、警務総局22、文務部7、開封軍酒保15、その他
降　仙	647	満鉄・国際通運
大安里	1,752	満洲映画
岐　陽	1,177	
勝湖里	1,125	満鉄・満洲国軍、新京市民（大同・朝日・白菊分会）
西　浦	145	
順　安	665	新京市民
石　巌	317	新京市民（永昌路）
漁　波	341	満鉄
新安州	1,212	満鉄、新京市民（児玉分会）
价　川	503	興農合作社・満洲生活必需品・大陸科学院、新京市民（敷島・朝日分会）
泉　洞	263	農地開発公社・馬疫研究所・厚生部・興農合作社
龍源里	239	満洲生活必需品・薬品会社・厚生部、新京市民（朝日分会）
粛　川	264	満洲生命
永　柔	78	新京軍家族

この表に記載されている疎開者の所属先のほとんどは旧満洲国の首都、新京周辺の組織や地域の名であり、それ以外にはわずかに奉天、牡丹江、熱河赤峰などが散見されるに過ぎない。牡丹江は新京特別市を領域に含む吉林省の北東に位置し、ソ連と国境を接する牡丹江省の省都であった。赤峰は万里の長城を隔てて中国と接する満洲南西端、熱河省の町であり、朝鮮半島北西部までの距離は新京からとあまり変わらない。

これに対して奉天は新京から三〇〇キロほど南に位置し、満鉄連京線から分岐した安奉線を経て朝鮮方面に向かう際、その起点となる要衝にあった。終戦時、古都奉天の日本人人口は新京を上回っていたから、本来ならもっと多くの疎開者が表に記載されていてもおかしくない。

のちに朝鮮半島を南北に分断する境界線として決定的な意味を持つことになる北緯三八度線は、終戦前には単なる地図上の緯線に過ぎなかった。どれだけの数の人々がソ連軍によって閉鎖される前の三八度線を越えて朝鮮南部の京城から釜山に達し、海を渡って日本に帰還できたかを示すデータは手もとにないが、ソ連の対日参戦の情報をいち早くつかんだ軍関係者のうち、少なくとも新京より朝鮮半島に近い地域にいた人々が終戦前後、朝鮮半島を縦断して日本に帰還したケースがあったのは間違いないようだ。

もちろん、平壌の施設に収容された軍人・軍属の家族は、三八度線を越えられなかったという点で明らかな被害者だった。後続の民間人と何ら変わることのない難民生活を強いられ、多くの犠牲者を出したことは言うまでもない。しかし、戦況に関する詳細な情報の入手、疎開開始の時期や方法などの点で、軍と民間人の間に大きな格差が存在していたのもまた事実である。すでに見てきたとおり、その多くが首都新京に集中していた満洲国政府官吏の関係者は、明らかに情報を与えられなかった民間人の側に置かれていた。

ポツダム宣言受諾と「現地定着方針」

この民間人に対する保護という概念が、当時の日本政府に欠如していたことは否定しがたい事実であろう。その例証として、ポツダム宣言受諾への過程で決定された「現地定着方針」が挙げられる。増田弘編著『大日本帝国の崩壊と引揚・復員』（慶應義塾大学出版会、二〇一二年）に収録された加藤聖文・人間文化研究機構国文学研究資料館准教授の論考「大日本帝国の崩壊と残留日本人引揚問題――国際関係のなかの海外引揚」はこう記している。

敗戦当時のさまざまな国内事情が、日本政府による（残留日本人の）現地定着を基本方針とする物理的要因となった。しかし、ポツダム宣言を受諾すれば戦争が終結し、以後は連合国とのあいだで国際法に基づいた敗戦処理が粛々と行われるであろうという甘い観測が、政府内部にあったという心理的要因も見逃すことはできない。国際情勢に対する無感覚と受動的態度は日本政府の政策余地を狭め、最終的には米国主導で引揚体制が構築され、日本政府は全く受動的な立場でしか関わることができないという結果に陥っていく。（中略）

確かに米中両軍の管理地域の民間人の保護に関しては、大きな支障がないとの予測も可能であったが、もっとも多い200万人を数えた満洲と朝鮮北部および南樺太・千島列島はソ連軍の管理下にあったことが事態を複雑にしたのである。（カッコ内は引用者注）

関東軍が掌握していた満洲国の外交は、以下に示されるように「戦後」をいっさい考慮しない稚拙なものだった。そしてまた、それを引き継いだ日本政府の外交も場当たり的で無責任なものであった。

（四五年九月五日に）関東軍幕僚が一斉に拘留されて組織が消滅したため、居留民保護を担う日本側代表機関がなくなってしまい、満洲方面からの情報が途絶することになる。満洲国の実質的な支配権を握っていた関東軍は、関東軍司令官が駐満大使を兼任していたため、居留民保護は関東軍司令官の権限であったが、大使兼任の山田乙三司令官もソ連軍に拘引されるに及んで、居留民保護の司令塔が不在となってしまったのである。

　事態が緊迫化するなか、9月1日の段階で（日本の）外務省は利益代表国（戦争で断交状態になった国家間において居留民保護などを行う中立国のこと）であるスウェーデン経由でソ連に対して、占領地域内の残留日本人の生命財産の保護と警察官を含む官公吏の抑留解除、（中略）満洲から北朝鮮へ流入した避難民保護などを要請していた。しかし、ソ連は日本の降伏によって外交関係は失われ、利益代表国としての役割も終わったとスウェーデンに回答し、日本側の要請を取り合わなかった。（カッコ内は引用者注）

一貫して傍観者だった日本政府

　ソ連軍占領地域の旧満洲や朝鮮北部に留め置かれた日本人はそのまま捨て置かれ、過酷な越冬の間に数多くの命が失われた。旧満洲では四六年三月のソ連軍撤退を契機として、米軍と中国国民党政府が協力して「日僑遺送」の準備を開始した。中国共産党も間もなく、この「遺送」に合流し、送還は半年ほどで一気に進展することになった。しかし、これはあくまで米軍をはじめとする外的要因に頼っただけの話であって、日本政府は終始、拱手傍観していたに過ぎない。

　そのことを証明するように、ソ連軍の進駐が続いた朝鮮北部の状況にはほとんど変化が見られなかった。残留日本人は夏以降、堰を切ったようにして三八度線を越える集団脱出へと動き出すことになる。在外民間人の保護について、首尾一貫して傍観者の立場にとどまった日本政府の姿勢は、先述の論考でこう結論づけられている。

大日本帝国の拡張は、「居留民保護」を名目とする軍事行動によって行われたが、その終末において本当に必要とされるべき「居留民保護」が考慮されることはなかった。敗戦後の日本は、さまざまな要因によって残留日本人の現地定着を方針とせざるを得なかったが、政府内部で「居留民保護」という理念が根本において欠落していたことが最大の要因であって、実際は成り行き任せの「棄民」に近いものであったといえよう。

ドイツの民間人「移送」

くり返しになるが、第二次世界大戦の対日戦後処理の方向性を定めた「ポツダム宣言」は、戦前の日本の勢力下にあった満洲、朝鮮半島に残留する日本人には言及しなかった。一方、もう一つの敗戦国であるドイツの戦後処理についての詳細を取り決めた「ポツダム協定」では、国境線変更に伴うドイツの民間人の扱いについて「米英ソ三カ国政府によるドイツ人住民の秩序ある（人道的な）移送」（第一二項）が明示されている。

東西に分割されたドイツの東部国境は、西方への拡大を目論むソ連の主張にしたがって新たにオーデル＝ナイセ川を結んだ線と定められた。ポーランドはソ連の拡大に玉突きされるかたちでオーデル＝ナイセ川以東を領有することになり、国土が西に向かって三分の一ほど移動した。このポーランドのほかに、チェコスロヴァキアやハンガリーなどに残留する計約一二〇〇万人のドイツ人住民が、協定にしたがって東西ドイツに四年がかりで「移送」された。哲学者イマヌエル・カントがその生涯を過ごした東プロイセンの州都ケーニヒスベルクは、ソ連邦共和国となったバルト三国を間にはさむ「飛び地」としてソ連に併合され、ドイツ人住民が追放されたのち現在に至るまでカリーニングラードと呼ばれることになる。

しかし、「移送」の実態は満洲や朝鮮北部の場合と同様、ソ連軍の侵攻に伴う自主的な「避難」からはじまった「強制移住」あるいは「追放」であり、「移送」に至る「抑留」などの過程で約二〇〇万人が死亡したという統計も存在する。果たして敗戦国の民間人に対して「秩序ある人道的な移送」が行われたのかどうか、疑念を抱かずにはいられない。

敗戦国ドイツでも民間の戦争被害者にかかわる問題は戦後長らくタブー視され、ナチスドイツの戦争犯罪と相殺されるかたちで伏せられていた。しかし、ドイツ政府と移送された民間人の間の交渉は東西統一後も続けられ、「緊急援助法」「負担平衡法」などに基づき、個別の状況に応じた補償が順次給付されてきた。一方、日本政府は博多や佐世保などの引き揚げ港に身一つでたどりついた人々に対し、引き揚げ者の「証明書」のほか、一人あたり一律一〇〇〇〇円の「見舞金」を交付しただけだった。のちに「引揚者給付金」「引揚者特別交付金」が十年償還の記名国債で支給されたが、額面はわずかで時効があり、受領を辞退する人々も多かった。実質的に補償はほとんどなされていないと言ってよい。

満洲国の存在は戦後、軍の暴走による傀儡（かいらい）国家として事実上、全否定された。民間人の内地帰還までの苦難についても、こうした単純きわまりない総括の結果、国民全体に共有されるどころか、むしろ当事者が沈黙を強いられる経過をたどり、黙殺されてきたように思われてならない。

国際的な関心からもこぼれ落ちる

満洲国や朝鮮半島に移り住んだ民間人が、結果として日本の軍部による中国や朝鮮の植民地支配、現地の人々への搾取に荷担したのは間違いなく、軍部とともにその責任の一端を負わねばならないとの見方に異論を差しはさむつもりはない。その一方で、朝鮮北部での難民生活のなかで亡くなった民間人の遺族による墓参は、戦後六十年以上も放置された末に、二〇一二年に民間団体の仲介でようやくはじまったものの、軍人の遺骨収集の場合とは異なり、渡航費用などの必要経費はすべて遺族側の負担とされている。郭山であれば稜漢山山腹の共同墓地に相当するような仮埋葬地は、現在の北朝鮮全土に七〇カ所以上あり、三八度線突破の途上で亡くなった人々の埋葬場所は特定されないまま、それこそ無数に存在している。北朝鮮側が公式に認めた日本人拉致事件に勝るとも劣らない「戦後史の闇」がそこにある。

朝鮮北部に留め置かれた日本人のケースは、その規模や歴史的背景が残留ドイツ人と比べて小さく浅いことから、国際的な関心をひくには至らなかった。紛争地域で傷病者救護を担当する人道支援団体「赤十字国際委員会」（ＩＣＲＣ）も、朝鮮北部ではまったく活動していない。第二次大戦末期にＩＣＲＣ駐日首席代表に任命されたスイス人医師、マルセル・ジュノーは終戦直前の四五年六月にシベリア鉄道経由で満洲国入りしている。しかし、連合国の捕虜収容所を訪問したのち、奇しくもソ連軍の侵攻がはじまった八月九日に満洲を離れ、空路、東京に到着した。ジュノーはその後、原爆が投下された広島、長崎への救護活動の組織化のために忙殺されていく。

「戦時救護」を任務とするＩＣＲＣに対し、戦争終結後の「平時救護」は「赤十字社連盟」（現国際赤十字・赤新月社連盟＝ＩＦＲＣ）が受け持つことになる。しかし、四五年八月以降の段階では、先に大戦が終結した欧州全域での活動で手いっぱいの状態が続いており、極東地域へ関心を振り向ける余裕はまったくなかった。米軍が進駐した朝鮮南部では、赤十字社連盟傘下の米国赤十字社が米軍の協力のもとで活動し、開城（かいじょう）の米軍キャンプなどでは北部から脱出した日本人への救護が施されていた。しかし、ソ連軍によって閉鎖された三八度線以北には赤十字社の関係者が独自に利用できるような移動手段もなく、救護活動を実施することは不可能だった。

ジュノーは十月六日、東京を発って京城に到着し、朝鮮北部入りを希望したが、ソ連軍から許可を得られず、北部から南下した日本人の受け入れ状況を視察し、米軍政庁に勧告を与えると、十七日には日本に戻っている。

終戦とともにはじまった悲劇

こうして国際社会からいっさい援助を受けることのなかった朝鮮北部の日本人難民の実態は、むしろそれだけに悲惨なものであったと言わざるを得ない。『朝鮮終戦の記録』以降の調査では約七万人とされる難民を加えた日本人約四〇万人が留め置かれ、旧厚生省によれば、わずか一年ほどの間に一割弱にあたる約三万四〇〇〇人が死亡した。犠牲者のほとんどが子どもと女性たちであり、それも翌四六年にかけての越冬期に集中していた。

この数字はソ連軍によってシベリアに抑留され、強制労働に従事させられた旧日本軍人約六〇万人の死亡率にも匹敵する。しかし、満洲国や咸鏡北道から逃れた難民に限定してみれば、無防備な女性と子どもたちが置かれた状況はさらに過酷だった。満洲や朝鮮北部の日本人の苦難は、本土における終戦とともにはじまり、越冬の間、身を切り刻まれるような飢餓というかたちをとって人々をさいなんでいった。実際、郭山疎開隊の死亡率は全体の倍近い二割前後に達していた。

満洲国から朝鮮半島に逃れた人々は、自らを「疎開者」または「避難民」と呼んでいた。朝鮮は一九一〇年の日韓併合以来、三十五年にわたって日本の領土であったから、それぞれの疎開先に到着した時点では、この呼称は正しかったと言えるかもしれない。しかし、その直後、ポツダム宣言受諾によって日本が無条件降伏したのちの朝鮮半島は、実際の独立までにはなお曲折があるものの、すでに日本の統治を離れていたことは明らかである。本書ではそうした意味を含めて、敗戦の四五年八月十五日以降、郭山疎開隊をはじめ朝鮮半島北部に残留した日本人を指す際に、あえて「難民」という言葉を用いてきた。

避難民でも引き揚げ者でもなく「難民」

現在、世界各地の戦争や内戦が報じられる際に「難民」という言葉を耳にしないほうが珍しい。しかし、海という自然の境界線によって他国と隔てられ、単純に「単一民族国家」を自任してきたわが国では、この「難民」という概念が理解されにくいためか、戦後も一九六〇年ごろまで定着しなかったという。

特定非営利活動法人「難民を助ける会」特別顧問の吹浦忠正氏によると、「難民」という単語が辞書に現れたのは、大戦中の一九四三年に刊行された金田一京助ほか編『明解国語辞典』が最初だが、その意味は「避難の人民」と定義されるのみで、現在用いられている意味を最大限、広義に説明しているに過ぎなかった。こうした問題の専門官庁である外務省でさえ、五九年まで「国連難民高等弁務官事務所」（UNHCR office of the United Nations High Commissioner for Refugees）を「国連亡命者高等弁務官事務所」と翻訳していたという。

「Refugee」という英語の単語は「難民」と「亡命者」の二つのニュアンスを包含している。少数のリーダーを指す「亡命者」と不特定多数の集団で動く「難民」では実態は大きく違うものの、国際法上の扱いはまったく同じという。

そのUNHCRの日本語ホームページを参照すれば、「（五一年に国連で採択された）『難民の地位に関する条約』（難民条約）では、『人種、宗教、国籍、政治的意見やまたは特定の社会集団に属するなどの理由で、自国にいると迫害を受けるかあるいは迫害を受ける恐れがあるために他国に逃れた』人々と定義されている。今日、難民とは、政治的な迫害のほか、武力紛争や人権侵害などを逃れるために国境を越えて他国に庇護を求めた人々を指すようになっている」と解説されている。

吹浦氏は「旧満洲では、終戦直後の四五年十一月の段階で、中国人側がすでに『難民』という言葉を使っていました。満ソ国境地帯から逃げてきた満蒙開拓移民のための施設が『奉天日本人難民収容所』と呼ばれていたのです。このことからもわかるように、崩壊の危機に瀕した満洲国に居られなくなり、やむを得ず逃げた先が日本の植民地支配を脱しつつあった『第三国』の朝鮮半島であったという点で、『疎開隊』や『避難民』と自称していた人々は、明らかに今日的な意味での『難民』であると言わざるを得ないでしょう」と語る。

吹浦氏はまた「引き揚げ者」という言葉にも注釈をつける。

「日本本土の人たちから見てつくられたと思われる『引き揚げ者』という言葉には、帰還の意志があって堂々と帰ってきたような語感があります。台湾や中国南部からの帰還者のように、一部にそうした人々がいたことも確かですが、実際には住んでいた場所を追い出されてボロボロになった『難民』がほとんどだった。一つの言葉で括ってしまうのではなく、その実態をきちんと問い直さなければいけません」

先の大戦の本質に向き合う

先の大戦後の混乱のなかで、本国の日本からも顧みられることなく朝鮮半島の北部に放置され、世界史のなかでもまれにみる悲惨な難民生活を強いられた日本人が存在していた。戦後七十年の節目を迎えようとする現在、その筆舌に尽くしがたい体験は、意味のある教訓として蓄積されているだろうか。いや、むしろ何者かの手によって忘却の淵に葬り去られようとしているのではないか。

朝鮮北部からの脱出行については、郭山から北西にわずか二駅離れた平安北道の町、宣川(せんせん)から三八度線を越えた母子の体験を描く藤原てい著『流れる星は生きている』(中公文庫)という大きな業績がある。この作品は一九四九年五月に日比谷出版社から刊行されてベストセラーとなり、のちに映画化されるなど大きな反響を呼んだ。

しかし、これに続く全体的な検証が人々の目に触れるようなかたちで為されなかったため、史実としての「日本人難民」の存在、民間の日本人の犠牲者の問題は忘れ去られ、七十年の歳月を経てすっかり埋もれてしまったように思われる。

他方、ドイツでは『ブリキの太鼓』で知られるノーベル賞作家のギュンター・グラス(二〇一五年四月死去)が、封印されてきた「ドイツ人難民」の悲劇にかかわる作品を、ある段階から発表しはじめた。グラスはナチスドイツの過去を厳しく糾弾してきた作家であり、それだけに二〇〇六年にナチスの武装親衛隊に所属していた過去を自ら「告白」したことは大きな波紋を呼んだ。しかし、歴史の事実と真摯(しんし)に向き合う作家に対する評価は「告白」によっても損なわれることはなかった。

その姿は、加害者としての徹底した自己反省を経て、欧州の共同体のなかで確固たる位置を占めることを認められた現在のドイツの姿と重なるものがある。そうであるからこそ、自らの被害についても冷静かつ客観的に語ることが許されるのだろう。ひるがえって、国際社会において重要な地位を占めているにもかかわらず、東アジアに戻れば、いまだに一衣帯水の中国、韓国、北朝鮮と角をつき合わせる近年の日本は、加害者としての史実を葬り去ろうとして焦っているように見える。その結果、当然のことながら、自らの被害者としての苦く貴重な経験と記憶までも消し去る以外になくなってしまうだろう。

朝鮮北部の日本人難民に対する非人道的な扱いの第一義的な責任は、やはりソ連軍に帰せられるべきである。しかし、独ソ戦で二〇〇〇万人の死者を出したロシア人自体、一九一七年のロシア革命以来、国際社会から孤立し、度重なる飢饉に襲われながら援助らしい援助も得られない状態にあったことは無視できないだろう。そうしたソ連軍の支配地域にいる日本人難民の窮状を承知しながら放置し続けた日本政府もまた、責任の一端をまぬがれないのではなかろうか。

郭山疎開隊を引率し、本書に記したような詳細な記録を残した満洲国経済部官吏一〇人のうち、すでに八人はこの世にいない。残留班を率いて最後に三八度線を越えた山谷橘雄医師も二〇一三年に他界している。朝鮮北部の日本人が「難民」として辛酸を嘗め尽くした被害者としての記録は、今、日本の現代史のなかにきちんと位置づけておかなければ、永遠に消え去ってしまうだろう。そして遠からず、また同じような被害がくり返されることを危惧する。

それはまた、昨今の靖國神社公式参拝の是非をめぐる議論からはじかれ、やはり置き去りにされようとしている民間人被害者の存在を再認識することにもなるはずである。その認識こそが、唯一の本土決戦を経験した沖縄はもとより、原爆投下や無差別空襲によって、国内外を問わず無数の民間人が犠牲となった先の大戦の本質を捉えることにつながるものと信じたい。

あとがき

北朝鮮の郭山で一年八カ月余の短い生涯を終えた妹の淑子さんに続き、重い栄養失調に苦しめられながらかろうじて一命を取り止めた髙見澤隆さんは、そのつらい記憶を絞り出すように語った後、首をかしげながら付け加えた。

「敗戦の冬の北朝鮮での出来事は、確かに現実にあったはずなのに、戦後七十年もの間、ほとんど一度も耳にしたり目にしたりすることがなかった。いつの間にか自分自身、あれはやっぱり夢のなかの出来事だったのだろうか、と考えるようになっていました」

私自身、髙見澤さんと同じような釈然としない思いを抱き続けてきた。

この本に登場する井上寅吉と喜代の長女、泰子は、私の父で井上家の長男、昌平の姉である。つまり私にとって伯母になる。喜代は私の祖母にあたり、泰子にとって私は甥になる。伯母は結婚して長谷部姓となり、両親と同じく小、中学校の教壇に立った。退職後、戦後五十年にあたる一九九五年、手記『北朝鮮・郭山への墓標』を自費出版し、父母と私、三つ下の妹あてに一冊ずつ送ってくれた。私は当時、新聞社に入社して五年目だった。

のちに知ったことだが、その手記は祖母、喜代が戦後間もない四七年に手書きの原稿用紙一〇〇枚にまとめて製本した『新京（満洲国）より終戦時北鮮に疎開して』を下敷きにして、伯母らの体験や思いが書き加えられていた。二〇〇五年には、父昌平が満洲に戻った一家の「引き揚げ」までの苦闘も含めて自伝『追想のわが来し方』を著した。

父が保管していた祖母の手記とともに、父の半生記を読み終えた時、私は「当事者」になっていた。家族の歴史を何らかのかたちで残すことは、八五歳になる伯母との二十年越しの約束になっていたのかもしれない。

郷里の山形市内にゼロから建て直した家の庭に、祖父母は離れをつくり、近所の子どもたちを集めて小さな書道教室をはじめた。私と妹も習いに行ったが、教室での祖母は厳しい先生だった。常に身近にいた祖母と祖父は、私が高校在学中の一九八一年に相次いでこの世を去った。孫の私に満洲や北朝鮮の話をすることはなかった。

それだけに、伯母の手記で初めて知った飢餓地獄の事実は重かった。それなりに幸せに暮らしている自分の家族は半世紀ほど前にこんな恐ろしい体験をし、それでも何とか命をつないで日本に帰ってきていた。叔父にあたる末弟は満洲の地で亡くなった。もし父が同じような目に遭っていたら、私たちきょうだいはこの世に生まれて来なかった。

その後、国際報道に携わった私は、紛争や難民受け入れの現場に立つ機会を得た。最初は九九年、旧ユーゴスラビア・コソボ紛争のアルバニア系難民の取材だった。国境を越えて隣国アルバニアに逃れてくる難民の姿が、半世紀前の家族に重なって見えた。しかし、近年に至るまで、先の大戦に伴って満洲から北朝鮮に疎開した日本人の記録はほとんど見当たらなかった。日頃の大々的な難民報道に比べても、明らかに悲惨な状況に置かれた北朝鮮の日本人難民たちの証言がなぜ表に出て来ないのかと、もどかしい思いにとらわれた。

二〇一〇年代に入ると、当時を知る人々が次々に亡くなりはじめた。日本人拉致問題に関する日朝交渉の行き詰まりに窮した遺族や関係者は、政治・外交ルートに期待を見いだせず、民間の独自ルートを通じて北朝鮮への墓参が動きだした。

一四年一月、偶然チャンネルを合わせたBS‐TBSの二時間特集番組に引き込まれた。番組の最後になって、予想しなかった地名「郭山」が初めて現れた。疎開隊の名簿は、私の故郷を遠く離れた九州の地で保管されていた。東京周辺でそれなりに問いかけてきたにもかかわらず、反応を得られなかったわけも納得できた。私のなかで歯車がカチッと音を立てて嚙み合い、二十年近くも揺るがなかった厚い壁が一気に崩れた。「当事者」として行動しなければならないと思った。

一人の視聴者としてTBS「報道特番」にメールを送り、祖母が書き残した「一三班」の名簿の確認をお願いした。ほどなく宮本晴代ディレクターから返信をいただいた。

「昨夜、郭山疎開隊員名簿を見ましたところ、一三班のところに確かに井上さんご一家のお名前があり、ボロボロの紙を持つ指先が震えました。あの名簿の持つ重みを、改めて認識させられたような気が致します」。番組に出演した鹿児島県在住の田中友太郎(ともたろう)さんは私の面会の願いを聞き入れてくれた。持参した伯母の手記も読み、事情を理解してくださった。

田中さんの紹介で福岡県在住の扇京一(おおぎきょういち)さん、熊本県在住の白石ヤス子さん、中尾（田中）陽子さんとお会いできた。私の家族が言葉を交わしたかもしれない方々である。故松本健次郎さんの妻幸子さんにも話をうかがった。私が「当事者」であることを知った扇さんは、七十年近く大事に保管してきた二冊の「郭山避難民団の記録」のファイルを妻サカへさんに託し、手紙を添えて送ってくださった。

松本さんの手による「疎開日誌　其ノ二」の最初のページには、祖母のそばで亡くなった木幡とも子さんを含む三人の仮葬の記録が正確に書き込まれていた。のちにお会いした白石さんは、祖母の手記を繰りながら病室の場面で手を止め、小さく声を上げた。「脊椎(せきつい)カリエスの女性……。これ、私だ！」。手記の内容は裏付けられた。

この本のなかでやってきたのは、一〇〇〇人超の郭山疎開隊のうち、北緯三八度線を越えて日本に帰り着いたほぼ半数の「南下班」と満洲に戻ったやはり半数の「北上者」の間に横たわる歳月と距離を乗り越えて、全体をつなぎ直す作業だったかもしれない。

南下班には九州出身の満洲国経済部の関係者が多く、親睦会「郭山会」を通して詳細な記録が蓄積されていたが、物故者が増えて会の活動は休止状態に入っていた。そうしたなかで何とかやり遂げることができたのは、すべての方々の胸に「埋もれた体験を語り継がねばならない」という思いが刻まれていたからだと思う。郭山疎開隊のただ一人の医師、山谷橘雄(やまやたちお)さんには直接話をうかがえなかったが、妻実子さんがお孫さんたちの聞き取りの記録を添え、覚書など一式を送ってくださった。

これらの郭山疎開隊に属していた方々とご遺族、そして宮本ディレクターの協力がなければ、戦後七十年の今、北朝鮮の地に刻まれた日本人難民の史実を世に問うことは不可能であったろう。改めて心から御礼を申し上げたい。

本文のなかでは、存命しておられる方、亡くなられた方、そして生死のわからない方の別なく、敬称はすべて省略させていただいた。無念の最期を遂げた方々の御名前までも敬称なしで扱うことには迷いがあった。しかし、厳密なルポルタージュとするため、あえてそうしたルールを課した。この場を借りておわびしたいと思う。そして厳冬の抑留と難民生活、内地帰還までの苦難のなかで斃(たお)れた方々に、心からお悔やみを申し述べたい。

この本のなかには、難民経験を持つ人々が証言したこと、手記や覚書に書き残したこと、それらを史実や記録に照らして事実であると結論づけられること以外、会話の内容も含めて書かないよう心がけた。そうした意味では祖母、喜代が書き残した手記の克明な情景描写や人々の会話、当時の事情への言及に最も多くの材料を得ている。

また、終戦前後の年齢表記は数え年のため、実際の年齢はそれより一、二歳少なくなる。生年月日を確認できた場合は可能なかぎり満年齢で表記したので、本文中では記録上の年齢と文中の年齢が異なるケースがある。名前や出身地の旧字、旧かな、旧名も記録から確認できるものを優先して使用した。旧満洲や朝鮮半島の地名は原則として戦前の日本語読みを付したが、不明の場合はハングルではなく漢字表記とした。

満洲国については、大同学院出身の親族を持つ「大同学院二世の会」会長で美術評論家の金澤毅さん、同会編集委員の若林高子さんをはじめ、会員や関係者の方々に資料や情報を提供していただいた。お二人の父は、ともに満洲国経済部の官吏だった。本書の大きなテーマである「難民」については、特定非営利活動法人「難民を助ける会」特別顧問の吹浦忠正さんと同会理事長でボスニア難民の支援にも携わった長有紀枝・立教大学教授に明確な裏付けをいただいた。

最後になるが、四人の子どもを抱えて厳寒と飢餓の難民・抑留生活に耐えた祖母は、郭山での折々の思いを短歌に詠んで手記のなかに挿しはさんでいた。

天かける羽のあれかしふるさとの空にひたむき飛ばなむものを
自然石に「帰」と刻み碑を建てむ想定まりぬこの暁に
美しき花を供えてをろがめど児の魂はいづくにて見む

前の二首は、郭山の仮埋葬地に今も眠るすべての人々の思いを代弁するものだろう。山谷医師率いる残留班が郭山を発ってから六十九年間、稜漢山（りょうかんざん）の仮埋葬地を訪れた日本人はいない。最後の歌には、末子の死に対する慚愧の情がにじんでいる。伯母の泰子は手記の「あとがき」にこう記している。

母よ、あなたは、郭山の話が出るたびに〝もうやめて頂戴。もう、やめて〟と泣きましたね。あとは、みんな絶句でした。
あなたは、郭山で、どれ程の涙を流したことでしょうか。私たちを守るために。

祖母が戦後生まれの私に何も語らなかったように、この本のなかに出てくる人たちは、日本に帰り着いた後、身をさいなむ記憶を胸の奥にしまい込み、それぞれに戦後の人生を歩んできた。同じように先の大戦の明らかな被害者であるにもかかわらず、加害者に荷担してしまったという自責の念から自らに沈黙を課してきたすべての良識ある人々に、この本を捧げたい。

出版界を取り巻く厳しい環境のなか、この記録を本に残すよう勧め、強く励まし、アドバイスをくださった中嶋廣さん、その意志を継いで入念な編集作業を進め、戦後七十年の節目にふさわしい本にしてくださった幻冬舎の小木田順子さんに深い感謝の念を表したい。打ち合わせのなかで、長野県佐久市の小木田さんのご実家が、奇しくも冒頭でも触れた高見澤さんと兄彌（ひろし）さん、弟皓（きよし）さんのご実家と指呼の間にあり、互いの家族同士が周知の間柄であることをうかがった。ここにも不思議な因縁を感じずにはいられない。

二〇一五年四月

井上卓弥

文庫版のためのあとがき

戦後七十年の春に『満洲難民』を刊行できてから、早くも五年余の歳月が流れた。

あいまいな「引き揚げ」という言葉に括られて覆い隠されてきた「日本人難民」の苦難を現代に問いかけたい――同じ思いを抱く体験者との出会いに支えられた単行本は、予想を超えた多くの読者の方に共感していただき、翌二〇一六年には、第四七回大宅壮一ノンフィクション賞と第三八回講談社ノンフィクション賞という、公募に拠らない歴史ある文学賞の最終候補にノミネートされる幸運にもめぐまれた。

体験者のなかでも、郭山疎開隊を引率した一〇人の満洲国官吏のうち、九十歳を超えてお元気だった田中友太郎さん、扇京一さんの存在は大きかった。しかし、そのお二人も刊行後、背負い続けてきた重荷を下ろして安堵されたかのように相次いで旅立たれた。

そして今、立ち止まって見渡してみると、ちょうど七十五年前の冬、現在の北朝鮮の地で日々失われていった約三万四〇〇〇の命をめぐる悲劇は、残念ながら未だ日本人の共通認識となるには至っていない。

大戦史の分野でも、ソ連軍の満洲、朝鮮北部への侵攻ではじまった日ソ戦争の分析は、太平洋を舞台にした日米戦争に比べて大きく立ち遅れてきた。それでも旧ソ連作戦文書の一部機密解除の発表をきっかけに、玉音放送後も続いた戦闘の詳細を明らかにする研究がようやく本格化している。

しかし、軍籍を持たない日本人難民の被害解明に向けた道は閉ざされたままだ。一歩踏み出すためには、政府が管理する「引き揚げ」記録の活用が欠かせないが、個人情報の保護に加え、北朝鮮との（日本人拉致問題にかかわる）外交交渉への影響を理由にして、情報開示請求はことごとく退けられている。犠牲者の遺族や関係者の超高齢化が進み、こうしている間にも一人、また一人と世を去っているにもかかわらず……。

個人のプライバシーを軽視すべきではない。しかし、あたかも歴史の風化をうながすかのような公文書管理のあり方には異論もある。刊行後、手紙やメールで一〇〇件近い反響をいただいたが、直接お目にかかって話をうかがうたび、そうした嘆きを耳にした。

山口県在住の原田幹男さんは、咸鏡南道、高原の難民収容所で幼い兄二人を亡くして一時、生きる望みを失ったという両親の、悔恨の言葉をかみしめてきた。「死ぬまでに一度、二人が眠るあたりに行きたい」と墓参の機会を待ち続けた母イネさんは、願いを叶えぬまま二〇〇五年に八十八歳で他界した。執筆に際して参照した『朝鮮終戦の記録』には「（高原では）八九名が死亡した。（駅から）七〇〇メートル南方の岡の中腹に埋葬した」との記述がある。原田さんは高原の犠牲者のくわしい情報をさがし続けている。

兵庫県在住の廣岡洋子さんは、満洲から母と逃れた平安南道、平壌の収容所で飢餓の越冬を強いられ、二人の弟を失った。阪神・淡路大震災後の夏、八十歳で亡くなった母が「愛する子をなすすべもなく失うつらさ」を切々と綴った「遺言」に自らの思いを重ね、廣岡さんは〇三年、『時の風　母と娘の引揚体験記』（明石書店）を刊行した。「あの冬、何よりむごい遺体となって日本に戻れなかった子どもたちがどれだけいるのか。そういうことを語れる場は今どこにもありません」。やるせなさが消えることはない。

一六年には戦没者遺族の超高齢化を背景に、人道的見地から「戦没者遺骨収集推進法」が成立した。しかし、「拉致」の重い蓋を被せられた北朝鮮は「遺骨収集を推進する地域」はおろか「遺骨収集を推進するために現地政府等と協議等が必要な地域」からも外され続けている。これまでに、政府主導で北朝鮮から回収された日本人難民の遺骨はない。

「拉致問題が最優先」と訴え続けて歴代最長の任期を更新した前政権は何をしていたのだろうか。拉致被害者の生還などの成果は何一つ得られていない。一方で「盟友」のトランプ米大統領は、一八年の米朝首脳会談を経て朝鮮戦争（一九五〇〜五三年）時の米兵遺骨をあっさり取り戻している。そして朝鮮戦争勃発の数年前、北朝鮮の地で斃（たお）れた日本人難民の遺族たちは七十五年もの間、公的な墓参の機会さえ与えられることなく途方に暮れている。『満洲難民』刊行の前年、日朝平壌宣言（〇二年）に基づく「日朝ストックホルム合意」が結ばれている。現在も公式には破棄されていない政府間「合意」には、拉致被害者と行方不明者の再調査に加え、大戦終結前後の北朝鮮で死亡した日本人の遺骨及び墓地をはじめとする懸案事項について包括的、同時並行的な解決を目指すことがうたわれている。

長く止まったままの時計を今、動かさねばならない理由がある。この本を通して気づいていただけたなら、これ以上の喜びはない。新型コロナウイルスの感染拡大が追い打ちをかけた日本経済の長期低迷により厳しさを増す出版環境のなか、文庫化を提案し、改めて編集に心を砕いてくださった小木田順子さんに重ねて深い謝意を表したい。

この五年間に私の身辺にも変化が生じた。北朝鮮での難民生活の苦難を手記にして託してくれた伯母の長谷部泰子は長く病床にあったが、一昨年一月、九十歳でこの世を去った。そして、その弟である父以上に単行本の刊行を喜んでくれた母禮子が昨年四月、平成最後の月に急逝した。母は存命ならば、この十二月で八十一歳になる。コロナ禍が治まり、穏やかな日常を取り戻せたら、二人の墓前に花を添えて文庫を手向けたいと思う。

二〇二〇年十月

井上卓弥

参考文献

【書籍】

森田芳夫『朝鮮終戦の記録――米ソ両軍の進駐と日本人の引揚』巌南堂書店（一九六四）
神谷不二『朝鮮戦争――米中対決の原形』中公新書（一九六六）
満洲国史編纂刊行会編『満洲国史 総論』満蒙同胞援護会／第一法規出版（一九七〇）
藤原てい『流れる星は生きている』中公文庫（一九七六）
武田英克『満州脱出――満州中央銀行幹部の体験』中公新書（一九八五）
越沢明『満州国の首都計画』日本経済評論社（一九八八）
高見沢弥『生き残りし者の太陽』近代文藝社（一九八八）
吹浦忠正『「難民」世界と日本』日本教育新聞社出版局（一九八九）
藤原作弥『満洲、少国民の戦記』現代教養文庫（一九九五）
大同学院同窓会『物語大同学院――民族協和の夢にかけた男たち』創林社（二〇〇二）
山室信一『キメラ――満洲国の肖像 増補版』中公新書（二〇〇四）
毎日新聞社編『新装版 日本の戦争1　満洲国の幻影』毎日新聞社（二〇一〇）
増田弘編著『大日本帝国の崩壊と引揚・復員』慶應義塾大学出版会（二〇一二）

天野博之『満鉄特急「あじあ」の誕生』原書房（二〇一二）
池内紀『消えた国　追われた人々――東プロシアの旅』みすず書房（二〇一三）
岡田和裕『満州辺境紀行』光人社NF文庫（二〇一四）
興安街 命日会編『葛根廟事件の証言』新風書房（二〇一四）

【会報・機関誌】

大同学院二世の会会報『柳絮』第1～5号
安東会機関誌『ありなれ』安東会本部
一般社団法人 国際善隣協会機関誌『善隣』
「引揚60周年記念誌～いま後世に語り継ぐこと～」国際善隣協会（二〇〇七）

【手記・その他】

扇京一／郭山会「郭山避難民記」
松本健次郎「疎開日誌（其ノ二）」
山谷橘雄「郭山残留班脱出記」「残留班の記録」
西村三郎「避難民記」「郭山疎開メモ」
松倉（古川）清治「鎮魂」「郭山の思い出」（自伝『雲は流れて』より）

大里正春「避難民の記録」
井上千代「郭山疎開の記録」（自伝『一生の旅を共にして』より）
都甲芳正「敗戦の旅――それは廿才の時だった」（森田芳夫・長田かな子編『朝鮮終戦の記録資料篇第3巻』に収録）
田中友太郎／大同学院同窓会『久遠 創立六十周年記念』、山麓会「生涯記　古楠の山麓物語」
山谷橘雄「おじいちゃんの思い出」
郭山会「会員便り」
＝以上、郭山会「郭山避難民団の記録 1・2」より
髙見澤彌「妹、淑子の死とその後」「熊岳城小史日表」（佐久史学会『佐久』第63号より）
井上喜代『新京（満洲国）より終戦時北鮮に疎開して』（一九四七）
長谷部（井上）泰子『北朝鮮・郭山への墓標』（一九九五）
井上昌平『追想のわが来し方』（二〇〇五）

【写真・図版】（本文掲載写真のうち※印を付したもの）
福岡市保健福祉局総務部地域福祉課「博多港引揚資料目録」（二〇〇一）

解説

池澤夏樹

紙碑という言葉がある。

先人の事績を文章化して永く後世に残すために作られるのが碑(いしぶみ)、すなわち石に刻んだ文だが、同じことを書物でするのが紙碑。

長谷川伸は自著『日本捕虜史』を紙碑と呼んだ。

別の例としてぼくは大岡昇平の『レイテ戦記』を思い出す。大判二段組みで七百ページ近い大著を大岡は「死者の証言は多面的である。レイテ島の土はその声を聞こうとする者には聞える声で、語り続けているのである」と記して終えた。それを聞く姿勢が碑を刻む、石にでも紙にでも。

本書『満洲難民』は「大東亜戦争」の末期に満洲国にいた人々の苦難に満ちた帰国までの記録である。彼らは難民、すなわち国家の保護のないままに政治状況によって移動を強いられる者であった。そういう事態に追い込まれた。

敗戦が決定的になった時、建国から十三年を経た満洲に在住の日本人は百五十五万人、首都である新京（長春）には十五万人がいた。この都会はもとからいた現地の住民を合わせて人口約九十万。今の日本ならば北九州市や堺市くらいの規模だった。

ソ連軍が北から侵攻してくる。南へ逃げるしかない。最初に逃げたのがこの国の軍隊、関東軍だった。住民もその後を追う。最終目的地は言うまでもなく日本本土だが、その道は遥かに遠い。距離ではなく時間で計れば、本書がもっぱら扱う郭山疎開隊の場合、最後の一人が帰国したのは一九四六年の十月、終戦から一年以上後のことだ。

その間この隊の一千九十四名は難路を移動し、郭山という小さな町で食糧も薪炭も住居も不足する厳冬を過ごし、一部は南下の途が絶たれたと判断して再び新京に戻り、残る人々はしばらくの後あやふやな情報に頼って南を目指した。状況に追い詰められるままに残るか進むか、何度となく選択を迫られた。

平時ならば国家は生活の枠組みである。これを信頼して人は暮らしを立てている。広い土地に離散してそれぞれに生きていた縄文時代は遠い昔の話で、高密度の都市社会はまさか狩猟採集では成り立たない。安定した物流と行政機構は近代人が生きることの必須の条件だ。それがいきなり失われる。

郭山での越冬の日々――

毎朝、一杯の雑炊をすすり込むと、素足に手製のわらじを履いて雪道に踏み出してゆく。空腹で腹に力が入らないが、女性たちは背負えるかぎりの丸太をひもで括りつけて歩きはじめた。かじかむ手足と肩に食い込むひもの痛みだけでなく、通りすがりの朝鮮人の子どもたちから小石を投げつけられることもあった。顔をそむけ、歯を食いしばって耐えた。

母親たちが耐えるのはまず子供のためである。疎開隊の千人ほどのうちの半数以上が自力では生きていけない子供だった。その生命をチフスやコレラなどの病気が奪い、何よりも栄養失調が奪う。

ぼくが子供の頃、まだ栄養失調はしばしば耳にする言葉だった。少し知恵がついた時、これはおかしいと思った。失調とはバランスを欠くという意味だ。何かが多くて何かが足りない。しかしことの実態は栄養のすべてが足りないのではなかったか。つまり「飢餓」の官僚的な言い換え。

後に同じように「残留孤児」にも反発した。まるで子供が自らの意思で「残って留まる」ことを選択したかのような言いかた。実態は親たちが捨ててきたのだ。捨てざるを得ない事態に追い込まれて涙ながらに別れたのだ。

そういう選択を強いたのは国家である。

満洲国は大日本帝国が軍事力を背景に作り上げた傀儡国家である。あの土地の本来の住民の大半は貧農で、彼らに比べれば首都新京で近代的な暮らしをしていた日本人は経済的・文化的に恵まれていたと言っていい（国とは言いながら国籍法はなく、内地から移り住んだ人々は日本国籍を保持したままだったらしい）。

満蒙開拓団として僻地に送り込まれた人たちはともかく、新京の暮らしは内地なみだった。だからこそその喪失は辛い。初めからなければともかく、あったものがなくなるのは辛い。失われたのは何よりも「安全」であった。

二〇〇一年にアフガニスタンで戦況が悪化した時、ぼくはシミュレーションを試みた。首都カブールに住む一家が戦火に追われて脱出をはかる。運べるかぎりの荷を負い、幼児と年寄りを連れて希望の薄い旅に出る。

隣国パキスタンの国境の町ペシャワールまではほぼ三百キロ、これを東京から長野までに置き換える。この間を徒歩で移動するのだが、途中には標高一千メートルほどのカイバル峠がある。中山道から北国街道を経て長野に至る経路の最高地点である信濃追分とほぼ同じ。

ぼくはこの時、「途中で水が不足してきたら、あなたがまず飲みますか、子供と年寄りに多く飲ませますか？　あなたが倒れたら全員が死ぬ。だからと言って子供を見殺しにできますか？　親を捨てますか？　これはそういう旅です。」と書いた。ここまで書かなければ現代の日本人には事態がわからない。想像力が及ばない。

なぜならば、かつて身内に同じ苦難を負った人々がいたことを誰も覚えていなかったから。誰も伝えず誰も知らなかったから。

自国民という言葉にどこまで共有の意識があるか。

同じ血を分け、同じ言葉を話し、同じ文化を共有する人たちが国の外で悲惨な思いをして、家族の遺体を異国の地に埋めて、帰ってきた。「大変でしたね」と労って出迎えるかと思えば、「そういうことはなかったことにしましょう」と冷ややかな声で言われる。

世に起こることには当事者と傍観者がいる。当事者がことの次第を報告しようとするのに相手は顔を背ける。この場合の相手は日本の普通の人々であり、行政一般である。「こっちだって大変だったんだ」と言われて終わる。圧力を感知して難民経験を持つ人々は口をつぐむ。

ここまではどこの国でもありうることだと思う。

しかし日本の場合、難民的事態への想像力は更に薄い。

二〇一四年、シリアのアサド政権の圧政がたくさんの難民を生んだ。各国は人道の見地から受け入れを表明した。ヨーロッパの国々はもちろん、はるかに遠いオーストラリアでさえ一万二千人を受け入れると言った。ブラジルは「両腕を広げて難民を受け入れる」と宣言し、ベネズエラは二万人の受け入れを表明した。アメリカは二〇一七年に十一万人と言った。

その年、日本移住を申請した難民は五千人、認定されたのは十一人！　なにがなんでも入れまいという鉄の壁のような入国管理である。ぼくは二〇一五年の秋にたまたまセルビアで学生たちを前に講演をすることになり、この数字を口にした。脇にいた通訳が「もう一度言ってください」と言った。ぼくは紙に数字を書いた。通訳はそれを言葉にし、会場にはどよめきが広がった。セルビアは旧ユーゴスラビアの一角である。たくさんの難民を生みたくさんの難民を迎え入れてきた国だ。国際社会とはそういうものである。そこで十一人と報告しなければならなかったぼくの思いを理解してほしい。

これには歴史的な理由があるとも言える。日本は島国で、奈良時代以来ずっと鎖国に近い状態でやってきて、一九四五年に到るまで異民族支配を知らないで済んだ。それは幸運なことだったが、そのせいで自分たちと異なる言語・文化・風貌を持つ人々への共感力が極端に乏しい。あっちはあっちとしか思っていない。外交政策にはアメリカ以外の国はないも同然。

七十五年前に戻れば、多くの同胞を送り出した満洲国でさえ「日本人」にとっては「海外」だったのだ。

本書を読んで感嘆の思いを禁じ得ないのは当事者たちの記録への熱意である。極端な苦境の中で「郭山疎開隊員名簿」が作られ、「死亡者名簿」が作られ、「疎開日誌」が綴られた。そしてこれらの文書は困難な逃避行のさなかも筐底(きょうてい)に秘されて運ばれ、きちんと保存され、数十年を経て本書の筆者の手元に届けられた。

歴史とは過去に起こったことそのままではない。それを文字にしてはじめて歴史となる。「史(ふみ)」は文の意である。

郭山疎開隊を率いたのが満洲国経営の中核を成す官僚層の出身者であったのが幸いしたのかもしれない。昨今はともかく、官僚・官吏というものはまずもって記録を残すことを責務の筆頭とする。子供が生まれ、名付けられ、不運なことに亡くなったとする。そのままではその子の存在は親の記憶の中で次第に薄れて消えてゆく。紙の上にその名が書かれれば、その紙が残れば、その子がいたことも残る。

ぼくの母方の過去帳に「小冬童女」という名がある。我が曽祖父原條迂(すすむ)の父原條湛(たん)の娘。「明治二年（巳）九月十六日没」だからまだ一家が淡路島の時か。「童女」という以上は戸籍上の名を授かる前に現世を去ったのだろう。その時の親の嘆きはわかる。一方、その子がこの世に生を受けて、日の光を浴び、そよ風を肌に感じ、母の乳を味わい、つかのまにせよ生きる喜びを体感したのも事実だ。夭折の子たちにも死者という名に押し込められない命の栄光がある。

子孫がそれを知るためには名が伝わらなければならない。だから名簿、だから日誌。「西村の腹巻のなかには、郭山疎開隊の犠牲者約二〇〇人の埋葬場所を示す共同墓地の詳細な見取り図が収められていた」というのがその一例である。

この本の成立にはいくつもの幸運がまつわっている。記録する文書が作られて後世に伝えられたことが第一だが、それが難民の一人であった井上喜代の孫に当たる井上卓弥に手渡されたこと、彼が優れたジャーナリストであったことは更に大事だ。彼は旧ユーゴスラビア・コソボ紛争を取材している。難民たちを自分の目で見ている。大きな不運のずっと後に小さな幸運がいくつか連なってこの本が生まれた。

これが広く読まれることを希望する。希望というのはそういうものだから。

二〇二〇年十月　札幌

——作家

この作品は二〇一五年五月小社より刊行された『満洲難民
三八度線に阻まれた命』の副題を変えたものです。

満洲難民

北朝鮮・三八度線に阻まれた命

井上卓弥

令和2年12月10日　初版発行

発行人――石原正康
編集人――高部真人
発行所――株式会社幻冬舎
〒151-0051東京都渋谷区千駄ヶ谷4-9-7
電話　03(5411)6222(営業)
03(5411)6211(編集)
振替00120-8-767643
印刷・製本―株式会社　光邦
装丁者――高橋雅之

幻冬舎文庫

ISBN978-4-344-43036-5　C0195　い-65-1

幻冬舎ホームページアドレス　https://www.gentosha.co.jp/
この本に関するご意見・ご感想をメールでお寄せいただく場合は、
comment@gentosha.co.jpまで。